目次

お籠(こも)りの家

子供の頃から建物に興味があった。もっとも身近に存在する建築物ではなく、テレビで観る洋画に登場する古城や城館に対して、得も言われぬ憧憬の念を抱いていた。ただし多くが映画用のセットだったと思われるため、実在していない建物に、僕は大いに惹かれていたことになる。

やがて海外ミステリに目覚めると、冒頭や作中に出てくる屋敷の間取り図や、事件が起きた現場の見取り図に、何よりも萌えた。それが平面図ではなく立体図であった場合は——例えばヴァン・ダイン『僧正殺人事件』やカーター・ディクスン『ユダの窓』、中井英夫『虚無への供物』など——希少だった故に飛び上がって喜んだ。中学生で創作の真似事をはじめたときも、まず嬉々として舞台となる屋敷や殺人現場の図を描いたものである。

そのため大学は建築学部に進んだかというと、これが違う。現実の物件には、不思議と興味を覚えなかった。あくまでもお話の中の家に、物語の舞台設定としての建物に、どうやら僕は憑かれてしまったらしい。

編集者時代の一時期、建築分野の企画を担当したことがある。そのとき知り合った建築士に、「普通そこまで建築物が好きだと、次は設計や構造、または建築史などにも関心を持つものだが、あなたの場合は当て嵌まらないね」と怪訝そうに言われた。僕の嗜好が実は那辺にあったのか、それを鋭く突いている指摘だったと思う。

現実の物件に興味を覚えなかったと書いたが、当の間取り図となると別である。ずっと眺めていても飽きることがない。その図が少しイラスト風だったりした場合は、さらにいけない。

玄関の戸を開けて三和土へ入り、式台を上がって廊下に立つ。前の間を経て再び廊下に出て、中座敷を通って奥座敷へ……というように家屋の紙上散策がはじまる。と同時に、その家で何が起きたのか……というお話が脳内で動き出す。

しかしながら脳裏に浮かぶ出来事や事件に、ほとんど具体性はない。僕は執筆しながらでないと物語を創れない厄介な特性があるため、家屋の間取り図を見ているだけでは、漠然とした何かが浮かぶ程度である。その妄想が一編の小説になるかどうかは、実際に書き出してみて、しばらく執筆を続けないと分からない。

それにしても改めて振り返ると、はじめて原稿料をもらった短編が「霧の館」で、デビュー長編は『ホラー作家の棲む家』（文庫版で『忌館』と改題）、依頼を受けて書いた初短編が「見下ろす家」と、まさに家屋尽くしである。他にも『禍家』『凶宅』『魔邸』の〈家シリーズ〉や、『どこの家にも怖いものはいる』『わざと忌み家を建てて棲む』

『そこに無い家に呼ばれる』の〈幽霊屋敷シリーズ〉があるのだから、我ながら本当によく飽きないものだと、ちょっと感心してしまう。

という家の話とは関係ないが、僕は小説ではない「実話怪談」も好きである。所謂「本当に起こったとされる怖い体験談」のことだ。拙作の場合、取材で得た実話系のお話を基にしている例が実は多い。特に怪奇系の短編は、ほとんどそうだと言える。そのまま書くと様々な差し障りが出るため、大幅な改作を行なうこともあるが、核となる体験は可能な限り変えない。つまりは「肝」の部分である。

ここまで書くと読者もお分かりかと思うが、故に「家に纏わる怪談」には目がない。何処にでもある民家や集合住宅の部屋で発生する怪異は、そこが一般的な場であるために怖いわけだが、個人的には「その家」が舞台だからこそ起きたと思しき怪異の方が、やはり面白いと感じる。これは作家の性なのかもしれない。つい「ネタになりそうだ」と考えるせいだろう。

これから紹介する「ある男性の幼少期の体験談」が、正にそんなお話に当たる。いや、そうであるに違いないと思うのだが……。

なぜ煮え切らないかというと、よく分からないからだ。体験談に登場する「家」が特別な場であることは、ほぼ確実だろう。かといって問題の家が何なのか、如何なる機能を持っていたのか、どうして彼は一時そこで暮らす必要があったのか、という当然のように浮かぶ疑問には、まったく何ら答えられない。体験者本人にとっても、すべては謎のままである。
その家に関して言えるのは、特殊な造りから見て重要文化財級の建築物ではなかったのか、ということくらいしかない。ただし、これも体験者が長じてから自らの記憶を掘り起こしつつ、独学で建築の勉強をした結果、斯様に推理したに過ぎない。よって基となる忌まわしい体験の記憶が間違っている場合は、この考察そのものが大いに揺らいでしまう。

実際に彼の話には、あやふやな部分が多々あった。まだ幼かったのだから仕方ないが、一方で鮮明に覚えている事柄もあり、その差が激しかった。にも拘らず僕が多大な関心を覚えたのは、「家」に関する記憶が確かだったからだ。そして何よりも彼を見舞った怪異に、僕は魅せられてしまったらしい。

この体験者が何者で、何処で僕と出会い、どうして話を聞くことができたのか。それらの一切は、残念ながら本人の希望で明かせない。ここに記せるのは、相手が僕と同じ関西の出身であること。僕よりも少なくとも十歳は上だということ。この二点くらいである。もっとも年齢の見立てについては、当方の歳が読者にとっては不明なため、ほとんど意味をなさない。あまりにも不親切かもしれないが、以下に再現する彼の話に目を通していくうちに、ある程度の年代の推測はできると思うので、どうかそれで了とされたい。

＊

あなたが好きそうな、そんな体験を私はしております。宜しければお聞きいただいて、ぜひ専門家のご意見を伺いたいと思います。

いいえ、ご謙遜なさることはありません。そういった小説をお書きになっているのなら、もう立派な専門家でしょう。

ちょっと違いますか。すみません。門外漢が余計なことを申しました。

ええ、私も関西の出身ですが、向こうに住んでいたのは、小学一年生の二学期まででした。その年の冬休みに東京へ出てきて、以来ずっとこちらです。そのため関西弁は、もうほとんど喋れません。無理に話そうとすると、ネイティヴではない似非関西人になってしまいます。

あれは私が、東京へ出てくる少し前でした。学校には普通に通っていましたけど、あのとき休んだのかどうか……。誕生日を迎える直前でしたので、季節は秋ですね。暑くもなく寒くもなかった気がします。もっともあの家が何処にあったのか、いくら考えても思い出せません。暖かくも涼しくもなかったわけですから、極端に北や南ではなかったのでしょう。

はっきりと覚えているのは、母親に他所行きの洋服を着せられ、父親に連れられて電車に乗ったことです。私は子供の頃から三半規管が弱く、すぐ乗物に酔ってしまいます。

その当時、滅多に電車など利用しなかったのですが、偶に母親と一緒に乗ったときなど、たちまち気分が悪くなって往生したものです。

ところが、あのときは不思議と酔いませんでした。今になって思うに、恐らく父親と一緒だったからでしょう。私が酔うと、とにかく母親は心配しますが、父親は違いました。いえ、あのときまで父親と電車に乗った記憶はないので、そんなこと分かるわけがないのですが、間違いなく怒られたはずです。それが子供心にも充分に予想できただけに、私は緊張しきっていたに違いありません。だから酔う余裕さえ、恐らくなかったのだと思います。

とはいえ、まだ子供ですからね。横に座る父親に畏怖の念を抱きつつ、他所行きの服を窮屈に感じながらも、いつしか私は寝入っておりました。決して快適な状態ではなかったのに、すっかり熟睡してしまったのです。

何度か乗り換えましたが、それが何処の駅で、何処行きの電車だったのか、少しも覚えていません。記憶にあるのは、何度目かの乗り換え時にホームのベンチに座ったこと、そんな私を他所の小母さんが凝っと見詰めていたこと、父親が売店に立ってキャラメルを買ってきたことです。しかもキャラメルを箱ごとくれたので、それはもうびっくりしました。

私には姉が二人、妹が一人おります。当時のことですので、一人ずつ個別にお菓子を買い与えるなど、まず親もいたしません。況して父親にお菓子や玩具を買ってもらった記憶が、物心ついてから一度もなかったものですから、それは驚きました。大袈裟ではなく、嬉しさよりも驚愕が先に立ったほどです。

　このせいで見知らぬ小母さんの、本来なら物凄く印象に残ったはずの言動が、見事に吹き飛んでしまいました。キャラメルの件がなかったら、あの家での振る舞いにも、もう少し気をつけていたでしょうか。そうしたら、あんな恐ろしい目に遭わずに済んだかも……。

　父親がベンチを離れて売店へ行くと、それを見計らったかのように、すうっと小母さんは近づいてきて、

「あんたが今から行く所な。小母ちゃんには怖い場所やって、よう分かるんよ。せやけどな、かというて行かんかったら、もっと忌まわしい何かが、あんたの身に起こりそうな気ぃも、小母ちゃんはしてるんよ」

　ちらちらと彼女は、売店の前にいる父親を盗み見ながら、

「せやから小母ちゃん、あんたに行けとも行くなとも、はっきり言えんのや。堪忍してなぁ」

　そこで彼女は急に、くるっと後ろ向きになりました。売店を見やると、こちらへ戻ってくる父親が見えます。

「ええか、あんじょう気ぃつけるんやで」

　彼女は背中越しに言うと、さっとベンチを離れました。

その小母さんですか。普通の女性だったと思います。当時としては珍しくない着物姿で、かといって完全な他所行きでもなく、ちょっと親しい知り合いの家まで出掛けます、とでもいう感じでした。年齢は四十代半ばか後半といったところでしょうか。はい、まったく行きずりの人でした。何処も可怪しくはない、至極まともな女性ですね。そんな人物がどうして……と、もう少し大きければ色々と考えたかもしれません。でも、あのときの私には無理でした。しかもキャラメルを一箱もらった衝撃で、その不審な思いも綺麗に消え去ってしまったわけです。

乗り換えた電車の中で、おにぎりと茹で卵のお昼を食べました。水筒のお茶を飲んで、それから口に入れたキャラメルの甘さを、今でもよく覚えております。あの一日の中で唯一、楽しいと思えた一時でした。

もうしばらくしたら、またキャラメルを食べよう……と考えているうちに、また私は寝入っておりました。

父親に起こされて目覚め、電車から降りてホームに立って、ようやく目的地に到着したらしいことを、とっさに私は悟りました。周囲には田畑が広がり、その合間に民家が点在している、そんな長閑な風景が目に入ったからです。新たな乗り換えなど有り得ないと、子供にも分かりました。

この見立ては半分だけ合っていました。というのも小さな駅舎を出たあと、父親のあとを追うように、延々と歩かされたのです。行く手に民家が見えるたびに、あそこが訪ねる先だと思うのですが、父親は通り過ぎてしまいます。そんなことが何回も繰り返されて、お恥ずかしい話ですが、ついに私は泣き出してしまいました。子供とはいえ――いいえ、子供だからこそ、「あそこまで歩くぞ」という事前の心構えが、やはり必要だったのだと思います。

父親には酷く怒られました。もしも母親だったら、私を負ぶって歩いたかもしれません。しかしながら父親は、そういう甘やかしが大嫌いでした。でも私の足取りは、目に見えて遅くなっていました。怒られるのが怖いから必死に歩くものの、泣いていることもあり遅々として進みません。

困った父親は、ちょうど通り掛かった馬車を呼び止めて、子供だけでも乗せてくれと頼んだようなのですが……。

さすがに都市部では、もう馬車など見掛けませんでしたが、まだ田舎では普通に使っていたのでしょう。そして昔ながらに、行きずりの人を乗せることも、そう珍しくなかったのだと思います。況して相手は、如何にも街から来たような恰好をした子供で、おまけに泣きじゃくっているのです。馭者の老人も笑いながら、快く承知してくれたように見えました。

ところが父親が行く先を口にしたとたん、急に難色を示し出したのです。ただ、その様子がかなり変でした。いきなり断りはじめたのに、完全には拒絶できないでいる。そこまで行きたくない気持ちが強くありながらも、一方で私たちを送り届けないと不味いことになると懼れてもいる。そんな感じでしょうか。

随分と長い間、父親と老人は喋っていました。もっとも父親が十ほど話しても、老人は一くらいしか返しませんが、そこに会話があったのは確かです。

結局、私は馬車に乗ることができました。そのあとから父親は歩いたわけですが、間違いなく怒っているのが分かるだけに、私は目を合わせないようにと、ひたすら俯いておりました。

馬車が私を降ろしたのは、小高い山の麓でした。礼を言う父親に、老人は素っ気なく頷いただけで、あとは私を見詰めていました。何か言いたそうな顔つきでしたが、そこで軽く首を振ると、そのまま去っていきました。

今なら乗り換え駅のホームで声を掛けてきたあの小母さんと、この馭者の老人の意味有り気な視線と表情が、妙に重なるなと感じたかもしれませんが、当時の私は残念ながら違いました。

まさか目の前の小山を……。

これから登るわけではないだろうな、という心配しかしておりませんでした。この山の麓まで私を乗せるということで、父親と老人は手を打ったのではないか。そう子供心に考えたわけです。

何も言わずに父親が坂道を上がり出したとたん、不幸にも私の推察は正しかったと証明されました。再び泣くまいと悲壮な決意をしながら、あとは父親の背中を追うしかありません。

こうして振り返りますと、大した高さのない小山だった気もしますが、当時の私には眼前に聳え立つ、それは高い山に感じられました。ぐねぐねと曲がる坂道は、何処までも何時までも延々と続いている。その両側に鬱蒼と生い茂る樹木の群れは、先に進むにつれ濃くなって、坂道に落とす影をさらに黒くしている。前を歩いているのが父親だからこそ、昔話に出てくる姥捨て山ならぬ子捨て山ではないのかと、ふと疑いさえ覚えたのです。

登りはじめの決意も空しく、いつしか私は再び泣き出しておりました。しかし父親に気づかれないように、必死に声を押し殺していたのです。ともすれば漏れようとする嗚咽を、何とか抑えようと懸命でした。それに意識を集中させたことが、どうやら結果的に良かったようで、もう疲れて足が動かないと立ち止まってしまう前に、私は小山の天辺らしき場所に着いていました。

そこには畑が広がっており、その向こうに一軒の家が見えます。平屋ながらも、物凄く大きな家です。でも都市部では決して見掛けない、如何にも田舎にしかなさそうな家屋でした。

ただ妙だったのは、その家の周りをぐるっと囲むように、細い竹の棒が何本も立てられていたことです。竹から竹に縄が渡してあり、その縄には要所要所に樹の枝が結びつけられています。一種の垣根ですが、ただの囲いと違うことは、子供にでも分かるほど変でした。

今から思うに、それらは柊（ひいらぎ）や南天だった気がします。他にも種類はありましたが、記憶に残っている形状や色から推察できるのは、その二種類くらいでしょうか。

この奇妙な結界の如き垣根には、まったく切れ目がありませんでした。何処にも出入口が見当たらないのです。もっとも竹の棒の高さは私の背丈より低かったので、父親なら余裕で縄を跨（また）げたでしょう。私にしても、その下を潜（くぐ）るのは容易（たやす）かったと思います。けど、そんなことをしてはいけない……という畏怖に近い感情を、私は覚えておりました。理由は分かりませんが、恐らく父親も同じだったはずです。

いきなり私を背後から、両脇の下に両手を突っ込んで、父親は持ち上げました。その恰好のまま垣根を越えさせて、向こう側へ私を下ろそうとしたのでしょう。しかし寸前で、どうやら思い留（とど）まったようでした。

こんな風にこの垣根を越してはならぬ……という気持ちに、きっと父親もなったからではないかと思います。

そのとき家の中から、着物姿のお婆さんが現れました。当時の父方の祖父母よりも随分と年上で、身体つきも小柄でしたが、まったく年齢を感じさせないほど、とても健康的で元気に見えました。

そんなお婆さんが、とことこと歩きながら、私たちの前までやって来て、父親に頭を下げたあと、にっこりと私に微笑んだのです。心が微（かす）かに、ほっこりと温かくなるような、本当に癒(いや)される笑みでした。

お婆さんは垣根沿いに右手へ移動すると、角の少し手前で立ち止まり、一本の竹から縄を外しました。何と驚いたことに、そこが出入口だったのです。その箇所の縄が取り外し自由だと知らない限り、まず見つけるのは難しいでしょう。とはいえ先程も申しましたように、大人なら簡単に跨げてしまいます。そうやって出入口を隠したところで、まったく意味がありません。

にも拘らず私は、なぜか納得しておりました。これでは誰も気づけないだろうと、不思議にも安堵(あんど)していたのです。

「さぁ、お入り」

お婆さんに誘われて、そこから私は家の敷地へ入りました。しかし父親は向こう側に残ったままで、しかも縄はすぐさま元へと戻されてしまったのです。

えっ……と一瞬、私は罠(わな)に囚(とら)われたような感じを受けました。もう二度と、この垣根の外へは出られない……という絶望を味わいました。

でも、それは本当に刹那(せつな)でした。そういった負の感情は一時的なものに過ぎず、たちまち私は多幸感に似た感覚に包まれたのです。ここまでの道中の辛(つら)さも、瞬く間に霧散した気分でした。すべては今この瞬間のためにあったのだ、と強く思えました。

だから父親がこちら側に来なくても、何も言わないまま私の顔を凝っと見詰めただけで、お婆さんに深々と頭を下げて垣根の外に留まったままでも、特に私は動揺もせず、また不安も感じませんでした。むしろ父親が側にいても、この家では何の役にも立たないと、なぜか悟ったような気になっておりました。

ここでお断りしておきたいのは、その垣根を越えた以降の記憶が、やたらと鮮明なことです。家を出てからの道程は、これまでお話しした通り曖昧なものです。よく覚えている場面もありますが、ほとんどは失念しております。それなのに問題の家の敷地に入ったあとの出来事は、どうしてか頭にはっきりと残っているのです。

お陰で私は長じてから、あの家について調べることができました。いえ、何処にあって、家主は誰で、何のための家だったのか――という肝心な数々の疑問に答えを見出すことは、さすがに無理でした。

調べることが可能だったのは、その家の様式ですね。当時の年齢からは考えられないほど、私には細部まで家の記憶がありました。そのため日本家屋の様式を解説した、建築関係の本に何冊も目を通すうちに、ほぼ似た家を見つけることができたのです。

その家を空から見下ろすと、ちょうど漢字の部首の冂部のような恰好をしています。いや、それよりも凹凸の凹を百八十度、くるっと回転させた形と言った方が分かり易いでしょうか。つまり建物の左右の部分が、ぐいっと前面に出っ張っているのです。そのうえ各々の先端から、さらに玄関が突出した妙な造りでした。

これは両中門造りと呼ばれるもので、主に秋田と山形と福島と新潟に見られるらしいのですが――。

はい、そうなんです。その事実を知ったとき、私は大学生になっていましたが、かなり興奮しました。この知識を基にして、さらに深く調べていけば、あの家の場所を特定できるのではないか、と希望を持ったからです。

ただ、それも糠(ぬか)喜びに過ぎませんでした。なぜなら当時の交通事情を考えると、今ぱっと挙げた地域の何処にも、絶対に行けなかったと気づいたせいです。

あの日、家を出たのは九時半前でした。それは確かです。何時に起きたのか、洗面や朝食や着替えに、どれほど時間を要したのか、まったく記憶はありませんが、家を出る前に、かなり愚図愚図していた気がします。

何となく着替えに手間取ったような、そんな覚えがあるのです。私が嫌がって非協力的だったのか、母親が何を着せるかで迷ったのか、その理由は謎ですが……。とにかく一向に出掛ける用意が整わないため、父親が痺(しび)れを切らして「九時半には出るからな」と、母親に怒ったことだけは間違いありません。

仮に家を出たのが九時半とすると、最寄りの駅まで歩いて電車に乗れるのが、九時五十分くらいになります。何度目かの乗り換えのあと、電車内でお昼を食べたのが正午だったとしましょう。目的の駅に着いたとき、まだお日様が高かったのは確かです。少なくとも夕方ではありません。仮に三時としておきますか。ここまでを合計すると、電車に乗っていたのは、五時間強だと分かります。実際には乗り換えの待ち時間もありますので、五時間弱と見るべきでしょうか。

あの当時の電車で、関西から五時間程度で行くことができる範囲に、とても先程の四県は入りません。

それにお婆さんの言葉遣いが、かなり関西弁に近かったのです。となると東ではなく西に向かった可能性が、俄かに高くなります。しかし今度は、五時間も関西から離れてしまうと、もう関西圏ではなくなってしまいます。つまり家の所在地を割り出す試みは、見事に失敗したわけです。

話が逸れました。元に戻しましょう。

お婆さんと一緒に、二つある玄関の左側から家の中に入った私は、いきなり風呂を使わされて驚きました。しかも予め用意されていたらしい着物に、さっさと着替えさせられたのです。そのうえ私が着ていた他所行きの洋服も下着も、すべて風呂敷に包まれて、垣根の外で待っていた父親に渡されるのを、特に変だとも思わずに眺めていました。そこには靴まで含まれていたので、文字通り身体一つで、その家に来たことになったわけです。そんな卦体な状況に置かれながらも、極自然に私は受け入れていたような気がします。

いいえ、そこにキャラメルの箱も入ると分かったときは、相当がっかりしました。こんなことなら、もっと電車の中で食べておくのだったと、それはもう後悔したものです。

玄関口に佇んだまま父親を見送ったあと、私は玄関に近い座敷で、お婆さんと差し向かいに座りながら、奇妙な説明と注意を受けました。

一つ、今日から七夜が過ぎて、私が七歳になる当日まで、この家で「おこもり」をすること。

二つ、その間、何があろうと決して垣根の外に出てはいけないこと。

三つ、ここでは私の本名を、絶対に名乗ってはならないこと。「おこもり」の間の私の名前は、「とりつばさ」であること。

四つ、お婆さんに名前を尋ねては駄目なこと。彼女を呼ぶときは、必ず「お爺さん」と言うこと。

五つ、ここを訪ねてくる者は一人もいないが、もし見掛けても無視をして絶対に話をしてはならないこと。

六つ、「おこもり」の間は、決して口笛を吹いてはいけないこと。特に夜は気をつけること。

七つ、お婆さんとこの家は私を助けてくれるが、あくまでも援助しかできないこと。すべては私の言動で決まること。

以上ですが、私の頭の中は、それはもう疑問符だらけでした。「おこもり」とは何なのか。なぜ垣根の外へ出られないのか。どうして私の名前が「とりつばさ」なのか。ただ最も首を傾げたのは、お婆さんを「お爺さん」と呼べという件でした。目の前に座っている人は、どう見ても女性です。それなのに「お爺さん」と呼ばなければならないなんて、まったく訳が分かりません。

私は酷く混乱しました。いきなり異世界に放り込まれたような気分でした。あの垣根を越えてから、はじめて不安を覚えたのです。

それでも質問や口答えを一切せずに、すべての説明と注意を受け入れたのは、この家で七夜を過ごして、私が七歳にならないと決して帰れない……という現実を、子供ながらに認めたからでしょう。そのための規則があるのなら、しっかり守らないといけない。自分で言うのも何ですが、まぁ真面目な子供だったわけです。

また「おこもり」とは、お婆さんが私の子守りをすることで、「とりつばさ」は彼女の亡くなった孫の名前かもしれない――などと子供ながらに考えて、自らを納得させていたところもあります。亡き孫の名前云々（うんぬん）は、父方の祖母が口にしていた近所の噂話からでも、きっと思いついたのでしょう。いずれにしろ私が感じた不安は、すぐに和らいでしまったのです。

とはいえ一番の理由は、お婆さんに信頼感と親近感を覚えたからに違いありません。父親は帰ってしまい、何ら馴染（なじ）みのない家に、初対面の老人と残され、ここで七夜も過ごさなければならないと分かっても、私は少しも取り乱さずに、泣き出してもいなかったのですから。

お婆さんのお話が、それほど長かったはずはないのに、気がつくと座敷の縁側の障子越しに、夕間暮れの赤茶けた残照が射し込んでおりました。とても綺麗な色合いだなと感じながら、いつしか侘（わび）しさと恐ろしさも、ほんの少しだけ覚えていた気がします。

あの家とお婆さんが与えてくれた絶対的な安心感に、極微かにですが罅が入ったような……そんな厭な思いに囚われて、慌てて私は視線を逸らしました。今になって振り返ると、あれが最初の予兆だったのかもしれません。

お婆さんが作ってくれた夕食を摂って、そのあと割とすぐ蒲団に入りました。電車内でほとんど寝ていたにも拘らず、やはり慣れない遠出で疲れていたのでしょう。翌朝まで私は、それはもう熟睡しました。

翌日の朝食後、お婆さんは家の前の畑へ行きましたが、私は垣根を越えられないため同行できません。しばらく垣根越しに畑仕事を眺めていたものの、すぐに飽きてしまいました。そこで家に戻ると、私は屋内の探検をはじめたのです。

ここからは学生時代に、建築の書籍で調べた両中門造りの知識も取り入れたお話にして、紙ナプキンに簡単な間取り図を描いてご説明します。

私が入った玄関から向かって左手に当たる座敷の、さらに左側の縁側に面した障子より西日が射し込んでいたことから、玄関は南向きだったと分かります。畑が家の前面に広がっていたのも、これで納得できるわけです。

家の正面から見て、左手の家屋が「座敷」、右手の建物が「廏」と呼ばれるのが、両中門造りの特徴でした。もっとも「廏」は縮めて「まや」とされる場合が多いのですが、ここは分かり易く呼びましょう。「座敷」も屋内の部屋と混同するので、家の左手は「座敷部分」、右手は「廏部分」と称することにします。

座敷部分の玄関から入ると三和土があって、式台から上がります。その先の左右に横切る廊下を過ぎり、目の前の襖を開けると、畳の「前の間」になります。そこの左隣の部屋が、お婆さんから説明と注意を受けた場所で、床の間のある「座敷」です。この座敷と前の間の北には、やはり廊下が左右に延びています。これと最初に渡った廊下は、座敷の南と西に設けられた「L」字の縁側と続いております。実は前の間の東にも廊下は通っており、すべてを繋ぐと正に「ロ」の字になるわけです。

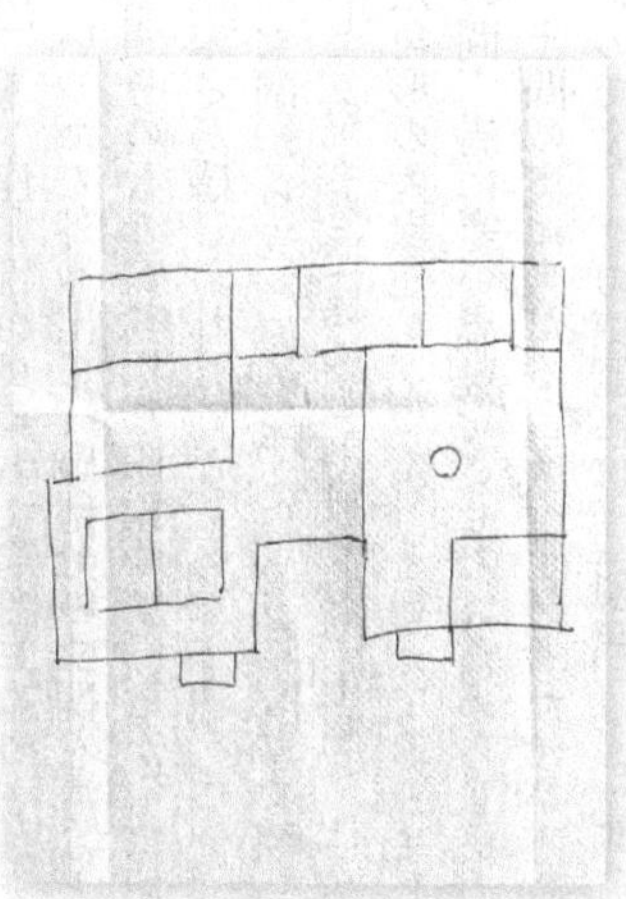

ええ、そうです。その「ロ」の字の中に、前の間と座敷が隣り合って収まっている塩梅ですね。便宜的に玄関に面するのを「一の廊下」と、前の間と座敷の北にあるのを「二の廊下」と名づけましょうか。

二の廊下の先には「中座敷」があって――私とお婆さんが寝ていた部屋になります――その奥が仏間と床の間を持つ「上座敷」でした。中座敷の東側は「お上」と呼ばれる囲炉裏のある板間で、三度の食事をする場所です。お婆さんは家にいるとき、たいていお上の囲炉裏の側に座っていました。その奥は「納戸」と「台所」で、座敷部分はこれで全部になります。

いったん外へ出て、廏部分の玄関を潜ると、そこは板敷でした。座敷部分と比べても、玄関そのものが貧相な印象です。しかも家屋に入ると土間に出迎えられるためか、より粗末さが感じられました。

玄関から入った右手には、柱と壁で囲われた「廏」があります。その他の空間が「L」の字を逆様にした恰好の「土間」になっているのです。土間中央には物凄く太い八角形の大黒柱が、でんっと聳えておりました。その側に囲炉裏と竈(かまど)があったのは、冬の間、馬に寒い思いをさせないためらしいのですが、そもそも廏は空っぽでした。

土間の奥に当たる台所——台所だけが座敷部分と廏部分に、ちょうど半々に跨っていたのです——の東側には、「風呂」と「厠(かわや)」がありました。本来の両中門造りでは、それぞれ「稲部屋」と「唐臼場(からうす)」になります。稲部屋に収穫した稲を入れておき、それを唐臼場で搗(つ)くわけです。でもあの家には、そういう機能を持つ場所が一切ありませんでした。

私が調べた限りですが、この両中門造りを有しているのは、所謂「豪農」と呼ばれる家ばかりでした。しかも該当する家々は、ほとんどが雪国にありました。そのため座敷部分の上座敷の北側と西側、それに中座敷の西側に、たいてい土縁が設けられていました。家屋内で板縁と土間を半々に組み合わせて、積雪のときに縁側として利用できるように考えられたのが、この土縁になります。つまり雪国特有の工夫だったわけですが、あの家には見当たりませんでした。

厳しい冬に備えた豪農の家——というのが、あの家屋の本来の姿であったはずなのに、そういう使われ方は少しもされていない。そもそも不備があるうえに、その地は雪国でさえなかったのではないか。

学生の私は、この大いなる疑問を前に、途方に暮れました。調べれば調べるほど、余計に訳が分からなくなる。そういう怖さを味わったのです。

もちろん子供だった当時の私には、そこまで悟るだけの知識も頭もなかったわけですが、決して普通の家ではない……という思いには、それはもう十二分に囚われておりました。

がらんとした廏の不自然さなどを、恐らく無意識に感じ取っていたのでしょう。どう見ても駄菓子屋さんなのに、いざ店に入るとお菓子を一つとして置いていない。そんな何とも得体の知れぬ薄気味悪さを、あのとき私は覚えたのかもしれません。

家の中を探検しているうちに、なんだか少し怖くなってきました。お婆さんに対する信頼感と家に覚えた安心感は、まだ充分にあったので、別に逃げ出したいと願ったわけでは決してないのですが……。

子供の頃は、自宅であっても時と場合によって、恐ろしいと感じてしまう所がありますよね。独りで入るトイレ、誰もいない居間、夕方の薄暗い廊下や階段……。あれに近い感覚だったのだと思います。

こうして二日目が過ぎました。お婆さんは昼食を作りに戻った以外、ずっと畑仕事をしていました。だからといって放っておかれた気がしなかったのは、それが彼女の日課なのだと、子供ながらに分かったからでしょう。私を預かったせいで、お婆さんの日々の生活が変わるわけではない。そんな風に理解できたわけです。

それに彼女は外から時折、思い出したように家の中にいる私を呼びました。畑仕事をしている最中に、「つばさちゃーん」という声が、家の中まで届きます。そこで外へ出るのですが、別に用事があるわけではなく、ただ単に呼んでみただけと分かります。恰も私の無事を確かめたかったかのように……。

お婆さんは私に話し掛けるたびに、必ず最初に「つばさちゃん」と声を掛けました。ちょっと異常ではないかと感じるほど、それはもう煩いほど、頻繁に呼び掛けてくるのです。

一方の私はまだ一度も、お婆さんを「お爺さん」とは呼べていませんでした。やはり抵抗があったようです。家には二人しかおりませんので、わざわざ呼び掛けなくても、それほど不自由はありません。だから余計に、私は「お爺さん」の呼称を使わなかったのだと思います。その件でお婆さんから、特に小言を食らわなかったことも、理由の一つになるでしょうか。

その夜の夕食のあと、ふと私は頭に浮かんだことを尋ねました。

「お姉ちゃんや妹は、おこもりをしなくていいの？」

　このとき二人の姉と妹の名前を出さなかったのは、例の七つの説明と注意に触れるかどうか、その判断ができなかったからです。

「つばさちゃん、女の子はな、関係ないんや」

　お婆さんの返答を聞いて、とっさに私は返しました。

「だったらお父さんも、子供のとき同じことをしたの？」

「お父さんもな、何の関係もないんよ。つばさちゃんだけに関わることやから、こうしておこもりをしとるんや」

　どうして自分だけ……と、当時の私はやや不満を覚えつつも、その一方で特別視されているような高揚感も覚えておりました。

　ただ、このときの会話は長じてから、ある推測のヒントになったのです。あの家に私を連れていったのは父親ですが、実際に関係があったのは母親の方ではないのか。より正確に言いますと、母方の家系ですね。それも男の子にだけ——もしかすると長男だけかもしれません——関わる問題だった。そんな風に学生の私は考えたのです。

　ただ、母方の祖父母は私が生まれる前に亡くなったと聞いており、母親も私が高校生のときに身罷っています。母親の出身が何処なのか、父親に訊いても教えてくれません。何度も尋ねると、仕舞には怒り出す始末です。二人の姉も、まったく何も知りません。母親に兄弟姉妹がいるのかどうかさえ、よく考えてみると私も姉たちも完全に無知だったのです。

母方の家系を辿(たど)られないように、子供たちには意図的に情報を隠していた。

それが私の結論でした。ちなみに姉たちは私の不在の理由を、「親の言うことを聞かないので、ある家に預かってもらっている」と聞かされていたそうです。だから私が自宅に戻っても、「向こうの家で、どんな辛い目に遭ったのか、絶対に尋ねてはいけない」と釘(くぎ)を刺されていたらしいのです。その言いつけに、勝気だった姉たちが素直に従ったことを考えると、父親が本気で諭したのだと分かります。

お話を戻しましょう。

その家にはラジオもテレビもなく――そもそも電気が通じておらず、明かりはランプでした――私が読める本もありませんでしたが、夜はお婆さんが色々なお話をしてくれました。といっても、すでに知っている「桃太郎」や「一寸法師」のような物語ではなく、主に山を舞台にした何処か恐ろしげな体験談ばかりなのです。

私は怖くて堪(たま)りませんでしたが、それでも夢中になって耳を傾けたのは、お婆さんの語りに魅せられたせいか。または子供ならではの勘の鋭さで、しっかり聞いておく必要があると、密(ひそ)かに感じ取っていたからか……。

三日目の午前中も、私は引き続き家の探検をしたのですが、さすがに飽きてきました。そこで午後からは、家の裏側へ行ってみたのです。

小山の麓から続く坂道の両側には、緑濃い森が迫っていて薄暗いのですが、天辺に着いたとたん開けて、ぱっと明るくなります。畑地が目の前に広がるせいです。しかも家の表側は南面なので、陽当たりも良いわけです。

　ところが裏側に回ってみると、そこには影ができています。家は平屋のため、影の範囲は狭いのですが、家屋の近くまで森が迫っていることもあり、表に比べると寒々とした雰囲気があります。実際ちょっと肌寒さを覚えたほどです。

……森には入りたくない。

　私は垣根の側まで行ったものの、真っ先にそう感じました。

　家を探検していて微かに怖いと思ったのは事実ですが、それを完全に凌駕（りょうが）するほどの大いなる安心感を抱いていたのも、また間違いありません。同じことは、垣根の内側にも言えました。この内部にいる限り大丈夫だ、ちゃんと守られている、という気持ちが初日に垣根を越えたときから、ずっと続いていたのです。

　とはいえ家の中と外を対比した場合、より安全だと思えたのは、もちろん前者でした。なぜなら外にいると、どうしても垣根の周囲が目に入ります。それが家の表側でしたら、畑で働くお婆さんの姿が見え、晴れていればお日様の輝きもあります。しかし、そのとき私がいたのは裏側で、眼前には昼なお暗い森が広がっていたのです。

　家の裏手は、あまり面白くない。

　それに目の前の森は、なんだか恐ろしい。

とっさにそう感じたとしても、不思議ではなかったわけです。だから私は踵（きびす）を返して、さっさと家の中に戻ろうとしたのですが――。

「よぉ」

背後から声を掛けられて、飛び上がるほど驚きました。反射的に逃げ出さなかったのは、相手が自分と同じくらいの男の子だと声音で分かったからです。

振り返ると、果たして似た年齢の着物姿の子供が、太い樹木の陰から顔を覗かせていました。そうして私と目が合うと、にっこり微笑んだのです。

「……こ、こんちは」

その場に立ち止まったまま、私は挨拶しました。子供同士のやり取りらしくない硬さがあったのは、相手は地元の子であり、こちらは他所者だという意識が、恐らくあったからでしょう。

それに彼は、田舎の子とは思えないほど色白で、とても品が感じられました。だから私は子供ながらに、改まった口調になったのです。

「どっから来たん？」

そう尋ねられて、私は自然に県名を答えたのですが、

「ふーん。名前は？」

次の質問に、本当の名前を口に出し掛けたところで、ぐっと踏み止まるだけの機転が働きました。

相手は地元の子なんだから、別に問題はないはず……と思いながらも、お婆さんの注

意が頭を過ったのです。だから不自然なほど、長い間が空いたあとで、

「……つばさ。とり、つばさ」

そう答えたときには、何とも言えぬ変な気持ちになりました。男の子に嘘を吐いてしまった後ろめたさと、お婆さんとの約束を守った誇らしさとが、ぐちゃぐちゃに混ざったような……。

でも目の前にいるのは男の子のため、次第に後ろめたさの方が強くなり出しました。それを誤魔化そうとして、私も相手の名前を尋ねたのです。

はっきりと確かに、そのとき彼は名乗りました。でも、なぜか私には理解できません。まったく聞き慣れない外国の名前で、仮に発音も彼の国のものだったとしても、何らかの音は耳に残るものなのに……。

漁船が漂流して無人島に流れつき、そこからアメリカの捕鯨船に拾われ――という波瀾万丈の人生を送ったジョン万次郎は、「What time is it now?」を「掘った芋いじるな」と音訳したと言われています。もちろん翻訳したのではなく、アメリカ人の発音に似た日本の言葉を、無理矢理に当て嵌めたわけです。ただ当時の彼に、英和辞典も和英辞典もなかったことを考えると、この画期的な学習方法を編み出した才能には、やはり瞠目せざるを得ません。

そんなジョン万次郎を引き合いに出すのも変ですが、男の子が口にした名前が音声となって、あのとき私の耳にも残ったはずなのです。しかしながら、それに近い音さえ仮

名で表すことが、どうしてもできません。今も発しようとすれば、もう喉元まで出掛かるというのに、なぜか彼の名が発音できなくて……。

ちゃんと分かっているはずなのに、それを他人には伝えられない。

この薄気味の悪い現象は、その男の子の名前だけで済みませんでした。彼を色白で品があると描写しましたが、では具体的にどんな容姿だったのか、いざ説明しようとすると、とたんに言葉に詰まってしまうのです。脳裏には彼の白い顔と着物姿がはっきり浮かんでいるのに、それを凝視しようとするとぼやける。たちまち霞んで、まるで遠退いていくようなのです。

思い出せるはずなのに、決して思い出せない。

あの男の子を一言で表現すると、そうなるでしょうか。不思議というよりも無気味ですが、本当のことなんです。

もっとも当時は、そこまで分かりません。名前を訊き返したいと思いながらも、気を悪くするのではないか、と子供ながらに悩みました。やや退屈し掛けていた私にとって、彼の出現は本当に嬉しかったので、機嫌を損ねたくありませんでした。

「口笛、吹けるか」

そのため突然そう訊かれても変には思わず、彼の気を引くために、私は唇を窄める反応を見せたのですが……。

お婆さんとの約束を思い出して、はっと身動ぎしました。でも唇は、すでに口笛を吹く準備をしています。彼も期待に満ちた眼差しを、凝っと私の口元に向けています。困った私は、仕方なく「ふう、ふう」と息を吐き出すだけにして、口笛を吹けない真似をして誤魔化しました。

そのとたん彼が、あからさまに落胆の表情を浮かべたので、私は焦りました。このまま帰ってしまうのではないか、と大いに懼れたのです。

「一緒に遊ばへんか」

だから彼に誘われたとき、私は天にも昇る気分でした。ただ、そう言いながら彼が森の方へ歩き出したので、

「ここで遊ぼう」

私は慌てて引き留めました。垣根を越えてしまうと、お婆さんとの約束を破ることになります。

「別にええけど」

あっさりと彼が応じてくれたので、私は安堵しました。でも、そこからが妙だったのです。

「こっちにお出でよ」

私が手招いても、彼は垣根の内側に入ろうとしません。

「そこは日陰やから、もう少し明るいとこにしよう」

などと言いながら垣根と森の中間辺りの、陽射しのある場所を示すのです。もっとも

な言い分ですが、それではお婆さんの言いつけに背く羽目になりますので、

「ごめん。この垣根を越えたら、あかんねん」

と断りますと、またしても彼はあっさり納得したようでした。ただし今度も、垣根の縄を潜ろうとしません。

「あっちへ行く？　お日様も照ってるから」

そこで私は遊び場として、家屋の西側を提案しました。あまり表側に近づかない限り、畑にいるお婆さんに見られる心配もありません。

そうなんです。「誰とも話してはいけない」という注意を、私も一応は気にしていました。でも、それは相手が大人の場合だと、勝手に都合良く解釈したわけです。けど、お婆さんに見つかると不味いと思った――ということは、心の奥底では約束を破ってしまったと、きっと認めていたのでしょう。

彼は素直について来ましたが、やはり垣根から内に入りません。変だなとは感じましたが、私も垣根の外へは出ないのですから、おあいこだと思いました。

そうして垣根を挟んだままで、二人は遊びました。何とも卦体な状況だったと、今になれば分かりますが、当時は子供ですからね。とにかく遊び相手ができたことが嬉しくて、垣根越しの状態など、すぐ気にならなくなりました。

でも妙に感じたのは、小石でお弾きをした際に、彼が垣根の内側へ――つまり縄を越して――絶対に手を差し入れなかったことです。そのため遊びの「場」は、自然と垣根

の外になりました。私が縄越しに、ぐっと手を伸ばす恰好になったのです。

　そんな私の手のあちこちに、しきりと彼は触れました。最初は偶々だと思ったのですが、それにしては接触が多くて、さすがに変だなと感じはじめたときです。

「つばさちゃーん」

　お婆さんの声が聞こえて、はっと辺りを見回すと、もう夕方でした。まだ遊びはじめたばかりの気でいたので、これには魂消(たまげ)ました。

「もう帰らんと」

　そそくさと彼が立ち去り掛けたので、

「また明日(あした)、遊ぼ」

　私が急いで誘うと、くるっと振り返って彼は笑ってから、すうっと森の中へ消えて行きました。

「お昼からは何処で、何をして遊んでたんや」

　夕食のとき、お婆さんに訊かれたので、私はどきっとしました。彼のことがばれたのではないかと、それはもう焦りました。

「ずーっと姿が見えんかったんで、ちょっと心配したで」

　しかし続けてそう言われ、自分の早合点だと気づき、ほっと安堵したのです。

　それから少し迷ったものの、彼のこと以外は正直に答えて、お婆さんを安心させました。まったく罪悪感がなかったと言えば嘘になりますが、有りのままを話してしまえば、きっと彼とはもう遊べないでしょう。

そんなのは嫌だ——という強い気持ちが、あのときの私にはあったのです。

四日目は朝食を摂るや否や、家の裏へ向かいました。すると彼が待っていたかのように、森の中から現れました。

それはもう嬉しかったです。相手も自分を友達だと思ってくれている。一緒に遊ぶのを心待ちにしていたに違いない。そう感じられたことが、私を有頂天にさせました。お婆さんに話さなくて本当に良かったと、昨夜の自分の判断を大いに褒めてやりたい気分でした。

「見せたい所があるから、あっちへ行こう」

だから彼に森へと誘われたとき、つい私はふらふらと垣根の縄を潜りそうになりました。辛うじて思い留まったのは、お婆さんに嘘を吐いたうえに、約束まで破ることはできないと、さすがに躊躇ったからです。

「つばさだけに教えたる、俺の秘密の場所なんやで」

しかし、内緒話をするような落とした声と、さも重大そうに顔を寄せてくる彼の仕草に、私の心は揺らぎました。

少しくらいなら、垣根から出ても……。

そう囁くもう一人の私がいました。きっとお婆さんには分からないし、また出たからといって、もう戻ってこられないわけでもない。そんな風に自らを納得させようとする私がいるのです。

「近いの？　すぐ戻れる？」

「うん。ほんまにすぐそこや。あっという間に行けて、あっという間に……」

帰れるから、または戻れるから——と彼は言ったはずなのに、なぜか違う言葉が聞こえた気がしました。

でも、私が訊き返すよりも早く、

「早う行こう。今やったら、まだ間に合うから。間違いのう気に入る、そら凄い所なんやから」

そう言って彼がしきりに急かすので、よく考えると何ら意味をなさない誘い文句の羅列に過ぎなかったのに、すっかりその気になったのです。いえ、何を言っているのか不明だったからこそ、大いに興味を惹かれたのでしょう。

私はその場に蹲むと、頭から垣根の縄を潜ろうとしました。

「……もんが、そこにおるから」

ところが、続けて耳に届いた言葉は聞き取れなかったにも拘らず、なぜか引っ掛かりました。えっ……と思ったとたん、ぞくっとした寒気を覚えたのです。

潜り掛けた縄から頭を引っ込めて、すっくと私が立ち上がると、ばつの悪そうな顔をした彼が目に入りました。

つい口を滑らせて、余計なことを言ってしまった。

恰もそんな風に映る表情を、彼は見せているのです。それに気づいた私が、どう反応して良いのか戸惑っていると、

「つばさちゃーん」

とても大きなお婆さんの呼び声が、いきなり響き渡りました。とっさに聞こえた家の東側を見やってから、慌てて彼に目を向けたのですが、もう姿がありません。

森に隠れたに違いないと安堵しながらも、いくら何でも早過ぎるのではないか、そんな時間はなかったはずでは……と不審がっているところへ、えっちらおっちらとお婆さんが現れました。

「外で遊ぶときは、これを身につけとかんとあかんよ」

そしてまるで最初から約束していたかのように、手に持っていた菅笠(すげがさ)を私の頭に被(かぶ)せたのです。

はい、時代劇で旅人や巡礼者が使っている、あれと同じ代物でした。子供の私には大き過ぎるうえに、家の裏側は日陰です。どう考えても不要でしょう。それなのにお婆さんは有無を言わせず、それを私に被せると、「家に入るまで、絶対に取ったらあかんで」と注意して、さっさと戻っていったのです。

真っ先に私が感じたのは、恥ずかしさでした。こんな姿を彼に見られるのは嫌だと、羞恥心(しゅうちしん)を覚えたのです。だからといって遊びを止めてしまうのも淋(さび)しいため、私は迷いに迷いました。

「おーい、もう大丈夫やでぇ」

結局は声を殺しながら、森の何処かに身を潜めている彼に、そっと私は呼び掛けました。せっかくできた友達です。やはり一緒に遊びたいと思ったのです。

すると物音も立てずに樹木の陰から、すうっと彼が現れました。しかし私を目にしたとたん、とても厭そうな顔をしました。生理的嫌悪感と恐怖心が混ざり合ったような、それは何とも言えぬ恐ろしい表情でした。

「そんなもん、なんで被ってるんや」

詰問するような口調に戸惑いつつも、私は家の人の言いつけだと教えました。ここは陽射しがないのに可怪しいと、きっと言われると覚悟したのですが、彼から返ってきたのは妙な台詞でした。

「そんな厭なもん、さっさと捨ててしまえや」

確かに恰好が悪く、遊ぶのにも邪魔で、日陰では無用の長物ですが、厭なものと強く嫌うほどではないでしょう。

「それを被ったままやったら、つばさとは遊べん」

この彼の過剰な反応に、私は大いに戸惑いました。とはいえお婆さんとの約束は、絶対だという思いもあります。

よくよく考えた末に苦肉の策として、菅笠の紐を首に掛けた状態で、肝心の笠は背中に垂らすことにしました。お婆さんは「身につけろ」と言ったのであり、「被っておけ」と注意したわけではないと、子供ながらに理屈をつけたのです。

ええ、結構ませた子でした。

この工夫に彼は、不承不承ながらも折れたようです。本当は不満だったようですが、まぁ仕方がないと我慢したらしいのです。

しかしながら垣根を挟んで遊んでいるとき、私が背中を向けると、ひっと息を呑む気配が頻繁にしました。それが彼の菅笠に対する反応だと分かるだけに、そのうち気の毒になってきましてね。何度も外そうかと考えるのですが、お婆さんの言いつけに背くことになると思うと、どうしてもできません。

やがて昼になったので、お婆さんに呼ばれて、私は家へ入りました。そのとき「もう午後から彼は、ひょっとすると遊んでくれないのではないか」と少し不安になりました。嫌われてしまったのではないかと、大いに心配したのです。

菅笠を頭に被らずに、亀の甲羅のように背負った姿の私を見ても、お婆さんは何も言いませんでした。それまでと同じように昼食を作って、お上の囲炉裏を挟んで、二人で食事をしただけです。

ただし食後に、私は上座敷へ連れていかれ、お婆さんが仏壇から取り出した、革の袋に入った小振りの山刀を渡されたので、とても驚くと共に興奮しました。男の子ですからね。やっぱり興味があるわけです。

でもお婆さんに、その場で釘を刺されました。

「この山刀は、つばさちゃんのお守りや。せやから決して、遊びで使うたらあかん。家の外へ出るときは、必ず身につけとくこと。けど触ったら駄目やで。これを抜いてええんは、怖い目に遭うたときだけや」

遊びで使ってはいけないと言われ、正直がっかりしましたが、それどころではないほどの不安に、たちまち私は包まれたのです。

怖い目に遭う……とは、どういう意味なのか。

しかしお婆さんに尋ねても、何も答えてくれません。なぜか新しい着物に着替えさせたうえで、山刀を風呂敷に包んで、肩掛けにして背負わせ、それを隠すように菅笠を、私の背中に垂らしたのです。

もしかするとお婆さんは、あの男の子と遊んでいることに、とっくに気づいているのかもしれない——と、ふと私は疑いました。急に被らされた菅笠も、こうして与えられた山刀も、そのせいではないかと感じたのです。

ただ、あの男の子の存在を認めているのなら、どうして彼に少しも触れないのでしょうか。それに菅笠と山刀が急に必要になったのは、なぜなのでしょう。

次の瞬間でした。はっと私は気づきました。

菅笠も山刀も、夜毎お婆さんが語ってくれるお話の中に、どちらも出てきていたのです。しかも両方とも、山での忌まわしい出来事から体験者を救ってくれた、非常に重要なお守りとして……。

ここで普通なら、お婆さんが口にした怖い目に遭うこと、お守りである菅笠と山刀の役目、あの男の子の存在――という三つが重なるのかもしれません。けれど私は、それに必死になって抵抗したのです。

そういう疑惑が、少しも芽生えなかったかといえば、もちろん違います。むしろ不安が、どんどん膨らんでいました。お婆さんが言葉の忠告だけでなく、菅笠や山刀を持ち出したからでしょう。

でも一方で男の子は友達だという思いが、やっぱりあるのです。お婆さんは信頼していましたが、かといって彼と遊べなくなるのは嫌でした。そもそも会ってはいけないとは、一言も注意されていません。

あのときの私は半ば、自分を誤魔化していたのだと思います。変な譬えですが、悪女ではなかろうかと気づいているのに、つい逢瀬を重ねてしまうような、そんな精神状態に近かったと言えば理解してもらえるでしょうか。

その恰好のまま家の裏へ行くと、すぐに彼が森から現れました。けれど一瞬で、顔が強張るのが分かりました。私の姿を見て、ぎょっとしたのです。

彼の反応を目の当たりにして、「お前とは遊べない」と言われると、私は覚悟したのですが、実際は違いました。

「うちに来いへんか」

予想外にも家に誘われたので、私は嬉しくなりましたが、それには垣根の外へ出なければなりません。

「つばさちゃんのこと話したら、みーんな会いたいって言うんや」

「行きたいけど……」

私が断ろうとすると、彼が先回りするように、

「ここを出たらあかんて、そう言われとるんやろ。せやけどお守りがあったら、きっと大丈夫なんとちゃうか」

なるほどと感心しつつ納得しましたが、そのお守りを彼が毛嫌いしていたので、さすがに気になって尋ねると、

「わざわざそれを越えて来てくれるんやから、そこは俺も我慢せんとな」

そう言って微笑んだのですが、ふと私の胸元に目を留めたとたん、

「……何なんや、それ？」

子供とは思えないほど、顔を顰めたのです。

私が正直に山刀を背負っていると答えると、反射的に彼が後退りしました。その反応は、菅笠を目にしたときよりも、もっと激しいものでした。

このままでは、きっと彼の家に遊びに行けない。ほっとする気持ちと同じくらい、がっかりしている自分がいました。行ってはいけないけど、やっぱり行きたい……という思いが、心の奥底にあるのです。

「構へんよ。行こう」

だから彼にそう促されて、私は驚きながらも嬉しくて仕方ありませんでした。

「このままで、ほんまにええの？」

「うん、構へん」

私が蹲みながら垣根の縄の下を潜るのと、彼の呟きが微かに聞こえたのが、ほぼ同時でした。

「……もんが、そこにおるから」

垣根の外に出たとたん、ひんやりとしながらも湿ったような空気を感じて、ぶるっと身体が震えました。そして立ち上がる瞬間、早くも私は後悔を覚えたのです。

とんでもないことをした……。

とっさに戻ろうと振り返ると、目の前に彼がいました。垣根と私の間に、いつの間に移動したのか、彼が立っていたのです。

「あっちや」

指差されたのは、鬱蒼と茂った森の方向でした。

「道が分からへんから……」

彼に先導して欲しいと頼むのですが、なぜか私の後ろから指示すると言うのです。仕方なくその通りに進みましたが、どうしても歩みが遅くなるうえに、背後の彼の様子が変でした。まるで私のあとに続くのが、苦痛で堪らないとでもいうような、そんな有様なのです。

そのうち「やっぱりあかん」と音を上げるようにして、私の前へと回りました。もしかすると菅笠を眼前にした状態での歩行が、言葉にはできぬほど彼には苦痛だったのかもしれません。

最初は獣道の如き細い筋を歩いていたのですが、すぐに藪の中を進む羽目になりました。場所によっては二人の背丈を超える草木に、どっぷりと私は呑み込まれながらも、必死になって彼について行こうとしました。けれど背中の菅笠が周囲の枝葉に引っ掛かり、とても邪魔になって上手く歩けません。

「まだ遠いの？」

「もう少し。もっと上や」

あとから考えると、彼の台詞は可怪しいと分かります。なぜなら私たちの歩きは、多少の上り下りはあるものの、少なくとも登ってはいなかったからです。それにお婆さんの家は、この小山の天辺にあるはずではありませんか。あそこよりも上に彼の家が存在するというのは、どう考えても変です。

しかし、そのときの私は、まったく余裕がありませんでした。そこまで頭が回りません。ただ彼のあとについて、藪を漕いで進むのに、もう精一杯だったのです。

ところが、ふと気づくと随分と歩き易くなっています。やれやれ助かったと喜んでいたら、背中の菅笠が外れてなくなっていることが分かり、さあっと顔から血の気が引きました。

藪に引っ掛かって、恐らく何処かで落としたのです。もっと注意すべきだったと後悔したものの、もちろん後の祭りです。ただし私には、まだ山刀がありました。お守りとしては菅笠よりも、もっと力がありそうな。

まだ大丈夫や。

だから私は引き返して菅笠を捜すことなく、そのまま彼について行きました。いざとなれば山刀を抜けば良いと、そんな勇ましいことを考えておりました。

そこから随分とまだ歩いたあとで突然、まったく何もない空間に、ぽっと出たので驚きました。雑草も生えていない円形の土の地面が、そこに広がっています。周囲は樹木と藪に囲まれているのに、その奇妙な場所には何もありません。ただ赤茶けた土だけが、やや凸凹(でこぼこ)の状態で小さく広がっているのです。

そして私の向かいには、苔(こけ)に覆われ半ば崩壊したような石段が、下へと延びていました。近づいて見下ろしたものの、左右から被さる枝葉によって、四、五段目くらいから下が完全に隠れていて、その先が分かりません。

……もっと上に家があると、彼は言ったはずやのに。

目の前の石段は、明らかに下っています。上ではなく反対の下へと、私を誘っているのです。

私が混乱していると、

「どっちも、失くしたんやな」

とても嬉しそうな声が、急に背後から聞こえて、ぎょっとして振り返ると、いつの間にか彼が真後ろに立っています。

「な、何のこと……」

思わず怯(おび)えてしまったのを悟られないように、さり気なく訊き返そうとして、私は背中が軽いことに気づき、心底ぞおっとしたのです。

山刀も、なくなってる……。

ぱっと脳裏に浮かんだのは、藪の中で無数の枝葉が触手のような蠢(うごめ)きを見せて、風呂敷の結び目を少しずつ、こっそりと、密かに、私に悟られることなく解いている有り得ない光景でした。

「心配せんでもええ」

焦る私とは対照的に、彼は笑っています。でも、その瞳(ひとみ)が何処か変なのです。

「みーんな、待ってるからな」

まるで爬虫(はちゅう)類のような目の玉で、私を凝っと見詰めているのです。

とっさに逃げ出そうとしたところを、ばんっと右手で胸を突かれました。それが物凄い力で、階段の方へと飛ばされたのですが、

うぎゃあぁぁっ！

同時に物凄い悲鳴が辺りに響いて、私は地面に尻餅(しりもち)をつきながらも反射的に身構えました。でも目に入ったのは、とても信じられない光景でした。

彼が両膝をついた状態で、左手で右手の手首を押さえながら、うんうんと呻いているのです。右の掌は赤々と腫れ上がって、まるで火膨れのような有様で、見ているだけでも痛々しく、私は目を背けました。

そのとき気づいたのです。自分の着物の胸元が、じんじんと痺れるように痛むことと、そこに手形のような跡があることに……。

着物の柄ですか。格子縞に似た、網目のような模様でしたね。

いいえ、着替えさせられる前の着物は、紺色の無地です。そこに柄など一切なかったのは、確かです。

彼に何が起きたのか、さっぱり分かりません。ただ、今こそ逃げるときだと悟った私は、そっと中腰になると、自分が出てきた藪の方向を見定めて、そこを目掛けて素早く駆け出しました。

がざざっ、ばちばちっ、ざわわっ……という藪を掻き分ける物音が、煩いほど耳につきます。それが恰も追い縋ってくる声のように聞こえます。何と言っているのかは分かりません。まったく意味不明ですが、それ故に恐ろしくて堪りません。しかし声を止めようとすれば、立ち止まるしかないのです。そんなことをしたら……と考えていると、後ろから本当に大声が響いてきました。

あの声音の再現は、恐らく人間には無理でしょう。言葉として発しようにも、文字に起こそうにも、どう表現すれば良いのか……。もし仮に再現できたとしたら、そのとき私の頭は、きっと可怪しくなっているでしょう。

とにかく藪の中を猛然と突き進みながら、咆哮している彼の姿が、ありありと浮かぶほどの物凄い気配が、どんどん近づいてくるのです。

私は震え上がりました。彼が追い掛けてきたことも、もちろん恐ろしかったわけですが、人間の言葉ではない声を発していることが、それ以上の戦慄を私に齎したのです。

そこからは、さらに死に物狂いで逃げました。無事に家まで戻れるのか、正しく来た道筋を辿れているのか——という懼れに苛まれながらも、最も気に掛かったのは、彼に追いつかれるのではないか……という圧倒的な恐れでした。

あれから逃げるには、このまま山を下りるのが一番かも……と考える一方で、本当に助かるためには家に戻るしかない——と分かっていた気もいたします。

男の子であり、彼であり、友達であった存在は、あれに変わっていました。あれは正体不明で、ひたすら忌まわしくて、何よりも恐ろしいものでした。そんな奴に追われているのですから、もう生きた心地がしません。でも捕まったら、その生きた心地が正真正銘しない有様に、きっとなるに違いないのです。

幸いだったのは、例の変な空地に出るまで、密林の如く茂った藪を掻き分けて来たことでした。その痕跡が残っているため、それを辿って戻りさえすれば、恐らく家には帰れます。つまり子供にも分かる道標が、必死に逃げている私の眼前に、次々と現れてくるので大いに助けられました。あの目印がなかったら、たちまち私は進むべき方向を見失って途方に暮れ、山中で立ち竦んでしまい、あっという間にあれに追いつかれていたでしょう。

ただし、そうやって迷うことなく逃げながらも、私は危惧してもいました。菅笠と山刀を失くしたのは、藪の中を歩いているときです。さすがに確信はありませんが、周囲の枝葉が触手のように伸びて……という妄想が、私の頭には浮かんでいました。また同じことが起こるのではないか。藪そのものに行く手を阻まれ、今に進めなくなるのでは……と大いに恐れていたのです。

それに抵抗するためには、できる限り速く走る必要がありました。でも、まだ子供でしたからね。すぐに息が上がって、むしろ歩くのがやっと、という有様になってしまったのです。

すると着物の袖や裾が、やたらと枝葉に引っ掛かり出しました。まるで引き留めようとするかのように……。私の邪魔をする意思を持っているかの如く……。

やっぱり、そうや。

自分の厭な予感が当たったことに、私は絶望しました。きっと今に藪そのものに手足を搦め捕られて、まったく身動きできなくなるに違いない。そんな想像をして、失意のどん底に叩き落とされたのです。

ところが、その力が意外にも弱いらしいと、しばらくすると私は悟りました。着物に引っ掛かるものの、すぐさま外れてしまうのです。菅笠を背中から密かに外して、山刀を包む風呂敷の結び目を解いた――それほどの魔力があるにしては、すでに歩いているだけの私を、ほとんど阻止できていません。

あれが私の着物に触れたせいで、右の掌に火傷を負ったかに見えたように、もしかすると周囲の藪たちも同じ理由で、こちらに手出しができないのでは……という希望が、ふいに生まれました。

大丈夫かもしれない。

思わず喜び掛けた私は、そこで背後の異様な静けさにようやく気づき、次の瞬間、ぞわっと項が粟立ったのが分かりました。

藪を掻き分ける物音が、少しも聞こえてこない……。

それなのに追ってくるあれの気配は、はっきりと感じ取れる……。

まざまざと脳裏に映ったのは、あれの行く手の藪が、すうっと自然に分かれる光景でした。あれの邪魔をせずに、むしろ通り易くしている信じられない眺めです。

この懼れを証明するかのように、後ろの無気味な気配が迫ってきます。ただし物音が一切しません。あれの息遣いも、その足音も、藪の葉擦れも、まったく何も聞こえてこないのです。

ただただ悍ましい気配だけが、ずっと私のあとを跟いてくる……。

振り返って確かめたい気持ちは、当然ありました。でも後ろを向いて目に入ったのが、人ではない何かだったら……と思うと、もういけません。

私は泣きながら逃げ続けました。そのため森をやっと抜けて、ようやく家の裏側に出られたときも、涙で両の瞳がぼやけており、とっさに分からなかったほどです。あっ、やっと帰れたんや……と察したとたん、その場にへなへなと頽(くずお)れそうになりました。そうしなかったのは、すぐ真後ろにあれがいたからです。

大丈夫、きっと助かるから……。

私は自分に言い聞かせながら、ゆっくり家へ近づきました。ふらふらになりながら一歩ずつ、とにかく前進するだけです。どうも新しい着物のせいで、あれは私に触れないらしい。何の確信もありませんが、その可能性だけが支えでした。

森を出てから垣根までの短い距離が、どれほど長く感じられたことか。着物ではなく露出している頭部や両手に触られたら……と、ふと想像したのが失敗でした。

ぶるぶると急に両足が震え出して、たちまち歩くのが困難になりました。すると背後で、あれが嗤(わら)った気がしたのです。少しも声を立てずに、でも大きく口を開けながら、あっはっはっ……と厭な嗤いを浮かべている。わざわざ振り返って見なくても、それが手に取るように分かりました。

私は有りっ丈の力を振り絞って、何が何でも前へと進みました。次第に近づく垣根だけに意識を集中して、とにかく必死に歩き続けたのです。

もう一歩で垣根の前に立つというとき、ぼそっと首筋で声がしました。

「……遊びにいくからな」

冷水を背筋に流し込まれたような、ぞわわっとする悪寒が走るや否や、私は夢中で垣根の縄を潜っていました。そして立ち上がると同時に、すぐさま振り向いたのですが、もうあれはそこにいませんでした。

……助かったんや。

あれの言葉は気になりましたが、垣根を越えることができないのは、まず間違いありません。つまり単なる負け惜しみに過ぎないわけです。それは子供とはいえ分かります。だから怯える必要はないのですが、私は何度も森を振り返りながら、家の正面へと回りました。

そこではじめて、すでに夕間暮れが訪れていると知り、改めてぞっとしました。もしも森の中で日が暮れていたら、果たして助かったかどうか……。

畑にお婆さんの姿はありませんでした。もう家の中に入ったのでしょう。きっと心配しているに違いないと、急いで玄関を潜ろうとして、どれほど自分の着物が汚れているか、やっと私は気づきました。そこで座敷部分ではなく、厩部分の玄関を使うことにして、三和土から土間へと足を踏み入れたときです。

……ぽとっ。

後ろで微かな物音がしました。振り向いて下を見やると、掌ほどの大きさの枝が転がっています。藪の中を逃げているとき、着物に偶々ひっついたのが、きっと落ちたのでしょう。そう思ったものの、なぜか目を離すことができません。しかも眺めているうちに、どんどん不安になってきて……。

土間に落ちたその枝は、まるで人の形をしているように映りました。

「ああっ、無事やったかぁ」

そこへお婆さんが座敷部分から現れました。

「何遍も呼んだけど、まったく返事がない。家の裏を覗いても、おらん。あぁ、こりゃ連れてかれてもうたんやなぁ……と分かったけど、儂にはどうすることもできん。あとはつばさちゃん次第やからな」

てっきり怒られると思ったのですが、お婆さんはそう言っただけで、すぐさま風呂を沸かして——そのとき私が着ていた着物は焚きつけに使われました——私を入れて全身を洗うと、同じ格子縞の新しい着物を出してくれたあと、いつも通り夕食の準備をはじめました。

その夜のことです。夕食が終わって、本当ならお婆さんの昔話を聞く時間に、すでに私は蒲団に入っていました。森の中で何があったのか、それを話したいと願いながらも、かなり疲れていたらしく、あっという間に寝入ってしまったのです。それでもお婆さんに訊かれていたら、きっと私は眠いのを我慢して、すべてを打ち明けていたことでしょう。しかし彼女は、まったく水を向けてきませんでした。仮にどんな目に私が遭おうとも、あくまでも「つばさちゃん次第」だったからでしょうか。

本来なら朝まで、そのまま目覚めなかったと思います。でも、ごとごとっと煩い物音に、私は眠りを妨げられました。

横に敷かれた蒲団を見ると、お婆さんがいません。私は物音がするお上の方へと、眠い目を擦りながら出ていきました。すると彼女が座敷部分と廏部分を隔てるための板戸を、物凄く慌てた様子で閉めていたのです。そうして全部を閉め終わったところで、その場にぱたんと座り込んでしまいました。

私が声を掛けることもできずに佇んでいると、こちらに気づいたお婆さんが、息も絶え絶えに言いました。

「……あれに、入られた」

とっさに脳裏に浮かんだのは、廏部分の土間に落ちた、あの人の恰好をした枝でした。あんなものを着物にひっつけたまま、この家に帰ってきたからではないか……と恐怖したのです。

しかし、あの着物にはあれを阻止できる力があったはずだと、私は首を傾げもしました。だから感じたことを、そのままお婆さんに話したのです。

「つばさちゃんは、偉う賢いな。阿呆な子やったら、とっくにあかんかったやろ」

そう返しながらもお婆さんは、少し思案しているようでしたが、

「……恐らく帯やな。儂も迂闊やった」

ぽつりと呟きました。着物には魔除けの力があったものの、帯は普通の代物だったため、あれは問題の枝を引っ掛けることができた。そういう意味らしいのです。

私が愕然としながら、閉められた板戸を見詰めていると、

「開けたら、絶対にあかん。見たら、絶対にあかんよ」

お婆さんに強く言われました。

「いーっぱい、おるからな」

何かが土間中に犇めく様子が、ぱあっと脳裏に広がって、私は震え上がりました。と同時にあれの台詞が、まざまざと蘇ったのです。

つばさちゃんのこと話したら、みーんな会いたいって言うんや。

みーんな、待ってるからな。

それからお婆さんと中座敷に戻って、蒲団に入り直しましたが、ほとんど朝までまんじりともできませんでした。

五日目の朝を迎えて、ようやく私は安堵しました。太陽が昇れば大丈夫だと信じていたからです。だからお婆さんの言葉に、耳を疑いました。

「あっち側は、もうあかん。せやから板戸を開けるんも、あっちを覗くんも、決して行くなんて、絶対にしたら駄目やよ」

あっちとは、もちろん厩部分を指します。つまり両中門造りのほぼ半分が、あれに占領されてしまったらしいのです。

「外へ出るのは？」

微かな希望を抱いて尋ねると、お婆さんは真剣な表情で、

「今のところは、まだ大丈夫そうやな」

ということは時間の経過と共に、家の外も危険になる虞があるわけです。そうなると私たちは、完全に座敷部分の屋内に閉じ込められる羽目になります。

「大丈夫や。食べるもんの蓄えは、ちゃんとあるからな」

私の不安を見て取ったのか、

「あと三晩だけこの家に、つばさちゃんは籠っとったらええねん。それでお終いや。あれはいのうなる。そもそも『おこもり』いうんは、そういうもんやからな」

お婆さんは何でもないという口調で、私を宥めました。

家に閉じ込められたと考えると恐ろしかったのが、そこに籠ってあれから逃れるのだと言われると、とたんに気持ちが楽になりました。普通なら三日間も家に閉じ籠るなど、絶対に嫌だったと思いますが、無論そのときは別でした。垣根を越えたせいで怖い目に遭ったのですから、「おこもり」が済むまで家から出てはいけないと言われ、むしろ安堵感を覚えました。

ただ驚いたのは、お婆さんが朝食後に畑へ出掛けたことです。思わず止めようとした私に、にっこりと彼女は微笑みながら、

「儂は大丈夫や。つばさちゃんさえ、この家におってくれたら、何の心配もせんで畑仕事ができる。それに外も、しばらくは平気やろ」

などと言うので、まだ私は心配しながらも、お婆さんを座敷部分の玄関口で見送りま

した。

でも考えてみれば「おこもり」の主役は私で、お婆さんは付き添いのようなものです。あれが狙っているのは私であって、彼女ではないでしょう。お婆さんを気遣う余裕があったら、もっと自分のことに目を向けるべきではないか。少なくとも最初にした約束を破るような行為は、もう絶対にしてはいけない。そう己に強く言い聞かせました。

そんな風に決意したこともあり、家の中に独りで取り残されても、しばらく私は妙な緊張を覚えてしまい、まったく物淋しさは感じませんでした。ただ、それが次第に薄れはじめるに従い、廏部分の土間が気になり出したのです。

そんなときに限って、私は厠に行きたくなりました。お婆さんの言いつけで、廏部分から最も離れている座敷に、私は籠っていたのですが、厠に行くためにはお上を通る必要があります。あれが犇めく土間とお上を遮る板戸の側を通らないと、絶対に厠へは行けません。

しばらくは我慢したものの、生理現象を止めるのは無理です。仕方なく私は座敷を出ましたが、お上の板間を歩くときは、自然と忍び足になりました。同じようにして台所を通り、風呂場の横を抜けて、ようやく厠に着いたときには、ほっとしたあまり漏らし掛けたほどです。

ところが、厠で小用をしていると、ざわざわざわっ……という気味の悪い蠢きが、廏部分の方から伝わってきて、はっと私は思い出したのです。お上と同様に、台所の一部と風呂と廁は、土間に接していることに。

　こっちに気づいたんやないか……。

　そう疑ったとたん、ぴたっと小便が止まりました。たった今まであった尿意が、もう感じられません。それが恐怖のせいだと、子供心にも分かったほど、壁一枚を隔てた向こう側のざわつきが、何とも気色の悪いものだったのです。

　私は物音を立てないように、再び忍び足で座敷まで戻りました。そしてお婆さんが畑から戻るまで、ひたすら大人しくしていました。

　昼食を終えたあと、私は遅蒔きながら昨日の出来事を話したのですが、お婆さんは黙って聞いているだけで、約束を破ったことを怒りもしなければ、無事に家へ帰れて良かったというような言葉も口にしませんでした。

　ただし午前中の廁の件を耳にすると、とたんに彼女の顔が険しくなったのです。

「つばさちゃんが家の中で動くんは、座敷と中座敷と上座敷だけにして、あとは行かん方が良さそうやな」

　まだ前の間もありましたが、あそこは部屋とは捉えられていなかったので、恐らく敢えて省いたのでしょう。

　廁はどうするのかと訊くと、それ用の甕を二の廊下の隅に置くと言われ、かあっと顔が熱くなりました。とはいえ承諾せざるを得ません。なぜなら壁一枚越しに覚えた土間の蠢きの悍ましさが、まざまざと残っていたからです。

その日の午後は、本当に長く感じました。暇を持て余した私は、座敷を出て中座敷へ、そこから上座敷へと行き来するのですが、すぐに飽きてしまいます。仕舞いにはお上に足を踏み入れるのですが、廏部分の土間と接した板戸には、さすがに近づけません。ただ凝っと見詰めるだけです。

それなのに、しばらく眺めていると、ざわざわざわっ……という気持ちの悪い蠢きが、板戸の向こう側で感じられるのです。ほんの僅かな私の気配を、まるで敏感に察したかのように……。

もう止めようと思いながらも、夕方お婆さんが戻ってくるまでの間、私は何度か同じことを繰り返しました。もし朝から同じ行為をしていたら、私は少しだけ板戸を開けて、その隙間から土間を覗いていたかもしれません。その結果、あれが座敷部分にも侵入してきて……と想像したら、一気に怖くなりました。あと二日も――夜を越すという意味では三晩ですが――こんな状態に耐えられるだろうかと、物凄い不安を覚えました。

お上ではなく中座敷で夕食を摂ったあと、お婆さんは台所で片づけをしていたのですが、急に慌てて戻ってくると、

「……廁と風呂場にも、あれに入られた」

何とも恐ろしい台詞を口にしたのです。いえ、それよりも怖かったのは、あれが座敷部分をも侵すことを、お婆さんが少しも予想していなかったらしい、という事実の方でした。

ここは大丈夫やろか。

中座敷に敷かれた蒲団の中に、昨夜と同じく早々と入りながら、私が不安に駆られていると、しばらくして妙な音が聞こえてきました。

……ひうぅぅぅぅっ。

最初は風かと思いましたが、耳を澄ましているうちに、そうではないと分かりました。それは屋外ではなく、屋内で響いていたからです。

いったい何処から……。

と首を持ち上げ掛けて、その場所と音の正体に、はっと気づきました。

あれが土間で、口笛を吹いてる……。

お婆さんとの約束の内容と、あれが彼だったときに、私に口笛を吹かせようとしたことが、ここで重なり寒気を覚えました。

……ぴいぃぃぃぃっ。

口笛の音色は物悲しくて、かつ薄気味の悪いものでした。微かにしか耳に届かないのに、とても鋭く脳髄に突き刺さるような感じがあります。

「あれを聞いたら、あかん」

お婆さんに注意されて、私は掛蒲団を頭から被ると、両の掌で両耳を押さえました。

すると頭の中で、ごうううっ、どくどくどくっ……と煩い唸りが聞こえて、一向に眠れません。しばらく我慢してから、両の掌を離して耳を澄ましてみると、まだ口笛が響いています。

あれの口笛は一晩中、ずっと続いたそうです。そのうち私は寝入ったものの、お婆さんは眠れなかったのでしょう。朝になって私が目覚めたとき、とても疲れた顔で教えてくれました。

あれの執拗さに心底ぞっとしたのも束の間、朝食の準備をしに行ったお婆さんが戻ってきて、「台所にも入られた」と言われたときには、もう逃げ出すしか手はないと思いました。

でも私の提案に、お婆さんは首を振りつつ、

「今この家から、おこもりが終わる前に出たら、つばさちゃんはお終いや」

お終いという言葉が、このときほど恐ろしかったことはありません。

「台所だけでのうて、きっと納戸も入られとるやろな」

しかもお婆さんは追い討ちを掛けるようなことを、ぽつりと漏らすのです。

六日目は一日中、私は座敷と中座敷で過ごしました。まだお上と上座敷は安全でしたが、それぞれの隣――殿部分の土間と座敷部分の納戸――が侵されているため、決して油断はできません。

昨日のうちにお婆さんがおにぎりを作っていたので、三度の食事はそれで済ませました。厠と風呂場に入られたことで、恐らく彼女も万一を考えていたのでしょう。

これまで通りお婆さんは朝から畑へ出ましたが、何度も私の様子を見に戻ってきまし

た。そのたびに他の部屋の確認をしていたので、あれの侵食の度合いも、きっと検めていたのだと思います。

夕方になって畑から戻ったとき、お婆さんに言われました。

「お上と上座敷にも、あれに入られた」

これで残るのは、中座敷と座敷の二部屋だけです。前の間も入れれば三部屋になりますが、いずれにせよ二晩、まだこの家で過ごさなければなりません。

その夜は二人とも、座敷で寝ました。あれに侵されたお上と上座敷の間に、中座敷と二の廊下を挟めるからです。ただ、それでも夜の口笛は、やっぱり聞こえてきました。しかも、あれが土間で吹いていたときよりも、はっきりと耳に届いたのです。遮るものが板戸から襖になったせいか。それともあれの力が増したためだったのか……。

七日目の朝を迎えたところで、お婆さんが疲労困憊の状態にあると、子供の私にも分かりました。畑に出掛けなかったことからも、どれほど弱っていたかが推測できます。しかしながら私は、何の助けにもなりません。依然としてお婆さんに、守られる立場だったのです。

最早おにぎりはなく、この日は乾パンや缶詰などの保存食で済ませました。水分の補給は、複数の水筒に入れられたお茶と水です。

その日は二人とも、ずっと座敷に籠り続けたのですが、

「今夜を越せたら、もう何の心配もいらんからな」

お婆さんは何度も、私を励ましてくれました。あれが仮に中座敷へ侵入したとしても、まだ二の廊下があります。この座敷へ入れるようになる頃には、もう七晩目の夜が明けてしまっており、あれは山へ逃げ帰るしかない……というのがお婆さんの考えだったのです。

そんな説明を受けて安心できたのは、しかしながら僅かな間でした。その日の夕方までに、あれが中座敷へと入ってしまったからです。

日が暮れて簡単な食事を摂ったあと、お婆さんは廁代わりの甕を私に使わせてから、座敷の襖の合わせ目にお札のようなものを、べたべたと貼り出しました。座敷を内側から、目張りするような感じですね。

そんなお守りがあるのなら、もっと早くお上の板戸にでも貼れば良かったのに、と思ったのですが、恐らく最後の手段だったのでしょう。

そして座敷の中央に蒲団を敷いてから、その上に蚊帳を吊ると、

「ええか。夜が明けるまで、何があっても蚊帳から出たらあかん」

そう私に言い聞かせました。

「万一があっても、儂がここで食い止めるからな」

当時の私が、「万一」の意味を知っていたとは思えませんが、お守りのお札を剝がされて、座敷に侵入を許してしまう最悪の場合のこと……を言っているのだと、ちゃんと理解できました。

お婆さんは数珠(じゅず)を手にして、明かりを細めたランプを側に置くと、私に背中を向けた恰好で、蚊帳のすぐ外に座りました。彼女の視線の先には、お札で目張りされた襖が、その向こうに二の廊下が、さらに先には中座敷があります。

あれと私の間に、お婆さんが座ってる。

この座敷の状態が、どれほどの安心を私に与えてくれたことでしょう。自分は守られているという安堵感に包まれながら、私は蒲団に入ったのです。

とはいえさすがに緊張は覚えましたので、なかなか寝つけません。何度も目を開けてお婆さんの背中を眺め、また目蓋(まぶた)を閉じる——その繰り返しでした。

どれほどの時が過ぎたでしょうか。

いつしか寝入っていたらしい私は、ふと目が覚めました。しかし、まだ夜は明けていません。明かりといえばランプの仄(ほの)かな光だけで、ほとんど座敷の中は真っ暗です。では、どうして起きてしまったのか。蒲団から出ようとして、どうにも耳障りな物音が聞こえていることに、はっと私は気づきました。

……ざわざわわっざわざわざわっ。

それは襖のすぐ向こうの、二の廊下から伝わってきます。たくさんの何かが狭い廊下に犇めいて、いっせいに蠢いている……そんな風に感じられたのです。

二の廊下の騒(ざわ)めきは、やがて座敷の東側の前の間と、西側の縁側へと広がり、玄関側の一の廊下にも満ちていきました。すっぽりと座敷が、それらに囲まれた状態になったのです。

私が目覚めたとき、すでにお婆さんは一心にお祈りをしているようでした。彼女の力強い唱言も廊下の気色悪い騒めきも、どちらも微かにしか響いていないのに、その二つが物凄い鬩ぎ合いをしているようで、ひたすら私は息を殺していました。

やがて廊下が静まり出して、お婆さんの唱言だけが耳につく中で、再び私はいつしか寝入っておりました。

次に目覚めたとき、しーん……とした静寂を、まず感じました。

恐る恐る掛蒲団から顔を上げると、蚊帳の外でお婆さんが頭を垂れて、こっくりこっくりと寝入っているらしい姿が朧に見えます。

もうすべて終わった……と、私が希望を抱いたときでした。

……ひゅぅぅぅぅっ。

薄気味の悪い口笛が、二の廊下で響きました。次いで前の間で、今度は反対の縁側で、最後に玄関側の一の廊下で、まったく音色の異なる口笛が聞こえてきたのです。

私は蒲団に潜り込んで、胎児の姿勢を取りました。そうして丸まったまま、早く夜が明けますようにと祈りました。でも、そのうち背中が怖くなり出して……。

蒲団の中に入っているとはいえ、あれらがいる方に背中を向けています。その状態が堪らなく恐ろしいのです。仕方がないので仰向きの姿勢になって、掛蒲団を頭まで引き上げました。背中が敷布団に密着していると、ほんの少しだけ安心できます。

それから両の掌で両耳を塞ごうとして、もう口笛が聞こえないことに気づきました。一晩中ずっと続くものと覚悟していたので、正直ちょっと戸惑っていると、妙な気配を覚えたのです。

……見られてる。

あれらが座敷に侵入してきたのかと慄きましたが、それなら室内中が騒めくはずです。でも、そんな気配は微塵もありません。しかし、何かに凝っと見詰められている感覚が、依然としてあるのです。

彼だけが……。

あの男の子だけが入ってきたのではないか……と思い、そっと掛蒲団から両目を出すと、お婆さんが蚊帳越しに、まじまじと私を凝視していました。これまで見たことがないほど、かあっと両の眼を見開いて、瞬き一つすることなく、ひたすら私を見詰めているのです。

その状態がしばらく続いたあと、いきなりお婆さんが顔を、ぬううっと蚊帳に押しつけてきました。その分だけ、ぬぼっと蚊帳が内側に飛び出して、今にも目の前まで伸びてきそうだったので、私は反射的に蒲団から出ると、彼女とは反対側の隅まで急いで逃げました。

するとお婆さんは顔を引っ込め、立膝の恰好になって、ざっざっざっ……と畳を擦りながら蚊帳を回って、私のいる方まで迫ってきたのです。

慌てて反対側に逃げましたが、彼女が蚊帳の外を回り続ける限り、この鬼ごっこに終わりはありません。それでも私は泣きじゃくりながら、あっちからこっちへと蚊帳の中を動くことしかできません。

そのうち疲れを覚え出したのと、お婆さんは蚊帳の中に入れないらしいと悟って、私は蒲団に潜り込みました。そこが彼女から最も遠い場所だと、ようやく気づいたこともあったと思います。

……ざっざっざっざっ。

蚊帳の外を回っている畳を擦る物音と、

……ひうぅぅぅぅっ。

再びはじまった口笛の忌まわしい音色に囲まれながら、がたがたと私は蒲団の中で瘧（おこり）に罹（かか）ったように震えていました。いつまで待っても夜が明けずに、この悍ましい状態がずっと続くに違いないと、物凄い絶望感に苛まれながら……。

それでも子供ですからね。やがて泣き疲れて寝てしまったようです。

ふと目覚めると、怖いくらいの静寂の中で、遠くから微かに何か聞こえている気がしました。自然に耳を澄ましたものの、あれの罠かもしれません。そう言えばお婆さんは……と考えて、一気に恐怖がぶり返しました。

ただし聞こえてくるのは謎の何かだけでなく、鳥の囀（さえず）りらしきものも含まれていると分かり、そっと蒲団から外を覗いたところ、雨戸の隙間から細い一条の光が射し込んでいるではありませんか。

夜が明けた。

と悟ったとたん、私は蒲団から飛び出しました。すると表の方から、「おーい」と呼ぶ声が聞こえたのですが、それは父親のものでした。

急いで蚊帳を潜って、座敷から一の廊下へ、玄関の式台を経て三和土へ、そして家の外へ三日振りに出ると、垣根の向こうに父親が立っていました。たった一週間前に別れたばかりなのに、一年間も会わなかったように思えます。

私は泣きながら駆け寄りましたが、父親の第一声は「お婆さんは、どうした？」でした。そこで私も、座敷に彼女がいなかったことに、ようやく思い当たったのです。

この一週間の出来事を、どう説明したものか……と考え倦ねていると、父親が垣根を跨ぎ越して、さっさと家へ向かい出したので、私は大いに慌てました。必死に止めようとしましたが、少しも聞く耳を持ちません。私を玄関先に残したまま、父親は家に入ってしまったのです。

無事を祈りながら待っていると、険しい顔つきで父親が出てきました。「お婆さんはいた？」と私が尋ねても、まったく何も答えてくれません。

それから私は玄関の三和土で着替えさせられ――父親は風呂敷に包んで、その家に来るときに着ていた洋服や靴など全部を持ってきていました――山を下りて、徒歩で駅へ向かい、そこから電車を乗り継いで、自分の家へ帰ったのです。

私が本当に人心地つけたのは、電車の中でキャラメルを口に入れて、その甘さを感じたときだったかもしれません。

この異様な体験について、大学生のときに調べようとしましたが、先程も申しましたように、ほとんど謎のままで……。

もし何かお考えがありましたら、ぜひお聞かせ下さい。

＊

男性の話が終わって、まず僕が尋ねたのは、「その男の子が変だと感じたのは、いつ頃からですか」だった。

しばらく彼は考え込んでいたが、「最初からだった気がします」と躊躇いつつも答えた。それでも一緒に遊びたかった当時の、まだ幼かった彼の心境を思うと、もう僕は何も言えなかった。

すると体験談に対する意見を再び求められた。しかしながら「最も肝心な男の子の正体が、舞台となる山も含めて、どう考えても不明ですので……」と、僕としては言葉を濁すしかなかった。

民俗学的に解釈すると、垣根の柊と南天も、菅笠と山刀も、新しい着物の柄も、座敷に吊られた蚊帳も、すべてが魔除けだったと見做せる。葉っぱの形状や実の色、各種の網目や刃物といったものには、古より魔を祓う力があると考えられた。お婆さんをわざと「お爺さん」と反対に呼ぶのも、魔を惑わすためである。

両中門造りについては、ちょっとお手上げながら、魔を寄せつけない機能が、少なくとも問題の家にはあったのだろう。そして「おこもり」とは、その家に定められた期間だけ籠って、七歳になったとたん降り掛かると思しき災厄を、男性から祓うための通過儀礼だったに違いない。

ちなみに「とりつばさ」は「鳥翼」と書き、幼児の葬送儀礼のことである。幼くして亡くなった場合、鳥が死んだようなものだ――まだ人間にはなっていない――と見做され、かつては極めて簡単に埋葬する地方が多かった。そのとき鳥の羽根を遺体に添えたり、幼子が鳥になったと考えたりしたのである。

鳥翼を行なう時期の判断は、地方によって随分と違った。最も短い例は産声を上げる前に死んだ場合で、次は名づけが済むまで、産後の忌み明けまで、それから一歳になるまで、二歳まで、三歳までと続いて、最年長は七歳だった。昔から「七歳までは神のうち」とも、「七つ前は神の子」とも言われたが、正に鳥翼の風習がそれに該当した。

――というような説明を、僕も一応はしたのだが、これくらい男性もすでに調べているのではないかと訊くと、やはりそうだった。建築学だけでなく、少しは民俗学の勉強もしたという。ただ未知の内容もあったらしく、そこは感謝された。

男性も推察したように、恐らく母方の家系に何か関わりがあるのだろう。とはいえ明らかに手掛かり不足であり、これ以上の考察は無理である。

そう伝えると、「実家に何か残ってないか、もう一度、ちゃんと検めてみます」と男性が応じたので、今頃になって熱心に調べる理由が何かあるのか、と好奇心に駆られて尋ねたところ、えっ……という返答があった。

「長女が早くに結婚しましたので、私には男の子の孫がおります。その子が最近になって、変なことを口走ると、娘が言うのです。夜になると家の外から、口笛が聞こえてくる……と」

しかし彼女と旦那(だんな)の二人が、いくら耳を澄ましても、車の走行音くらいしか響いていない。口笛など少しも聞こえないらしい。

「お孫さんは、おいくつですか」

まさかと思いつつも訊くと、

「次の誕生日で、七歳になります」

新しい発見があれば、微力ながら役に立てるかもしれないから知らせて欲しいと伝えて、この男性とは別れた。

しかしながら結局、連絡はなかった。

あれから何年が過ぎたのか……。

どうか何事もなく彼の孫が、七歳の誕生日を迎えられましたように……と、僕としては祈ることしかできない。

予告画

僕が新宿の紀伊國屋書店本店の某書棚で、B5判のオールカラーの書籍を購入したのは、二〇〇三年か四年ではなかったかと思う。その本の口絵の一頁目に、二枚の絵の写真が掲載されており、一目で強烈なショックを受けたことを、今でもはっきりと覚えている。

一枚は五歳の幼稚園児の女の子の作品である。子供の頭と大きなドーナツあるいは浮輪に見える物体が黒色で描かれ、両者の間に濃い赤色の斜線が激しい筆遣いで、ほとんど塗り潰すように引かれている。他に崩れた「の」の字のような正体不明の二つの物体と、画用紙の左上の隅に「え斗―」と読めなくもない署名の如き代物が記されている。

もう一枚は中学二年生の少女の作品である。女の子と思しき人物の全身を黒と茶色で描いているが、少し肘を曲げながら伸ばした左腕に右手を添え、真っ直ぐ伸ばした右足に左足を交差させた、何とも不自然なポーズを取っている。髪形は額を出したボブカットというべきものなのだが、その下の顔は赤紫色に塗り潰された完全なのっぺらぼうである。この赤紫の色は濃淡の差こそあれ、全身に及んでいる。特に両肩から足首辺りまでは、薄いマントを羽織ったような広がりが見られる。

一枚目の五歳の女の子は、幼稚園からの帰り道でトラックに轢かれて即死した。その子の頭部が、巨大なタイヤの下敷きになったらしい。

この事故を踏まえたうえで改めて眺めると、絵に描かれた頭は本人のもので、大きなドーナツあるいは浮輪はトラックのタイヤを表し、両者の間に激しく引かれた赤色の斜線が生々しい鮮血に映る。崩れた「の」の字のような物体は、トラックの破損した部位にも、彼女の身体の一部にも見えてくる。ただし署名の如き代物だけは、相変わらず訳が分からない。女の子の年齢を考えると、まず文字ではないと思うのだが、かといって絵でもない、本当に何とも不可解な描線である。

二枚目の中学生の少女は、登校中に無人踏切で上りの電車をやり過ごしたあと、入れ替わるようにやって来た下りの電車に気づかず、踏切を渡ろうとして撥ねられた。すぐさま病院に運ばれたが、頭蓋骨陥没と左腕及び右足の骨折の重傷を負っており、間もなく死亡した。

学校で彼女の荷物の整理をしていたところ、問題の絵が見つかった。そこに描かれた少女らしき人物の恰好は、病院のベッドで寝ていた彼女の姿と正にそっくりだったという。確かに手足の表現は実際の怪我と一致しており、赤紫の色彩は現場で流れたであろう血潮のように思える。

このような二枚の絵が、最初の口絵頁に掲載された書籍とは、「いったいどんなオカルト本なのだ」と読者は驚かれたかもしれない。しかしながら僕が購入した本は、浅利篤監修／日本児童画研究会編著『描画心理学双書7　原色　子どもの絵診断事典』（黎明書房／一九九八）という美術教育の歴とした専門書だった。その本の中で「あなたは、どう思われますか」という問い掛けの言葉と共に、この二つの絵が「予告画」として紹介されていたのである。

もっとも今ここに記した以上の情報は、まったく何も載っていない。どちらも本人が亡くなる前に描かれた絵であることは間違いないが、それが死の直前だったのかどうかは分からない。また同じような予告画を他にも描いていたのか、それともこの絵だけが例外だったのか、そういった事情も一切が不明である。

口絵のあとに掲載された「まえがき」によると、同書は「その絵を描いた子どもの心の内面にある問題点を的確に把握する」ために編まれたという。正にタイトル通りの参考書と言えるが、心理的及び生理的な色彩分析に基づく児童画の研究が開始されたのは、一九五三年らしい。

同書では児童画を診断するに当たり、三つの標識が用いられている。どんな形状が描かれているかに着目する「形態標識」、どんな色が使われているかに注意する「色彩標識」、九等分した画用紙に顔面や体軀を投影させて構図の意味を読み解く「構図標識」、この三つである。

口絵の二枚の「予告画」も、これらの標識によって絵解きができる。ただし、本人たちの死という結果が前以て分かっているだけに、二枚の絵を見ていると何とも恐ろしく居た堪れない気持ちになってくる。

　この「まえがき」は一九八五年に書かれたものだが、その中に「子どもの死亡事故では、多くの新聞記者が、生前の絵の中に、事故死を暗示するもののあることを記事にしています」という物凄く気に掛かる記述が出てくる。つまり他にも「予告画」が存在するらしいのだが、具体例が示されていないため、本当に「多く」存在したのかどうか、今となっては残念ながら分からない。

　同書では口絵の他にも、本文で「予告画」と「予告画―2」と題して、四頁に亘って三人の事例が十枚の絵や貼り絵を基に紹介されている。とはいえ口絵に比べると、こじつけのように思える絵解きが多い。もっとも三人目の最後の折紙を使った貼り絵だけは、かなり無気味だった。

　ある六歳の園児が夕方、交通事故に遭い死亡する。担任の保育士は「予告画」の知識があったため、ここ六週間に彼が描いた絵を引っ張り出してみた。すると「予告画」と思しき絵が四枚あった。うち三枚については、先述したように「そんな風に解釈できる」という程度に過ぎないのだが、四枚目の貼り絵は違った。

　二つの時計が折紙で表現され、長針と短針と文字盤が紫色で描かれている。そのうちの一つは四時七、八分頃を、もう一つは五時一、二分を指していた。彼が事故に遭ったのは四時十分で、運び込まれた救急センターで家族に見守られながら息を引き取ったのが、五時だったという。

この児童画診断の研究がはじめられた一九五三年から、その成果の集大成が試みられた約三十年後――これは「まえがき」に記された年である――までの新聞記事を丹念に当たって調べれば、同じような事例に出会えるのだろうか。それが本当なら、かなり興味深い話になるのだが……。

しかしながら僕が、十六、七年前に同書を購入したのは、そのとき構想していた小説――子供の描いた無気味な絵が事件に絡むホラーミステリ――の参考資料になると思ったからである。よって「予告画」には強い衝撃を受けながらも、特に突っ込んで調べることはなかった。当時の僕の興味対象は、あくまでも児童画の診断にあった。

ちなみに予定していたのは『深紅の闇』という作品で、全体の七割くらいまで執筆して中断した。作家デビューのあと四、五年ほどは、そういう習作をいくつも書いていた時期で、そこから刀城言耶シリーズが生まれることになるのだが、話が逸れてしまうので元に戻そう。

その後、お陰様で作家として独り立ちできるようになり、ホラーとミステリを中心に様々な小説を書いてきたが、この「予告画」のことは脳裏の片隅に追いやっていた。作品の題材として充分に使えると思いながらも、なぜか意識しないように心掛けていた気がする。あれに触れてはいけない……という警鐘を、恰も誰かに鳴らされ続けているかのように。

そのため数年前までは、ほとんど「予告画」のことを忘れていた。今になって振り返ると、封印していたという気持ちに近い。

だが、ある年から四年連続で思い出す羽目になり、ちょっと気味が悪くなった。いったいどういうことか、順序立てて説明しよう。

まず二〇一五年に、KADOKAWAの某媒体で安東能明（あんどうよしあき）『予知絵』（角川ホラー文庫／二〇〇九）の広告を目にして、おやっと思った。これは「予告画」を題材にしているのではないかと、すぐに気づいた。でも読むことはなかった。

作家になって参考文献を読む機会が増えるに従い、趣味として楽しむ読書量はかなり減った。それまでは海外と日本のホラーとミステリに親しんでいたが、同じように読み続けるのは難しい。そこで海外物ホラーを第一として、次に海外のミステリという風に、優先順位をつけることにした。そうなると日本物は、どうしても後回しになる。また献本も多く、興味を持った新作まではなかなか手が回らない。そんな事情もあった。

それに他の作家が扱ったらしいと分かった時点で、もう「予告画」は題材の候補にできない。自分なりに料理するつもりが仮にまだあれば、もちろん読んだと思うが、そういう気は毛頭なかった。むしろこれで「予告画」という題材を没にできると、ほっとした気持ちだった。

次は二〇一六年に、『教育美術』（発行・公益財団法人　教育美術振興会）という雑誌から、同年の十一月号の特集「アートと仕事」についてのアンケートを依頼されたことが切っ掛けとなる。

我々が学校で受けた造形美術教育が、どのように実生活で役立っているか、または影響を与えているのか、それを様々な職場で活躍する人々に尋ねる企画である。アンケートに答えるのは、映画監督や美術館スタッフのように、明らかに関係がありそうな職業の人たちだけでなく、主婦や農業従事者や医師や介護福祉士といった方々も多く含まれており、その人選はかなり幅広かった。

僕は「作家枠」として声を掛けられたわけだが、それには理由がある。まだ二十代の頃、関西で編集者をしていたときに、美術教育に関する大型企画を担当した。その監修者の一人に、今はA大学の名誉教授となったFがいた。企画が無事に終了したあとFと再び仕事をすることはなかったが、年賀状のやり取りだけは、僕が編集者を辞めて作家になったあとも、ずっと続いていた。だからFが関わる『教育美術』で特集「アートと仕事」の企画が組まれたとき、その「作家枠」の依頼が、こちらに回ってくることになったらしい。

もちろん僕は喜んで引き受けた。ただ、このとき「予告画」の件が、ちらっと脳裏に浮かんだのを否定する気はない。どういうことかと説明すると、いくら専門家とはいえ、三十年近くも会っていない人に、いきなり問い合わせる勇気はさすがにないが、先方からの連絡を利用して、この件を尋ねるのは有りかと考えたのだ。

念のために、他にも「予告画」を取り上げた専門書がないか探してみたが、見つけられなかった。その時点である程度の予測はできたが、アンケート依頼を受けると伝えた返事の中で、「F先生は『予告画』と呼ばれる子供の絵をご存じでしょうか」と訊いてみた。先の書籍名も挙げて、「美術教育の現場において、これは周知の事実なのでしょうか」と質問したのである。

Fの返答は、やはり半ば予想通りだった。「予告画」は実証的資料と論理的根拠に乏しく、現在では科学的な検証に堪えられないため、あくまでも偶然の産物に過ぎないと判断されているという。

創造美育が注目されたのは昭和三十年代であり、そのとき研究所が作られて、児童の絵画作品から本人の心的な状態を探る――これはフロイト以来の精神分析の流れから来ている――試みが行なわれた。しかし一方で心理学者からは、独断だという批判も受けた。そのうえ学会でも教育界でも孤立してしまい、研究者が亡くなったあとは追随者も現れず、論文などに引用する人も自然にいなくなった。研究者が自説に対して「追試」を許さなかったことも、大きな問題だったという。

いくら探しても類書がないわけである。だから僕は、もしかすると美術教育界に於いて「予告画」は、異端的な位置づけにあったのではないか――と予測したのだが、当たっていたらしい。

ただ驚いたのは、Fが『予知絵』を読んでおり、そこに登場する研究者のモデルが、恐らく「予告画」の提唱者だろうと推測していることだった。Fがホラーやミステリに親しむ趣味があるのかどうかは知らないが、きっと一人の研究者として、このタイトルは無視できなかったのだろう。やはり専門家は凄い。

ちなみにFは、問題の研究の客観的な評価を記すだけでなく、次のようなエピソードも教えてくれた。

当の研究者が、ある児童の絵に「構図標識」を用いた。すると画面で紫が使われている箇所が、人体の肺に対応することから、その絵を描いた子は肺に関する病気を患っている、という診断結果が出た。だが、それを担任に伝えても、「元気にやっている」と否定的である。どうにか問題の児童に、病院でレントゲン検査を受けさせたところ、結核だと判明した。そういう例を研究者は当時、いくつも語っていたらしい。

三つ目は二〇一七年に、高原英理(たかはらえいり)『怪談生活　江戸(えど)から現代まで、日常に潜む暗い影』（立東舎）所収の「境界」という話を読んだときである。これは正に「予告画」ではないのかと思い、どきっとした。

著者が小学三年生のとき。夏休みが終わって登校したところ、教師から二年生の「富山市江」という女子が亡くなったと聞かされた。何らかの病気を患って入院したあと、一ヵ月ほどで死んでしまったらしい。

気の毒に思いながらも、学年が違うこともあり、また市江の容姿もうろ覚えだったため、著者は大きなショックを特に受けなかった。ただ、その名前には引っ掛かった。田舎の小学校なので、一学年に一クラスしかなく、三年生の隣が二年生の教室だった。

どの教室の後ろにも、そのクラスの児童が図画工作の授業で描いた絵が、ずらっと飾られている。それで著者も休み時間や放課後に、二年生の教室の前を通ったときに、後ろの壁に貼られた児童画を、何気なく目にしていた。

その中で一点だけ、どうにも記憶に残る絵があった。絵の横には描いた者の名前が記されており、富山市江と読めた。

彼女の絵に何が描かれていたのか、そこはうろ覚えらしい。辛うじて家並みと道路を覚えているそうなので、きっと風景画だったのだろう。では、いったい何が著者の注意を引いたのかというと、その絵の色使いである。

とにかく赤かった。他の色も使われていたかもしれないが、記憶に残っているのは画用紙一面の赤色だという。赤の線と赤の平面によって、彼女の絵は成り立っていたらしい。偶々そのとき赤色しかなかった場合など、著者も色々と考えたようだが、結論は違った。

恐らく彼女は自主的に、真っ赤な絵を描いたのだ。

もちろん理由は分からないし、想像するのも難しい。ただ、その赤い絵と彼女の死には、何か関係がありそうに思えた。

四つ目は二〇一八年に、利倉成留（とくらしげる）と数年振りに会い、それは「予告画」だ……と僕が驚くような話を、彼から偶然にも聞いたことである。

利倉と知り合ったのは、Fと美術教育に関する大型企画を進めていた時期と前後する。

今の彼はO大学の准教授だが、当時は同大学の付属T小学校の教師だった。やはり学校教育に関する別の大型企画のために、そのとき僕は利倉と何度も会って打ち合わせをしていた。彼とは年齢も近く、読書の好みも似ていて気が合ったせいか、すぐに仲良くなった。仕事の話の合間に雑談することも多く、よって怪談が話題になるまで大して時間は掛からなかった。

このとき彼から聞いた体験談に、僕は「覗き屋敷の怪」というタイトルをつけてノートに書き留めておいた。二〇一二年に『のぞきめ』（角川書店／現在は角川ホラー文庫）として発表した作品の、ほぼ半分を構成する第一部の素材となった話である。もちろん事前に本人の承諾を得たうえで、かなりの脚色もした。それでも刊行後、彼に電話でこう言われた。

「あの話を、あんな風に小説化して、本当に良かったのでしょうか」

二〇一五年に映画化が決まったとメールで報告した際にも、やんわりとした文面ながら彼に忠告された。

「映画は、さらにあれを広めませんか。大丈夫ですか」

しかし『のぞきめ』の刊行後、特に「被害が出た」という話は聞いていない。恐らく脚色のお陰だと考えた僕は、映画は小説以上に内容が変更されるので、何の問題もないと返答しておいた。

そして二〇一六年に映画「のぞきめ」（監督：三木康一郎、主演：板野友美）が公開されたが、やはり障りめいた話は耳に入ってこなかった。

ただ、『のぞきめ』の小説化と映画化のせいで、何となく利倉と疎遠になってしまったのは事実である。拙作が刊行されれば購入して、その感想をメールで送ってくることもあったが、以前ほど熱心ではなくなった。

だからこそ利倉からメールが届き、「学会で上京します。久し振りに会いませんか」と連絡があったとき、僕は素直に喜んだ。学会後の懇親会に出る必要はないのかという問い掛けに、それよりも僕と飲んだ方が楽しいという返信を読んで、ちょっと大袈裟ながらほろりときた。

当日の夜は、新宿の割烹料理店の個室を予約した。利倉成留とは顔を合わせたとたん、もう昔に戻っていた。しばらく互いの近況を話したあと、会話は自然に怪談へと流れていった。そうなると分かっていたので、わざわざ個室を選んだわけだが、そこで彼から聞かされたのが、これまでの事例とは少し毛色が変わっているとはいえ、明らかに「予告画」の話だった。

僕は例の書籍で問題の児童画を知った経緯からはじめ、ここ三年間の「予告画」絡みの体験を伝えた。

「一種の共時性ですか」

利倉の反応が非常に落ち着いていたのは、とはいえ僕の体験が年に一回の出来事であり、個々の話に特別な繫がりがなかったからだろう。

「いや、共時性と呼べるほど、大層なものでは決してないでしょう。ただ僕個人としては、ちょっと気味が悪いな……という気持ちになったもので」

「そらそうですよ。私が同じ目に遭うても、そんな風に感じる思います。しかも今夜ここで、お伝えした新米教師の体験談いうのが、一種の『予告画』の話やったんですからね。余計です」

こういうとき耳にする彼の関西弁のアクセントに、ほっこりよりも不安にさせる調子があったことを、ふと僕は思い出した。

以下に小説の形で紹介するのが、利倉成留から聞いた一人の若い男性教師の体験である。場所は関西の某小学校で、時代は二十年近く前、登場人物は全員が仮名ということをお断りしておく。

*

久保田直斗は、その小学校の一年三組の担任だった。新米教師は二年か三年か四年を受け持つと、事前に先輩の奥村夏海から聞いていたため、この人事には酷く驚いた。一年生はまだ幼くて学校にも不慣れなため、母性のある女性教師に任されることが多い。五、六年生は思春期に差し掛かる年頃で、色々と扱いが難しくなってくるため、ベテランの教師が求められる。新人だと舐められる懼れもあるので、まず担任にはならない。もっとも新任でも他校での講師や社会人として勤めた経験でもあれば、また別らしい。最終的には校長などの面接を経て、適任と判断された学年を担当するという。

直斗は一応、社会人の経験があった。だが僅か一年ほどに過ぎず、その程度で評価されたとは、とても思えない。

「それは言うまでもなく校長先生が、久保田先生の教育者としての才能を、すぐさま見抜いたせいやわ」

何処まで本気か分からないが、奥村には自信を持ちなさいと励まされた。

もちろん直斗も嬉しかった。しかし正直なところ、かなり不安でもあった。先生も児童も、どちらも小学校デビューという状況が、果たして本当に望ましいのか。双方にとって、やはりマイナスなのではないだろうか。

この懼れは、幸いにも杞憂に終わった。何よりも直斗は、児童たちが可愛くて仕方なかった。ちょうど自分が同じ年齢の頃、母親を病気で亡くしている。そんな彼の面倒を見てくれたのは、近所の十代の少女だった。長じて彼女が結婚したとき、どれほど彼が泣いたことか。

妙な連想かもしれないが、教師になった自分があのときの少女で、児童たちが母親を亡くしたばかりの当時の彼のような気が、ふっとした。

もちろん児童たちは、何かと手が掛かって大変だった。でも、ちょっとした折に見せるこの年齢特有のあどけなさに、ふんわりと心が和む。その一方で子供らしからぬ鋭い言動に、あっと舌を巻く。けれどやっぱり低学年の子だなと、思わず苦笑する発言や行動が、当たり前だが多い。言葉は悪いかもしれないが、週のうち五日も接しているのに、まったく飽きることがない。

クラスの全員に分け隔てなく接するように、直斗は心掛けていた。しかし彼も人間である。どうしても好き嫌いができてしまう。いや、「嫌い」という感情は今のところない。正確には「苦手」だろうか。

だが、そういう風に子供に覚える気持ちが、はっきり分かっていた方が、実は何かとやり易かった。お気に入りの子を、無意識に贔屓しないようにと自分を戒める。または苦手意識を持つ子を、逆に冷遇していないかと己に問い掛ける。とにかく全員を公平に、平等に扱うように、彼は常に注意した。

「非常に良い心掛けやね」

奥村夏海には褒められたが、現実はそれほど甘うないわよ――と、言外の意味がありそうな気がした。

そんな風に感じたのは、やはり雨宮竜人の存在が脳裏の片隅にあったせいだろうか。好ましいという想いも、厭わしいという感情も、どちらも彼には覚えないのに、なぜか気になる。妙に意識してしまう児童は、クラスでも彼くらいである。

竜人は滅多に自分から喋らない、非常に大人しい性格だった。クラス中が騒いでいても、独りで静かにしている。授業中も決して手を挙げない。ただし当てれば、ちゃんと正解を答える。体育は得意ではないが、運動音痴というほど酷くもない。

勉強ができる点を除くと、彼に似た子は他にも何人かいた。ただ、そういう子供たちも入学から一週間、二週間と日数が経つうちに、類は友を呼ぶとばかりに自然と集まり出す。その結果、いくつかのグループができる。もっともグループといっても、たいていは二人組になる。たまに三人組もあるが、いずれにせよ少人数であることに変わりはない。

しかし、竜人は違った。休み時間になっても、いつも独りで机に向かって、スケッチブックに絵を描いている。友達と遊ぶどころか、お喋りする姿さえ見たことがない。

そのせいか直斗は、彼の喜怒哀楽を目にした覚えがなかった。中学年や高学年に比べると、やはり低学年の児童たちは感情表現が豊かである。特に「笑い」に関しては、どの子も即座に反応する。にも拘らず竜人だけは、ほとんど笑みを浮かべない。珍しく笑ったときでも、まず声は出さない。ほんの少しだけ微かに、というよりも幽かにと記す方が相応しいような、そんな微笑みを見せるだけで……。

母親の側にいたときとは、大違いだな。

竜人の幽き笑みに出会ったとき、直斗が決まって思い出すのは、雨宮家を家庭訪問した際の様子だった。

築年数も新しい二階建ての家は、小綺麗な新興住宅地にあった。子供の足だと学校まで十数分は掛かるだろうか。家庭訪問の目的の一つに、各々の児童が登校に使う通学路の安全確認があるため、直斗は歩きながらも周囲を注視した。だが途中に交通や治安の面で危険そうな場所は一切なく、なかなか恵まれた通学路だった。

敢えて一つ挙げるとすれば、ある町内に入る直前の角の家に、やたらと通行人に吠える番犬がいることくらいだろうか。そこは木野崎真心など他の児童も通る箇所なので、一応チェックしておいた。

恵まれていると言えば、雨宮家も同様だった。二台分ある駐車スペースに車が一台しかないのは、父親が仕事で使っているためらしい。もう一台は母親用だという。クラスの児童の中でも、かなり裕福な方の家庭であることは間違いない。

母親の彩奈は、しきりに直斗を家へ上げようとしたが、そこは決まり通り固辞した。事前の通知により、家庭訪問は玄関で済ませる、茶菓などは必要ない、という注意を保護者には伝えてある。だがお構いなしに、それを破ろうとする人が必ず現れるから気をつけるように、と奥村から忠告されていた。

ただ彩奈に関しては、同じ行為をした他の母親に覚えるほど、迷惑だという嫌な感じを少しも受けなかった。ぽっちゃりとして色白で、ふくよかで可愛らしい初対面の印象と、押しつけがましくない自然な勧め方が、彼には好もしく映ったせいだろう。

意外だったのは、竜人の態度だった。教室での覇気のなさとは対照的に、母親の横で嬉しそうに、終始にこにこしている。直斗の目がなければ、べったりと母親に抱き着いて甘えはじめるのではないか。そんな有様である。

「学校では、どんな感じでしょうか」

彩奈に心配そうに訊かれ、直斗は「ちょっと大人し過ぎる」という事実を、やんわりと言葉を選んで伝えた。

「私が家で甘やかすのが、いけないのかもしれません」

父親は出張ばかりで、ほとんど家を空けているらしい。また竜人にとっては父方の祖母が隣の市に独りで住んでおり、その面倒を彩奈が見ているため、彼が留守番をすることも多いという。

「ですから家にいるとき、私の側を離れないように、すっかりこの子はなってしまいまして……」

所謂「乳離れ」ができていない状態なのかもしれない。一番の特効薬は友達を作ることなのだが、今のままでは難しそうである。

直斗が家での様子を尋ねると、常に母親の側にいるらしい。彼女の行く所へ、ついて回るという。二階には竜人の部屋があるのに、宿題も一階のダイニングのテーブルでやる。もちろん母親が近くにいるからだ。

「ただ、絵を描いてるときだけは、別なんです」

例えば彼が一階のリビングで絵を描きはじめると、仮に母親が二階へ行って用事をしていても、決して階段を上がってこない。ずっと絵に没頭している。

「学校の休み時間にも、よく絵を描いています」

「お友達とは、遊ばないんですね」

体育以外の勉強は非常に良くできるため、今後はもう少し活動的になるように、こちらも指導していきたい——という教育方針を、再び言葉に気をつけながら述べて、雨宮竜人の家庭訪問は終わった。

ただ「言うは易く行なうは難し」で、竜人の友達作りは上手くいかなかった。友達が欲しいのにできないのではなく、本人が欲していないのだから始末に負えない。

家庭訪問のあとの図画工作の授業で、直斗は「通学路」をテーマに絵を描かせた。それ以外の注文は特につけなかったのに、児童たちの絵を見て驚いた。子供たち自身が無意識に危険を覚える場所を選んだとしか思えない、そんな結果になったからだ。もちろん全員ではないが、そう解釈できる絵の方が圧倒的に多かった。直斗が自信を持って判断できたのは、家庭訪問のときクラス全員の通学路の確認を怠らなかったお陰である。

雨宮竜人と木野崎真心の二人は案の定、無闇矢鱈と吠える犬の家を描いていた。ただし真心の絵には、門の向こう側に繋がれた番犬が見えるのに、竜人の絵には鎖と首輪しか表現されていない。肝心の犬はおらず、まるで首輪だけ宙に浮いているようである。

怖い対象だから、わざと描かなかったのか。

そう考えると納得できそうだが、何となく竜人らしくないとも感じた。彼の絵は年齢の割に——あまりにも褒め過ぎかもしれないが——写実的とも言える特徴を持っていたからだ。それなのにメインの番犬を省くとは、ちょっと変ではないか。

しかし日々の忙しさに紛れ、この件を直斗はすぐに忘れた。それを思い出したのは数日後の放課後、今から下校するというお喋り好きな真心に、こう教えられたときである。

「先生、あの怖い犬やけど、いのうなったよ」

「死んでもうたんか」

だいたい四歳から七歳までに、子供は「死」の概念を理解するらしい。すでに彼女も分かっているようなので、直斗が躊躇いなく訊くと、

「それが違うの。いきなり消えたんやって」

「首輪をしていて、鎖にも繋がれてたのに？」

「うん。首輪と鎖だけが、ぽつんと門の側に残ってたんやって」

その瞬間、直斗の脳裏に浮かんだのは、竜人の絵だった。鎖の先に繋がった首輪が宙に浮いているような、あの例の絵である。

……偶然か。

それ以外に解釈のしようがない。だが、妙に好奇心を刺激された。念のために、他に何か知らないかと真心に尋ねると、「お母さんに訊いとく」と言われた。

翌日、彼女から聞いたのは、門は完全に閉められ、首輪にも異常がなく、鎖も切れていない状態で、番犬だけが消えてしまった……という不可解な状況だった。その場に血痕なども無く、誰かが立ち入った痕跡も皆無だったらしい。

「あの吠える犬、どっかへ行ったみたいやな」

その日の昼休み、相変わらず自分の机で絵を描いている竜人に話し掛けると、びくっ

と身体を一瞬、強張らせたように見えた。

だが、こくんと頷いて、心底ほっとした表情を浮かべる彼を目にすると、本当に問題の番犬に対して怯えていたことが分かり、直斗自身も安堵の気持ちを覚えた。と同時に、絵と現実の奇妙な一致に芽生えた好奇心も、急に萎んでしまった。

　竜人の絵は、恐らく本人の願望の表れだったのだろう。犬は緩くなった首輪から抜け出して、そのまま門を飛び越えると、何処かへ逃げてしまったに違いない。この両者が偶然にも一致しただけである。

「先生と一緒に、外で遊んでくれへんか」

　これも一つの機会だと思って誘うと、しばらく逡巡している様子だったが、再びこくんと竜人は頷いた。

　彼の父親は相変わらず出張ばかりしており、偶に在宅しているときも、子供に構うことは滅多にないらしい。母親も祖母の世話があり、あまり竜人とは遊べない。そういう環境が、やはり影響しているのか。家で独り遊びをしている時間が長いため、なかなか友達に溶け込めないのかもしれない、と直斗は考えた。

　二人で校庭へ出ると、クラス委員の茶木のグループが遊んでいたので、それに交ぜてもらうことにした。この試みは上手くいったが、「茶木君たちだけ、先生と遊べるなんて狡い」という声が別の児童たちから上がり、それ以降、昼休みになると直斗はクラスの子供たちと遊ぶ羽目になった。

するとと奥村夏海に、やんわりと諭された。

「久保田先生、決して悪いことやありませんけど、毎日いうのは、そのうち色々と支障が出てきますから、少しずつ減らしていった方が宜しいですよ」

確かに注意された通りだった。教師は授業さえしていれば済む、というわけには当然だがいかない。その準備は当たり前として、他にも雑務が色々とある。時間がいくらあっても足りない。ただ問題は、それだけではなかった。

「三組の久保田先生は、一緒に遊んでくれるのに——」

そんな不満が知らぬ間に、他のクラスの児童たちから囁かれ出した。放っておけば次は保護者たちの口から、きっと漏れるに違いない。そういう事態になれば、職員室の教師たちに白眼視され兼ねない懼れがあると、ようやく直斗は気づいた。

最近は竜人も、皆と校庭で遊ぶようになった。当初の目的は果たせたわけだ。

ある日、直斗は図画工作の授業で、「遊び」というテーマを児童に出した。ほぼ全員が、友達と遊んでいる自分の絵を描いた。「ほぼ」と断ったのは、独り遊びの絵もあったからだ。ただし縄跳びをしているなど、ちゃんと活動的な場面が選ばれており、独り淋しく……という雰囲気のものは皆無だった。しかも竜人が、数人で「陣取り」の「宝島」をしている光景を描いており、直斗を思わず喜ばせた。

陣取りとは二つのグループに分かれて、自分たちは動けるが、相手は入れない陣地を地面に線で描き、その上で双方が戦う遊びである。

宝島の場合は探険隊と海賊に分かれ、閉じられた円の内部に後者が入り、前者は外側に留まる。このとき円の外側にも線が引かれ、探険隊は循環する通路の中にいるような恰好となる。そして円には一箇所だけ入口が開けられ、そこから探険隊は内部に突入できる仕組みだった。円の中心には宝物があり、それを探険隊が奪うと勝ちになる。だが、その前に海賊は、通路にいる探険隊を外へ突き出すか、または円の中に引き摺り込もうとする。そうして探険隊の全員をアウトにすれば、海賊の勝ちとなる。

円と書いたが、実際はくねくねと曲がった通路になる。また通路の外には離れ島が二つほど設けられ、海賊が手出しできない安全地帯の役目を果たす。だからといって離れ島ばかりにいると、「弱虫」と非難される羽目になる。

これまでの説明でも分かる通り、かなり動き回る遊びである。それに相手を向こうへ突いたり、手前に引っ張ったりと、なかなか荒っぽい。よって竜人には荷が勝つかなと心配したが、その絵を彼が描いたということは、どうやら「案ずるより産むが易し」だったらしい。

もっとも直斗は絵を見て、とっさに首を傾げた。

……竜人が、いない？

彼の絵が見事なのは、陣取り遊びをしている同級生たちが、それとなく見分けられることである。そのため誰が参加しているのか、おおよそ直斗にも見当がつく。しかしながら竜人の姿が、何処にも見えない。

自分が加わっていない宝島遊びの絵を、わざわざ描いたのだろうか。

でも、いったいどうして？

どの児童の絵でも、遊んでいる主役は本人である。友達と自分を同じ大きさに描いている子も中にはいるが、己の存在を消している例など、皆無だった。

さらに絵の描写の中で、直斗が首を傾げたものが実はあった。

遊んでいる茶木たちの生き生きとした姿、くねくねと曲がっている校庭の地面に描かれた通路と離れ島、その中心に置かれた宝物代わりの石——という光景の中に、なぜか丸くて赤黒い玉が存在している。

最初は描き掛けの頭部かと思ったが、あまりにも円の形が綺麗で、とても人間の頭には見えない。色も可怪しい。それに一人だけ完成させないのも変である。

この丸い物体は、いったい何なのか。

妙に気にはなったが、本人に尋ねるほどでもない。仮に訊いたとしても、恐らく口籠るだけで答えないだろう。

この絵の存在を思い出して、謎の丸くて赤黒い玉の正体も分かり、直斗が愕然としたのは、翌週のことだった。

昼休みの校庭で陣取り遊びをしていたクラス委員の茶木が、飛んできたドッジボールを頭部に受けて倒れたのだ。ちなみに竜人は、その遊びには加わっていない。いつの間にか独りで絵を描く、また元の彼に戻ってしまっていた。

相当な強さでボールがぶつかったらしく、茶木は脳震盪を起こした。救急車で搬送された病院でも、しばらく意識が戻らなかったほどである。ただ、その後の経過は幸いにも良好で、大事を取って入院はしたものの、すぐに退院できて学校にも元気な姿で現れた。しかし、だからといってこの事件そのものが、不問にふされたわけではない。

当日、陣取り遊びをする茶木たちの一番近くで、ドッジボールをやっていたのは六年一組の十数人だった。ただし茶木たちと六年生たちの間では、サッカーボールのパスと野球のキャッチボールを、八人の子供たちがしていた。つまり両者の間は、それなりに離れていたわけだ。そのうえドッジボールを投げ合う方向から見て、茶木が立っていた地点は九十度も違う方角になる。にも拘らずボールは、物凄い勢いで彼の頭部に当たっている。距離と角度の問題から考えても、これは明らかに変である。

では他所から飛んできたのかというと、そうではない。ボールが飛来した方向は、間違いなく六年一組の方からだった。しかも彼ら全員が、急にボールが見えなくなったと戸惑っている。問題のボールは、どう考えても彼らが使用していたものである。

ちなみに双方の間で遊んでいた子供たちは、まったく何も目撃していない。突然、ばんっという大きな物音が響いたかと思ったら、陣取り遊びをしている最中の一年生らしい男の子が倒れて、その側にボールが転がっていた。そんな風に八人が、口を揃えて証言している。

急にボールが見えなくなった……という六年生の言い分を、皆で嘘を吐いているのではないか、と疑う教師もいた。そうなると誰か一人がボールを手に持って、隣で遊ぶ八人の子供たちの間を通り抜け、茶木に至近距離からボールをぶつけた――とでも考えるしかなくなる。

だが、そんなことは不可能だった。八人の子供たちにも、茶木の友達にも、誰にも見られずに実行できるはずがない。それに動機もなかった。

茶木たちと六年生の、それぞれの保護者が学校に集まって、校長と学年主任と六年一組の担任、それに直斗も加わって話し合いが持たれたものの、なぜこんな事件が起きたのか――という最も肝心な点が曖昧なままに終わった。六年生たちが茶木の見舞いに行くことで、何となく幕が下ろされてしまった。

そういう意味では誰も納得できなかったわけだが、一番もやもやとした気持ちになったのは、言うまでもなく直斗である。

竜人の絵の丸くて赤黒い玉は、ドッジボールだったのではないか。実際のボールは赤色だが、それが少し黒く見えたのは汚れていたからだ。

そう考えて思い出すと、あの玉は飛んでいる風にも見えた。茶木に違いない児童の頭部へと、一直線に向かっているように……。

直斗は悩んだ末、番犬の絵の件もあったため、今度は竜人に尋ねることにした。口を閉ざして黙ったままかもしれないが、茶木たちに遊びの中で苛められていなかったか、という問いもさり気なく行なうつもりだった。

放課後、彼に残るように言うと、クラスの全員が教室を出るのを待って、問題の絵を前にして、まず玉の正体を訊いてみた。

「……太陽です」

竜人の答えは、まったく予想外だった。

確かに赤黒くて丸い玉は、言われてみれば太陽に見えなくもない。ただ、それなら画用紙のもっと上に描くはずではないか。他の児童ならこの位置でも納得できるが、彼の場合は違和感があり過ぎる。

しかし、本人が太陽だと明言しているのに、それを教師が否定するのも変だろう。

「茶木君たちと、一緒に遊んでたときやけど——」

そこで苛めがなかったかを訊き出そうとしたが、野外の遊びは好きではなく、やっぱり絵を描く方が好きです——という意味の言葉が、ぼそぼそとした口調で返ってきただけだった。

しばらく直斗は、竜人の絵に注意を払うようにした。茶木の件と似たような出来事が、今後も起きる可能性を考えてである。とはいえ図画工作では、お絵描き以外の授業も当然ある。そうそう絵画ばかりを扱うこともできない。そのため彼のスケッチブックに目をつけたが、あまり何度も「見せて」と頼むのは不自然だろう。第一そこに描かれているのは、大半がテレビの特撮ヒーローやアニメのキャラクターだった。例の二枚の絵とは、明らかに雰囲気が違っていた。

その後、竜人が不審な絵を描くことはないまま、やがて夏休みになった。直斗にとって一年三組の一学期は、振り返ると非常に長く感じられた半面、あっという間に過ぎた印象もあって、とても矛盾した気持ちを覚えた。

雨宮家では夏休みの間に、大きな変化があった。隣の市で独り暮らしをしていた夫の母親との同居である。彩奈と夫は歳が離れていた。そのため義母も高齢で、ついに寝たきりになってしまった。そんな彼女の世話を、一階の和室に介護用のベッドを置いて、彩奈がしなければならない。在宅介護サービスも受けていたが、どうしても彩奈の負担が大きくなる。

夫は夏休みも関係なく出張に次ぐ出張で、ほとんど家に帰ってこない。そうなると母親を半ば取られたような形となり、竜人が淋しい思いをするのではないか、と直斗は心配した。

二学期がはじまって最初の図画工作は、「夏休み」をテーマにした絵だった。大半の子供は、家族旅行や田舎の祖父母宅への訪問、プール遊びや町内の盆踊りなどを描いた。家が商売をしていて親が休めない子は、店を切り盛りする様子を取り上げた。正に児童たちの数だけ、夏休みがあった。

木野崎真心は家族でドライブに行った絵を描いたが、そこに両親と姉の他に、これまで登場したことのない幼い男の子を加えた。「これは誰？」と訊いたところ、従弟だという。夏休み中、ずっと木野崎家で生活していたらしい。あのお喋りな真心が、尋ねるまで一言も口に出さなかったことを考えると、従弟の両親に何か問題でもあって、木野崎家で預かったのかもしれない。それを彼女も子供ながらに理解したため、きっと黙っていたのだろう。

斯様に時として家庭の事情が、子供の絵から浮かび上がる場合がある。よって直斗も、どんな絵を目にしようと戸惑わない心積もりをしていたのだが、竜人の絵を見てぎょっとした。

畳のある和室らしき部屋にベッドが置かれ、そこに老婦人が寝ている。

夏休み中に雨宮家が引き取った、竜人にとっては父方の祖母を描いたのだと、すぐに分かった。テーマに相応しいかと言えば、ちょっと違う気はする。だが、夏休みの間に起きた大きな出来事として、祖母の同居が彼には最も印象深かったのだろうと推察すると、別に可怪しくはない。

ベッドに寝ている祖母が、死人のように見えなければ……。

生気の感じられない顔の色、焦点の定まらないような両の目、かくんと落ちたような少しだけ横向きの頭部、だらんとベッドから食み出た左腕……といった細かい描写が、この女性の紛う方なき死を表現していた。

まさか……。

直斗は己の疑惑を否定しようとしたが、その絵を見てから毎日、ずっと不安な気持ちで過ごした。授業中も、つい竜人に目がいってしまう。

いくら何でも……。

そう自分に言い聞かせるのだが、一向に心は休まらない。こんなことなら一刻も早く「結果」が出て欲しいと、不謹慎な願いを抱いたほどである。

翌週末に、待望の結果が分かった。

竜人の祖母が亡くなったのである。

その日の朝、いつも通り彩奈が和室に入ると、すでに事切れていたらしい。ベッドの上の様子は、ほとんど竜人の絵と同じだったという。

直斗は通夜にだけ顔を出した。それも親族が揃うよりも前に訪ねて、あまり目立たないように気を遣った。児童の父母でない限り、普通は担任でも通夜や葬儀には出席しない。しかし、この場合は別のような気がした。

祖母の死因は、心不全だという。もう寿命だった、と言い切ることもできるかもしれない。だが、本当はもう少し生きられたのだとしたら……。

通夜の席で目にした竜人に、目立って変わった点は認められなかった。物心ついたときから祖母と同居していたわけではなく、雨宮家に来たときには寝たきりだったのだから無理もない。

でも、自分の描いた絵が祖母に死を齎した……と彼は理解しているのだろうか。

いいや、そんな莫迦なことが……と直斗は己に言い聞かせたが、彼自身があの絵の「結果」を待っていた事実に、どうしても後ろめたさを覚えてしまう。

鎖に繋がれた首輪だけの絵を描いたあと、番犬が消えた。

飛んでくるドッジボールを描いたあと、茶木が倒れた。

死人のような祖母の姿を描いたあと、彼女が死んだ。

すべては偶然なのか。しかし犬も茶木も祖母も、竜人が厭うた存在ではないか。いいや、茶木はまだ分からない。正確に言うと、祖母も同じである。とはいえ茶木のグループと遊ばなくなったあとで、あの絵は描かれた。祖母の同居によって恐らく母親を奪われ、竜人が淋しい思いをしていたことも、容易に想像できる。

やっぱり、彼の絵は……。

けど、いくら何でも……。

自分の理性が信じられなくなり掛けた直斗は、美術教育の専門家である大学の恩師に会いに行き、それとなく竜人の絵のことを伝えてみた。

「そういう児童画は、かつて『予告画』と呼ばれとったな」

すると驚くような返答が、当の教授からあった。

いくつか実際の絵を見せてもらい、直斗は震えた。児童本人が罹っている病気を示唆した絵にも驚嘆させられたが、自らの死を本当に「予告」していたとしか思えない絵には、ただもう戦慄するしかなかった。

そんな彼の反応を、一頻り教授は興味深そうに観察したあと、

「せやけど今では、この研究は完全に廃れとる。科学的な根拠を示すことが、結局はで

きんかったからな」

そう続けて直斗を落胆させたが、次のように付け加えた。

「もし興味があるなら、石川達三の『人間の壁』でも読め」

それは一九五七年から五九年に掛けて朝日新聞に連載された社会小説だが、ある小学校の教師が児童の絵を自宅に持ち帰って、採点する場面がある。そこで教師は、子供が使用した絵具の色によって、その子の家庭環境や心理を分析する。

児童画の色使いから子供の心情を判断する、そういう傾向が当時はあったと分かる。つまり「予告画」も、その時代の産物だということらしい。

教授宅からの帰路、直斗は考えた。

竜人の絵も「予告画」と言えるが、根本的な部分で異なっているのではないか。自分の病気を表現した子も、自らの死を予告した子も、意図的に描いたかどうかは不明である。むしろ本人にも訳が分からない状態で、そういう絵をものにした。そんな風に思える節がある。

だが、竜人は違う。そもそも彼の絵は、彼自身を描いていない。犬や同級生や祖母など、第三者を扱っている。そして対象者は悉く、彼が厭うている存在と思われる。しかも相手は、消えたり、怪我をしたり、死んだりしているのだ。

同じ「予告画」でも竜人の場合は、絵に描いた対象への予告になっている。

かといって止めさせようにも、どう本人に言えば良いのか。そもそも彼は意識的にやっているのか。だとすると絵の特別な力を理解していることになる。それとも自分の願望を、単に絵として表しているだけなのだろうか。後者の場合は、下手をすると寝た子を起こす事態になり兼ねない。前者だとしたら、その非を説くしかない。

直斗は悩んだものの、このまま放置することにした。

彼に関わる直接の「被害」と言えば、担任である一年三組から入院する児童を出した件だけになる。それも元を正せば彼が無理に、茶木たちのグループに竜人を入れたせいだ。ならば今後は竜人の好きにさせれば良い。スケッチブックに向かってさえいれば満足なら、その邪魔をしなければ済む問題ではないか。という風に考えた結果である。

その後は何事もなく、二学期が過ぎていった。秋の遠足のあとは、図画工作の授業で「遠足」をテーマに絵を描かせた。そのときの竜人の絵が、ちょっと妙だった。まるで遠足に行く前の、または途中の道路の様子を描いたみたいで、かなりテーマとはずれている。

でも直斗は、何も言わなかった。なるべく雨宮竜人には関わらない。それが無理だと分かりつつも、できるだけそうしようと決めていた。

翌週のある日の夕方、直斗は次の日の授業の下準備をしてから学校を出て、独りで住む集合住宅に帰る途中の道路で、ふと立ち止まった。

……既視感と違和感。

この二つを同時に覚えたせいだ。既視感だけなら足を止めなかったかもしれない。そこに違和感が加わったため、突如として彼は立ち止まった。

とっさの判断が、直斗を救うことになった。

ばばばっと彼の目の前を、物凄いスピードでバイクが走り抜けていった。もう二、三歩ほど前へ出ていたら、確実に撥ね飛ばされていただろう。

ひやっと肝が冷えたあとで、だらだらと脂汗が流れはじめた。そして突然、既視感と違和感の正体を同時に悟った。

直斗は幅のある道路の右側を歩いていた。すぐ前には狭い道が交差しており、その先に背広姿の男性の後ろ姿があった。道路の反対の左側では、中学校の制服を着た少女の二人連れと、犬を散歩させている老人の姿があった。彼女たちは交差する狭い道の向こうに、老人は手前にいた。

竜人が先の図画工作で描いたのが、これとそっくりな風景だった。その絵の記憶が直斗の脳裏に残っていて、つい先程この場を通り掛かったとき、既視感となって蘇(よみがえ)ったらしい。

では、違和感は何だったのか。それは竜人の絵にあって、直斗の眼前の光景にないものだった。バイクである。右手の狭い道から飛び出し、安全確認もせずに幅のある道路を渡ろうとするバイクが、竜人の絵には描かれていた。

この差を直斗は、どうやら無意識に認めたらしい。お陰で大怪我を負わずに済んだわけだが、その場でしばらくの間、彼は動くことができなかった。

……俺が、狙われたのか。

この道は通学路ではないが、だからといって竜人が知らないとは言えない。何度か通った経験があっても、別に不思議ではないだろう。

それに遠足のとき児童たちを乗せたバスは、確かにこの道路を走った。

つまり竜人が「遠足」というテーマで、この道路の風景を描いたとしても、別に変ではないことになる。元々ちょっと変わった子なのだ。遠足に行く途中の車窓の眺めを絵にするなど、如何(いか)にも彼らしいではないか。

……いや、やっぱり可怪しい。

竜人のバスでの座席は、左側の後ろの方だった。あの絵のような風景を目にできたはずがない。しかも絵とそっくりな状況を、直斗は数分前に目の当たりにした。その直後、一つだけ欠けていたバイクが、いきなり出現した。この瞬間、ほぼ一週間前に描かれた竜人の絵が、言わば完成したことになる。

それに……。

首輪と鎖だけを残して消えた番犬、飛んでくるドッジボールの先の茶木と思しき子供、死んでいるように見えるベッドの祖母という風に、これまでの竜人の絵には、その対象者がちゃんと表現されていた。

ところが、今回の絵には肝心の相手が描かれていない。だから直斗も気づけなかった。

でも、それは「予告画」だった。これまでと同様の恐ろしい絵である。ただし、一つだけ違っている点があった。

犠牲者の視点で、絵は描かれている……。

それは取りも直さず、直斗のことだった。

いきなり身体が、ぶるぶると小刻みに震え出した。集合住宅の部屋に帰っても止まらず、ベッドに寝て少し経ってからようやく治まった。

この出来事があってから、直斗は図画工作の授業で絵を扱わなくなる。ただし、それも長くは続けられなかった。「小学校学習指導要領」がある以上、教師の勝手は許されない。仕方なく彼は指導要領に沿いつつも、絵のテーマに静物画を選ぶなど、精一杯の抵抗を試みた。

しかし、竜人には何の影響もなかった。与えられたテーマを無視して彼が描いたのは、水の中で溺(おぼ)れている……状態の者の視点で表現したとしか思えない、そんな絵だった。

その絵を目にして、直斗はぞっとした。翌週は児童たちと市民プールへ行って、温水プールに入る予定があったからだ。

……俺、溺れ死ぬのか。

風邪を引いたことにして、プールに入るのは止めようと、すぐさま直斗は考えた。だが、もしも児童に異変があった場合、担任である彼が助けなければならない。否応なくプールに入る羽目になる。そこまで見事に「計算」して、竜人の絵が描かれているとしたら……。

駄目だ。休むしかない。

週が明けたところで、「どうも熱っぽくて」と伏線を張っておき、当日は電話で「高熱が出て」と欠勤を伝えた。それまで一度も休んでいなかったため、何の疑いも持たれずに認められた。

しばらくは何事もなく過ぎた。図画工作で絵の授業をする必要があっても、直斗は完全に指導要領を無視して、まったく別の内容に変えた。他の教師にばれたら大事になるが、背に腹は替えられない。

本格的に寒くなり出した日の放課後、職員室に戻った直斗は、自分の机に座ろうとして悲鳴を上げ掛けた。

正に階段から転げ落ちている……状態の者の視点で描かれた絵が、机の上に置いてあった。

「さっき終わりの会がはじまる前に、雨宮君が持ってきたんよ。久保田先生と約束していて、それで描いた絵やって言うて……」

奥村夏海の言葉が、頭の中を素通りしていく。

「それって、何の絵なの？　まさか池田屋事件の階段落ちとか」

一八六四年七月八日（旧暦の六月五日）、京都三条木屋町の旅館「池田屋」で、そこに潜伏する長州藩や土佐藩などの尊王攘夷派の志士たちを新選組が襲撃したのが、所謂

「池田屋事件」である。このとき新選組に斬られた志士の一人が、階段を転げ落ちたと言われるのだが、どうやら史実ではないらしい。にも拘らず新選組が映画化される際に、決まって描かれるアクションシーンが、この池田屋の階段落ちだった。もちろん奥村は冗談で言ったわけだが、直斗は引き攣(つ)った笑いしか返すことができない。

この階段は、学校か……。

だとすれば逃げ場は、まったく何処にもない。教師をしている限り、学校には必ず来る。それに絵を隅々まで眺めても、階段以外の情報が少しもないため、いつ起きるのか分からない。道路の絵のように直前で回避することも、プールの絵のように逃げ出すことも、今回はできない。最も有効な手段は、学校で階段を使わないこと。それしかなかった。

一年三組の教室は幸いにも一階だったが、だからといって上階に行かなくて済むとは限らない。いや、限らないどころではない。週に何度か、放課後の校舎内の見回り役が、確実に回ってくる。

教師たちが帰宅したあとの学校は、もちろん警備会社に任される。しかし、その前に校舎の隅々まで検(あらた)める習慣が、今でも残っていた。そして直斗は新米のため、他の教師よりもこの役目を担う回数が多かった。

見回り中に階段から転げ落ちて、大怪我をする。

もしくは、死ぬ……。

そんな己の運命を想像して、ぶるっと直斗の背筋に震えが走った。

日々の学校生活で、彼は可能な限り階段を避けた。そのうえで見回りなど、どうしても階段を使わざるを得ない場合は、しっかりと手摺りに両手を置いて、ゆっくりと慎重に上り下りするように心掛けた。

ある日の放課後、直斗は校舎内の見回りをしていた。各教室の扉と窓、そして廊下の窓の戸締りを検めつつ、トイレも忘れずに覗く。そういう確認作業のときは良いのだが、階段に差し掛かると突如として、ばくばくと心臓が高鳴る。それは上りよりも下りの方が、遥かに激しかった。

上っている最中に足を掬われるのも危ないが、下っている途中で背中を押される方が、どう考えても恐ろしいだろう。命に関わるという意味では、やはり上りよりも下りに注意すべきである。

そう自分に言い聞かせながら彼が、階段を慎重に下っていたときである。ふっと背後に違和感を覚えたとたん、ある事実に気づいた。

自分の後ろから、何かが跟いてきている。

物音は一切しない。でも、それが階段を下りている気配を感じる。彼の背後には、明らかに何かがいた。

恐る恐る振り返ってみたが、誰もいない。壁に貼られた「階段では走らない」という児童の描いたポスターが、ただ目に入るだけである。

　ここで慌ててはいけないと思いつつも、彼は残りの階段を一気に駆け下りていた。それが自殺行為だと分かっているのに、一刻も早くその場から逃げ出したいという恐怖の方が、完全に勝っていたからだ。

　この恐ろしい現象には、その後もしばしば見舞われた。一度だけ振り向かずに階段を下り続けたところ、それが真後ろまで迫ってきたため、とっさに踏面に座り込んだことがある。

　それ以来、少しでも異様な気配を背後に覚えたら、すぐ振り返るようになった。そうすることで、どうやら危険は回避できるらしい。

　ただし、ある日の放課後の見回り中、はっと気づいた瞬間には、もう遅かったことがある。直斗が立っている所の一段上に、それがいたのだ。

　このとき、彼は二つの点で慄いた。一つは、あまりにも近くにそれがいること。もう一つは、それが子供のように思えたこと。

　……雨宮竜人。

　だが恐怖に駆られて急いで振り返っても、誰もいない。ただ自分の腰の辺りくらいの背丈の何かの気配だけが、そこに残っていた。

　……竜人の生霊。

　そんな言葉が脳裏を過ったが、怖くなったので忘れることにした。

直斗の奇矯な振る舞いは、どうしても皆の注意を引いた。児童たちには「先生、足が痛いの？」とか「しんどいの？」と心配され、同じ見回り役の教師には「時間を掛け過ぎ」と文句を言われた。とはいえお陰で、今も階段から落ちずに済んでいる。ただ困ったのは、あの絵の「効力」がいつまで続くのか、彼には知りようがなかったことだ。

しかしながら直斗には、いつしか一つの考えが浮かんでいた。それは「竜人の絵の意味を知る者には、あの絵の力も半減するのではないか」という推測だった。別の言い方をすれば、「絵の意味を理解して、その危険を避けるようにすれば、もしかすると助かるのかもしれない」という希望的観測である。

この考えは「呪い」の裏返しではないか、と彼は思った。誰かに「呪い」を掛ける場合、その行為を第三者に見られてはならないが、逆に対象者には「自分は呪われている」事実を知らしめる必要がある、と前に聞いた覚えがある。つまり「呪い」とは心理的な作用に過ぎない、という解釈に繋がる「作法」なのだが、それが竜人の絵では逆の効果を発揮するとは考えられないか。

現に今、彼は無事でいる。このまま警戒を続けていれば、何とかなりそうな気もする。ただし問題は、いつまで注意しなければならないのか、まったく見当もつかないことだった。

そうこうするうちに冬休みとなり、直斗は心の底から安堵した。休みの間は大人しくして、そのまま三学期に備える。そんな考えがあったため、冬休み中はずっと実家に里帰りしていた。

三学期がはじまって、最初の温水プールの授業中に、雨宮竜人は溺れ死んだ。この事件で問題になったのは、担任の久保田直斗がすぐさま助けに入らなかった……と、三組の児童の一部が証言したことである。もっとも他のクラスの担任が、「久保田先生は、ちゃんとプールに飛び込みました」と言ったため、彼が処分を受けることはなかった。

三学期が終わって三組の児童たちが二年生になったとき、久保田直斗は他の小学校へ転任した。この体験談を彼が利倉成留に打ち明けたのは、さらに二度の転任を果たした先の小学校に於いてだったという。

＊

利倉成留の話が終わったところで、僕は尋ねた。

「雨宮竜人君が温水プールで溺れ死んだのは、久保田直斗氏の細工が成功したからですよね」

「どんな細工です？」

こちらの問い掛けを利倉は質問で返したが、すでに僕の答えを予想している顔つきだった。

「竜人君が前に描いた、久保田氏が溺れているように見える本人視点の絵がありました。そこに竜人君の姿を描き込むことにより、作画者自身が溺れるように変えた。元の絵に人物は描かれていないため、そんな細工ができた。そうじゃないですか」

「やっぱりミステリ作家ですね」

「もっとも久保田氏も、この細工が効力を発揮するのかどうか、まったく確信はなかったでしょう。竜人君の絵に、第三者が描き加えを行なった場合、どうなるのか。久保田氏の意図通りの現象が起きるのか。それ以前に、そもそも絵が持つ例の恐ろしい力が、まだ残っているのか。ちょっと考えただけでも、疑問の山です」

「でも、久保田先生が思いついた対抗策は、それしかありませんでした。だから、それに賭けたんでしょう」

「その結果、成功したわけですが――」

「如何に我が身に危険が及んでいたとはいえ、相手の児童を死なせてしもうたのは、さすがに本人も後味が悪かったようです」

表現こそ緩かったが、利倉は明らかに久保田直斗を非難していた。それは僕の第二の問い掛けによって、証明される形となった。

「久保田氏には狙われる理由が、ちゃんとありましたからね」

「あっ、分かりましたか」

利倉は少しだけ安堵したような表情を見せた。

「竜人君の母親の彩奈さんと、久保田氏は不倫をしていた」

「何処で気づきました？」

「利倉さんも人が悪い。ちゃんとあなたの語りの中に、手掛かりがあったではありませんか」

「さて、そうでしたか」

惚ける彼に、僕は苦笑を浮かべながら、

「雨宮家に家庭訪問をした時点では、竜人君のお父さんは『父親』と表現されていたのに、夏休みの間に彼の祖母が同居したときには、『夫』に変わっていました。また『祖母』が『義母』に変化しています。『父親』や『祖母』は竜人君目線ですが、『夫』や『義母』は彩奈さん視点です」

「なるほど」

「その間に二人の関係が、教師と保護者から別のものに変化したのではないか——という疑惑が芽生えました。久保田氏は竜人君くらいの歳に、母親を亡くしています。彩奈さんに覚えた最初の感情が、母性に対するものだったと考えると、どうなるでしょう。しかも彼女の夫は、出張でほとんど家にいません。竜人君は母親にべったりですが、いったん絵を描きはじめると没頭してしまいます。よって雨宮家での密会は、充分に可能でした」

「他にもありますか」

「久保田氏が、やたらと雨宮家の内部事情に詳しいのも、かなり不自然です。お喋りだという木野崎真心の家の出来事——夏休み中に従弟が同居していた件——を、本人から聞くまで彼は知りませんでした。にも拘らず滅多に自分から喋らない竜人君の家のこと——父親は相変わらず出張に次ぐ出張だとか、祖母が在宅介護サービスを受けているとか——を、なぜ久保田氏は知っていたのでしょう。一番それを感じたのは、竜人君の絵と祖母の死の様相が、そっくりだったという件です。あの絵を知っている久保田氏が、亡くなっている義母を発見した彩奈さんから、そのときの様子を聞いたとでも考えないと、まったく説明がつきません」

「竜人君の年齢から、男女の関係を理解していたとは思えない。でも、自分の母親が久保田先生に取られてしまう。そういう危機感を、きっと彼は強く覚えたのではないでしょうか」

「それを察した久保田氏は、だからこそ冬休みの間は大人しくしていた、と表現したわけです。つまり彩奈さんとは、我慢して会わなかった」

「そう本人も、言ってました」

「竜人君は己の絵の恐るべき力を、いつ頃から知っていたのか……」

僕の呟きに、利倉は応じることなく、

「この話を、信じますか」

「すべては偶々そう見えただけで、所詮は久保田氏の妄想に過ぎなかった。そんな風に見做すことは可能です」

「ええ、私もそう思うのですが……」

煮え切らない利倉の様子を妙に感じつつも、その後も久保田直斗は教師を続けているのか、ふと気になって僕は尋ねた。

「久保田氏は転任のあとも、小学校の教師を？」

「三度目の転任で、彼は辞めました」

「何か理由があったんですか」

利倉は淡々とした口調で、こう答えた。

「一度目の転任のあと、久保田先生は学校の帰りに、バイクに撥ねられました。二度目のあとは、学校のプールで溺れそうになりました。そして三度目は、学校の階段から転げ落ちました。それで最後だと分かっていたものの、もう教師を続けるのは無理だと、どうやら彼は感じたようで……」

もっと早く辞めていれば、そんな目に遭わずに済んだのか。それとも絵の「呪い」は何処までも継続したのか。

という疑問を僕は抱いたのだが、もちろん誰にも分からない謎だろう。

某施設の夜警

小学校を出て四十数年も過ぎたのに、卒業文集に「将来の夢」または「将来の職業」といった欄があったことを、今でもよく覚えている。男子では「野球選手」「警察官」「会社の社長」が、女子では「先生」「お花屋さん」「ケーキ屋さん」といった記述が目についた。如何にも当時の小学生らしくて微笑ましい。

しかしながら僕は、そこに「推理小説家」と書いている。そんな子供の頃から、なんと作家を目指していたのか——と驚かれた読者には申し訳ないが、まったく深い意味はない。自分が好きなものは何かと考えたとき、ふとミステリ小説が頭に浮かんだので、単に「それを書く人」を記しただけである。

長じて趣味で創作をはじめたときも、この気持ちに変わりは全然なかった。僕は「作家になりたい」とも「作家になれる」とも、一度も思ったことがない。あくまでも趣味で小説を書いていたら、縁があって第一作を出せた。すると間が良いのか悪いのか分からないが、その約八ヵ月後に勤めていた出版社が倒産してしまう。これも一つの機会と捉え、ならば「プロとして通用するか試してみよう」と決めた。という流れがあったに過ぎない。

憧れた仕事や職業は皆無だったのか——と振り返ると、確かに何も浮かばない。子供の頃はテレビドラマの影響で、刑事が恰好良いと感じたものだが、警察官になりたいとは少しも思わなかった。ドラマの刑事に対する憧れが、西部劇のガンマンや特撮番組のヒーローに抱く想いと、ほぼ同じだったからだろう。

ただし大人になって、一度だけ体験したいと感じた仕事なら、実はある。所謂「夜警」と呼ばれる夜間警備員だ。もっとも動機は極めて不純で、真夜中に独りで施設内などを巡回したら、さぞかし怖い思いができるのではないか……という肝試しの感覚なのだから、あまり褒められたものではない。

警備員で思い出されるのは、僕より少し年配の読者であればテレビドラマ「ザ・ガードマン」（最初のタイトルは「東京警備指令　ザ・ガードマン」）だろうか。僕は番組の存在こそ知っていたが、まだ幼かったので興味がなかった。辛うじて観た記憶があるのは、夏の怪談シリーズの一、二作くらいかもしれない。

それよりも強烈に印象に残っているのは、テレビアニメ「妖怪人間ベム」の第十七話「博物館の妖奇」である。ある街で妖怪少年のベロは、恐ろしい仮面を被ったケン坊と出会う。面のことを尋ねると、博物館に展示されていたものを、無断で持ち出したらしい。ベロは一緒に返しに行こうと提案するが、すでに日は暮れかけている。博物館にはケン坊の知り合いの守衛がいて、三人で仮面の展示場所へ向かうが、やがて彼らに恐ろしい怪奇現象が……。ちなみに仮面は悪霊を封じ込めていた呪物で、それをケン坊が動かしたために、呪いが解き放たれるという内容だった。

子供のときに観て、かなり怖かった覚えがある。こんな博物館の守衛など絶対にできないと思った。ただ「妖怪人間ベム」は、恐怖に囚われないエピソードを数える方が早いと思えるほど、どの話も恐ろしかった。今すぐ思い出せるだけでも、「死びとの町」「悪魔のろうそく」「呪いの幽霊船」「恨みの鏡」「恐怖の黒影島」「古井戸の呪い」「亡者の洞穴」など、泣きそうになりながら観た作品が目白押しである。

いや、そもそもオープニング後のナレーションに、僕はいつも慄いていた。観たくないのに目を背けられず、逆に凝視してしまう。という矛盾した心理を味わった最初が、もしかすると「妖怪人間ベム」だったかもしれない。

それほど怖いものを純粋に恐れていた子供も、いつしか怪談を楽しむ大人になった。だからこそ僕は警備員の仕事を、仮にアルバイトとはいえ結局はしなかったのだと思う。肝試しにも似た巫山戯た気持ちが、心の何処かに残っていそうで、どうにも躊躇われたせいである。

こんな僕とは違い、作家の仙波敦央（仮名）は著作が売れるまでの二年間ばかり、生活のために警備員をしていたという。念のために断っておくと、彼はホラー作家でもミステリ作家でもない。それなのに彼と知り合えて体験談を聞けたのは、某社の某編集者が仲を取り持ってくれたからだ。

この仙波の話を聞いて、僕は「怪奇短編のネタになるかも」と密かに喜んだ。だが、よく考えると彼も作家である。彼自身が己の体験を小説化すれば良いのではないか。それが最も理想的だろう。

そう思ったので尋ねると、実はすでに試みて失敗しているらしい。

「当時を思い出しながら書いているうちに、段々と怖くなってきて……」

それが中絶の理由だと言われ、僕は色めき立った。作家本人が「怖い」と思える作品など、そうあるものではない。

「ぜひ書き上げて下さい」

気負い込んで頼んだのだが、もうその気はないと首を振られた。

「私は物凄く怖い目に遭ったつもりだけど、それを小説にしたとたん、あの悍ましさの十分の一も表現できないと、不甲斐なくも気づいたんです。だから、もう諦めることにしました」

でも、この話を僕が書くのは問題ないと言われ、正に天にも昇るような気持ちになりかけたが、いや待てよ……と我に返った。

作家である仙波敦央の若い頃の体験談を、同じ作家の僕が短編に仕上げるわけだが、もちろん彼は、それを読むだろう。そのときの反応を想像すると、さすがに二の足を踏んだ。

「あなたはホラー作家なのだから、絶対に書けますよ」

こちらの逡巡を見て取ったのか、その場で仙波に励まされた。しかし逆に緊張した。彼の記憶にある恐怖を上手く再現できなかったら……と想像すると、もういけない。たちまち自信をなくしてしまった。

あれから歳月が流れた。その間に、僕も作家として少しは成長した気がする。そんな風に感じられる瞬間が、ごく偶に訪れる。すると決まって僕は、そろそろ仙波の体験談を短編化しても良いのではないか……と自問するのだが、いつも答えは「否」だった。

まだ書けない。あのとき耳で聞いた恐怖を、文字に表現する自信がない。

そう己に反論して、ずっと却下し続けてきた。当初は出来の悪い作品に仕上げて、同業者である仙波敦央に嗤われることを懼れていた。それがいつしか、如何に小説化するとはいえ、あんな気色の悪い体験を再現することの難しさに、僕は尻込みをするようになっていた。

その気持ちに少しも変わりはないのに、とうとうあの話に手をつけようと思ったのは、いくつもの怪奇短編を執筆しているうちに、何となく悟れたからである。

あれほど訳の分からない体験談の再現には、作家が持つ文章力も構成力も関係ないのではないか。むしろ邪魔になりはしないか。ただただ愚直に、どんな目に彼が遭ったのかを、ひたすら書く。できるだけ正確に描写する。それを読者がどう受け取るかは、まったく考えずに執筆する。

そうやって書き上げたのが、以下の話である。

＊

仙波敦央が某文芸誌の新人賞に短編を応募して見事に受賞したのは、二十代の前半だった。

都内の某所で開かれた授賞式と祝賀会に出席したが、長編の賞でも娯楽小説の賞でもなかったせいか、選考委員の作家たちと版元の編集者だけの、こぢんまりとした宴だった。それでも敦央にとっては、夢のような一時と言えた。

自分が書いた小説を、プロの作家が話題にしている。

俄(にわ)かには信じられない状況ながら、紛れもない現実である。でも、なかなか実感がわかない。もちろん夢ではないと普通に認識できているが、地に足がついていない気がする。物凄く不安定な、それでいて気持ちの好(よ)い状態に、己が置かれている。そういう感覚に、ずっと囚われていた。

しかしながら祝賀会が終わって、担当編集者にホテルまで送られる途中、

「すぐに会社を辞めることは、絶対にしないで下さい」

と釘(くぎ)を刺されたとたん、圧倒的なリアルが押し寄せてきた。譬(たと)えるなら劇場で映画の世界にどっぷりと浸(つ)かっていたのに、エンドロールを目にして、はっと我に返るようなものだろうか。

もっとも映画の中身は虚構だが、仙波敦央の新人賞受賞は本当の出来事である。それ

故に彼が再認識した現実感は、かなり重かった。作家デビューできたのは素直に嬉しかったが、会社に勤めながらの執筆生活を思うと、何とも言えぬ重圧を感じた。

敦央は関東にある某大学に入るために、故郷の実家を出ていた。就職したのも同県のため、学生時代に借りた二階建ての集合住宅の一室に今も住んでいる。すぐには作家で食えない以上、編集者にも忠告されたように会社を辞めるわけにはいかない。当分は二足の草鞋を履く必要がある。

彼は会社から帰ると、どんなに遅くてもパソコンに向かった。そして週末は――土曜日が休みになるのは隔週だった――ほとんど執筆に充てた。だが平日の夜は仕事疲れもあり、次第に書けなくなり出した。無理にパソコンに向かっても大して捗らないうえに、翌朝の起床が辛くなる。そのうち仕事にも支障が出はじめた。そこで書くのは休みの日だけにした。

ところが、週末の執筆が進めば進むほど、平日に働いているのが無駄に思え出した。生活費を稼ぐためだと割り切っても、その時間もすべて創作に充てた方が、早くプロの作家として一本立ちできるのではないか、と考えてしまう。

会社では一部の親しい同僚だけに、新人賞の件は伝えてある。そのメンバーでお祝いの会も開いてもらった。仕事と執筆を両立させていることに、誰もが感心して応援してくれている。

しかし、あるとき敦央が「平日はきついから、今は週末しか書けない」と愚痴を零すと、同僚の一人に「日曜作家ってやつか」と返された。相手は恐らく「休日にだけ執筆をする作家」という意味で口にしたのだろうが、それが彼には違って聞こえた。そもそも「日曜作家」とは、プロではなくアマチュア作家を指す言葉である。そのため「お前はアマチュアだ」と、面と向かって言われた気がした。

敦央は大いに悩んだ末に、会社を辞めた。とはいえ執筆に専念できるほど貯金があるわけでもないため、無料の就職情報誌でアルバイトを探した。週のうち三日か四日の勤務が可能で、かつ仕事中でも小説の構想を練ることができる、そんな都合の良い仕事を求めた。

いくら何でも都合が良過ぎるか、と苦笑しそうになったとき、「警備員」の募集が目に留まった。説明を読むと、週のうち好きな曜日を指定して仕事ができるらしい。このとき彼の脳裏に浮かんだのは、それまでに何度も目にしたような、ただ道端に立って手持無沙汰（ぶさた）にしている、としか見えない初老の警備員の姿だった。

本当に大変な現場も、きっとあるに違いない。そう理解できるものの、就職情報誌に掲載された他の仕事に比べると、警備員は打ってつけに思えた。

敦央が電話で面接を申し込んだところ、翌日の午前中に都内の支社まで履歴書を持って来るように言われ、その場であっさり採用された。ちょっと驚いたのは、警備員になるためには警備業法を学ぶ必要があり、そのために三十時間の法定研修が義務づけられていると知ったことである。

それから四日間、彼は支給された制服を着込み、臙脂色のネクタイを締め、緑地に二本の白線が入った腕章を左腕に、「研修生」と記された名札を左胸につけ、臙脂色のモールを右腕に通して、警笛を胸ポケットに納め、爪先から甲まで薄い鉄板の入った警備靴を履いて、研修を受けた。ただし教育長による講習は、ひたすら退屈で眠かった。実技訓練では青と白のヘルメットを被り、白手と呼ばれる白地の手袋をして、赤い誘導灯を持ったが、肝心の中身は「右向け右」などの軍隊形式で辟易した。もっとも試験があるわけではないので、どちらも気楽だった。

この研修で知り合った同期に、「飯迫」という四十過ぎの冴えない印象の男がいた。もっとも相手から一方的に話し掛けられて、何となく昼食を共にする仲になっただけである。どうして歳の離れた自分に……と訝ったが、他の研修生を見回して納得できた。一癖も二癖もあるように映る人物ばかりが、その研修には参加していた。きっと一番無難そうなのが、敦央だったのだろう。

飯迫はよく喋った。かつては大手企業に勤めていたが、業績の不振が続いてリストラの嵐が吹き荒れた。早期退職者には退職金が上乗せされるため、思い切って転職することにした。だが予想とは違い、なかなか次の職が決まらない。退職金は家のローンに充てたが、それでも十数年はまだ払う必要がある。子供が私立の高校を受験するので、塾にも金が掛かる。いつまでも無職ではいられない。そこで警備員に応募した。という事情を訊きもしないのに、自分からペラペラと語った。

飯迫は真面目だった。試験などないのに、講義の間も真剣にノートを取っている。剰え読み返して復習までする。彼のような研修生など、他に一人もいない。ただ実技訓練は苦手らしく、かなり梃摺っている姿が目についた。二、三十代に比べると、四、五十代の者は等しく苦労していたが、それでも何度か繰り返すうちに自然と身につくものである。しかし彼は最後まで、教育長の叱責を受け続けた。

四日間の研修が終わると、「警備員」の名札を渡された。飯迫が嬉しそうな顔をするのを見て、敦央は「良かったですね」と声を掛けそうになったが、年下の自分に言われたら相手が気分を害するのではないか、と思い直して止めた。

まず「週間勤務予定表」を出す必要があったので、敦央は月曜から水曜の三日間に○を、残りに×を書き込んだ。週のうち三日は警備員をやり、四日は執筆に充てる考えだった。ちなみに飯迫は木曜以外の六日に○をつけて、敦央を酷く魂消させた。しかも少し慣れてきたら、日勤と夜勤の掛け持ちをするという。

「家のローンと、子供のためですよ」

そう苦笑する飯迫を前に、敦央は何も返せなかった。ただ無事に彼が勤められますようにと、心から願うことしかできなかった。

初勤務の前日、携帯電話に会社からメールが届いた。内容は勤務の日時、得意先名と派遣先名と住所、警備区分と人員など、仕事上で必要な情報である。その日のうちに最寄り駅を調べ、パソコンのインターネットで付近の地図をプリントアウトして、彼は翌日に備えた。

仙波敦央が如何なる警備の仕事を経験したのか。その体験談を紹介するだけでも充分に面白いのだが、本稿で扱う話ではないため割愛する。ただ彼が何を思い、何を感じたのか、それだけは記しておきたい。

仕事がはじまり他の警備員と接するようになって、彼には分かったことがある。それは警備員の多くが、「でも、しか」の者で占められている、という驚くべき事実だった。つまり何らかの事情で生活に困り、職を探すが何処も雇ってくれず、仕方なく警備員でもするかと応募したものの、実は警備員しかできないような、そんな人物ばかりが目についたのだ。いや、その中には警備員でさえ、とても無理な者も珍しくなかった。

誤解のないように断っておくと、工事現場での大型トラックの誘導や一般車両の交通規制など、ちゃんと頭を使わないと勤まらない仕事は多く、それを見事に熟せるベテランの警備員も当然ながらいる。しかしながら二年ばかり勤めて、「この人は本物のプロだ」と感心できる人物とは、たった二人しか出会えなかった。

しかも一方では、その場に立っているだけで済む仕事が存在するのも、また間違いのない事実だった。会社が個人の適材適所を見極めて派遣先を決めるのだが、そこで使えないとなると、次の日には他所へ飛ばされる。だから「でも、しか、さえ」の者でも何とか勤まるのかもしれない。

玉石混淆だけど、ほとんどが石ばかりではないか。

その石に自分もならないように、と敦央は心掛けた。あくまでも執筆活動が主で警備員の仕事は従だったが、かといって手抜きをするつもりはない。それで対価を得ているうえに、現場の安全に対する責任がある。だから彼は真剣に取り組んだ。

ただ、どうしようもない仕事内容のために、そもそも手の抜きようがない警備もあった。そんな最たる仕事の一つが、某高層マンションの上階のリニューアル工事だった。ここで彼が与えられたのは、非常階段の見張りである。そこから上の階で工事が行なわれるので、住人が非常階段に出てくることがあったら、「リニューアル工事のため、誠に申し訳ありませんが通行止めになっています」と丁寧に断って、丁重にお引き取り願う。そういう仕事である。

楽勝ではないか。これで一日中、小説のことを考えていられる。

彼は大いに喜んだが、現実はそう甘くなかった。踊り場に立って目に入るものといえば、上下する階段と大きな鉄扉と肌色の壁だけである。そこで聞こえるのは、工事で使う重機の物音とエレベータの微かな唸りしかない。

周りには何もなく、物凄く静かである。

考え事をするのに理想的な場所と思えたのは、最初の十数分だけだった。しばらくすると居た堪れない気持ちを覚えはじめた。あまりにも周囲が殺風景で静寂に包まれているため、逆に思考力が少しも働かない。そんな異様な状態を、彼は初体験した。

ひょっとすると刑務所の独房とは、こんな感じなのか。

そう想像したとたん、ぞっとした。ここでは住人が姿を現すかもしれない、と考え直したものの、一人としてやって来ない。つまり非常階段の見張りなど、本来はまったく必要ないのだ。高層マンションなのだから、誰もがエレベータを使うに決まっている。しかし「こういう現場では、警備員は何人で、何処そこに必要である」と、ちゃんと法律で決められている。それを守らないと、どんな工事であれ取り掛かれない。

敦央は次第に苛立ちを募らせるようになった。警備中は「壁に寄り掛からないこと」また「階段に座らないこと」という注意を受けている。もちろん踊り場を離れることもできない。常に立哨の姿勢が求められた。

誰も見ていないから……と油断していると、この現場の警備リーダーが突然、見回りに現れて怒られる。ここでは特に気をつけなければいけないと、同僚の一人に耳打ちされていた。

警備の仕事中に小説の構想を練る心積もりは呆気なく潰えたが、この職場での出会いや経験が彼の執筆活動に、後々かなり役立ったことは明記しておきたい。

当初は慣れない仕事の疲れから、木曜から日曜の執筆に充てた四日間も、なかなかフルに活かせなかったが、やがて少しずつ原稿が進むようになる。しかも警備員の仕事がネタにできると分かったのだから、正に一石二鳥だった。その中には小説化しようとしたものの怖くなって、仕方なく諦めた問題の体験も入っていたのだが……。

それは彼が警備員になってから半年ほど過ぎた、ある夏の日曜だった。携帯電話に届いた会社からのメールを見ると、それまでの何処の派遣先よりも離れた某県の住所が記されている。「明日は少し遠いのか。嫌だな」と思ったが、開始時間は十九時半になっていた。夜勤なら時間の余裕があると安堵できた。

　しかしながら得意先の名称には、少し首を傾げた。「光背会（仮名）」とある。これまでとは明らかに様子が違う。パソコンで調べてみたところ、意外にも宗教団体と分かった。しかも設立してから、まだ数年という新興である。先方が何であれ、もちろん別に構わないのだが、その仕事が工事の警備ではなく、なぜか施設の夜間警備らしいことが、どうにも腑に落ちなかった。

　新興の団体のため、付近の住民と揉めているとか。とっさに邪推したのは、そんな状況である。だとしたら両者の間に立つ羽目になるかもしれない。勘弁して欲しいと思ったが、選り好みができる立場ではない。

　翌日、敦央は午前中と午後の数時間を執筆に充て、その後に仮眠を取ったうえで集合住宅の部屋を出た。

　数度の乗り換えを経て、ようやく到着したのは片田舎の寂れた小さな駅だった。駅前では五十歳前後の警備員が、すでに彼を待っていて、

「仙波君だね。釜田だ」

「はじめての現場ですので、よろしくお願いします」

互いに簡単な挨拶をしたが、そこで敦央は首を捻った。

集合時間の十五分前に着くのが決まりなのだが、その駅に停まる電車の本数は非常に少ない。となると釜田は、かなり早く来たことになる。

いったい何のために？

という疑問を覚えたが、初対面なので尋ね難いなと躊躇っていると、二人の側に一台の乗用車が停まり、三十代半ばのスーツ姿の男が降りてきた。

「お待たせしませんでしたか。光背会で広報を担当している、生瀬と言います。本日はご苦労様です」

にこやかに微笑みながら右手を差し出してきて、敦央を面喰わせた。

「ご依頼主の、責任者の方だ。失礼のないようにしなさい」

それまでの無愛想から一転、いきなり釜田が饒舌になった。

「生瀬さんは、我々が警備をやり易いように、色々と便宜を図って下さる。これほど恵まれた派遣先は、そうそうあるものではない。だから仙波君も、決して気を抜くようなことはせずに、どうか全身全霊で職務に励んで欲しい」

などという台詞を延々と繰り出した。それを生瀬は相変わらず微笑みながら、黙って聞いている。ただし釜田が相手のことを「本当に神様のような方だ」と言ったときだけは、すぐさま穏やかな口調ながらもはっきりと否定した。

「神様と呼ばれるべきお方は、教祖様だけです」

「……た、大変、し、失礼しました」

釜田が九十度のお辞儀で謝りはじめたのを見て、厄介な所へ派遣されたのではないか、と敦央は少し警戒した。

「さっ、参りましょう」

それでも生瀬の物腰の柔らかさに触れると、たちまち不安も減じるのだから不思議である。だてに新興宗教団体の広報をしていないということか。それとも釜田の反応が大袈裟(おおげさ)過ぎるのか。

「町長さんの方は、もうお済みになったのですか」

「ええ。どうかご心配なく」

走り出した車内での二人の会話から、敦央は以下を推察した。

もっと早い時間に釜田は、派遣先の光背会へ着いていた。だから生瀬に駅まで送ってもらい、敦央を出迎えられた。生瀬は町長に用事があったため、それを終えてから駅に戻ってきた。敦央が前以て(まえもって)邪推した通り、光背会と町民との間には、何らかの軋轢(あつれき)がある。生瀬の「ご心配なく」が、それを裏づけているのではないか。

あれこれと推理を巡らせるうちに、車は町を抜けて緩やかな坂を上がり出した。町の北側に当たる一帯は山地だったが、どの山もなだらかで低く、あまり起伏のない稜線(りょうせん)が東西に流れている。そんな低山の山間部に、光背会の「本部」及び「集会所」と呼ばれる二つの建物と、「十界苑(じっかいえん)」という名称を持つ何とも奇妙な空間が忽然(こつぜん)と現れたので、彼は度肝を抜かれた。

本部はイスラム教の礼拝堂であるモスクを模したような三階建てで、日本の片田舎の山間部では違和感しか覚えないが、一目で宗教施設と判断できる分かり易さが、少なくともあった。小さな体育館といった趣の集会所も、特に問題はない。

ところが十界苑は、遠くから一瞥(いちべつ)しただけでは意味不明だった。とっさに敦央の脳裏に浮かんだのは、学生時代に友人たちと旅行先で気紛れに入った箱根(はこね)の「彫刻の森美術館」の風景である。

数台のマイクロバスが停められている駐車場で車から降りると、まず本部の「警備室」に連れていかれた。もっとも最初から警備室として作られたわけではなく、玄関に一番近い部屋をそうしただけらしい。

「ここが第一警備室です」

生瀬の説明を聞きながら室内を見回すと、机と椅子、小型の冷蔵庫と食器棚、こぢんまりとした流しとガスコンロ、ハンガーラック、それにベッドまであって、ここで生活できるほど何でも揃っている。

勤務は二十時から翌日の五時までの九時間で、前半と後半に三十分ずつの休憩、午前零時から二時までの間に一時間の夜食休憩がある。夜食だけでなく間食や飲み物まで、すべて光背会が提供してくれると聞いて、敦央は大いに喜んだ。

ただし生瀬の次の台詞で、その歓喜も少し色褪(いろあ)せた気がした。

「ここは釜田さんに詰めてもらっているので、仙波さんには十界苑にある第二警備室に入っていただきます」

いや、むしろ悪い予感を覚えたと言うべきか。

そこから三人は低山の麓にある本部の建物を出て、車を停めた広い駐車場を横切り、その南側の十界苑へ向かった。

問題の十界苑は西から東へと細長く延びた、文字通り十の区画を持つ公園のような場所である。西の端から順に、まず「六道」の世界である「地獄界」「餓鬼界」「畜生界」「修羅界」「人間界」「天界」が、次いで「四聖」の世界となる「声聞界」「縁覚界」「菩薩界」「仏界」が存在している。

敦央は仏教系の大学を出ており、一応の知識があったので、

「この六つの世界で人間は輪廻をすると、ここで表現されているのですか」

そう生瀬に尋ねたのだが、

「他の宗教では、そのように考えられているかもしれませんが、我が光背会では違います。六道輪廻とは、人の心の中で繰り返される、その世界観の変遷なのです。信者の皆さんは、この十界苑を散策されることで、ご自身の内面と向き合われる体験をなさるわけです」

例の微笑みを向けられながら、よく分からない返答を受けた。

「一朝一夕に悟れるものではない」

すると釜田が、まるで信者のような態度を見せたので、敦央は再び不安になった。ま

さか警備の仕事をしているうちに、密かに洗脳されたとか……と有り得ない疑いまで抱いてしまった。

ちなみに敦央が知る限り、十界は天台宗の教義である。仏教の思想である六道に、四聖を付加したのが十界になる。だからといって光背会が、天台宗の流れを汲む団体かと言えば、そうでもなさそうで、第一警備室でもらったパンフレットには、少なくとも何も書かれていない。

そもそも新興の宗教団体では、何処も多かれ少なかれ既存の宗教の思想を基にして、自身の教義を作るものではないか。逆にその団体ならではの独創的な――というよりも明らかに変で可怪しな――教えがある場合は、色々な意味で危険かもしれない。そう考えると光背会は、まともそうな印象を受けたのだが……。

それも十界苑を案内されるまでだった。なぜなら十の区画に設けられたオブジェが、まったく理解不能な代物ばかりに映ったからだ。

例えば地獄界の場合、高くて長い二つの壁が向かい合って聳え立っている。壁の内側は真っ赤で、無数の黒い穴が空いており、その幅は大人が通れるほどしかない。これが地獄を表現しているらしいのだが、敦央には珍紛漢紛である。地獄というからには、針の山や血の池などの方が分かり易いのではないか。

他の区画も同様だった。良く言えば「現代美術」なのかもしれないが、正直どれもさっぱり訳が分からない。

だが、彼が受けた一番大きなショックは、その十界苑の東の果てにあった。仏界の区画の先に真新しいプレハブの小屋が建てられており、そこが「第二警備室」だと教えられたのである。

ここで夜勤をするのか……。

本部からは歩いて十数分は掛かり、もちろん周囲に民家など一軒もない。目の前は巨大な蓮の花らしき物体が点在する仏界で、背後は樹木が生い茂った小山の斜面になっている。

「ご案内、誠に恐れ入ります」

そこで釜田が深々と生瀬に頭を下げたので、敦央も慌てて一礼した。

「あとは私の方で、ちゃんと指示しておきます」

「そうですか。では仙波さん、どうぞよろしくお願いします」

例の微笑みを浮かべた生瀬が、こちらに挨拶をしたあと、本部へ戻っていく姿を見送ってから、釜田が顎先を使って第二警備室へ敦央を誘った。

「ここにあるものは、自由に使っていいからな」

まるで釜田が用意した口振りだったが、第一警備室と遜色ない室内の様子に、敦央は素直に感動した。ただ、それも具体的な勤務内容の説明を聞くまでだった。

「二十時から開始して二時間毎に、十界苑を巡回してもらう。この二時間毎というのは一つの目安なので、厳密に守る必要はない。つまり一晩に五回、ここを見回ることになるわけだ」

「仏界からはじまって地獄界まで、私が担当するのですか」

「そうだ」

当たり前のように返されたので、反射的に敦央は尋ねた。

「釜田さんの受け持ちは、何処ですか」

「本部だ」

当然だろうという言い方をされたが、戸締り可能な建物内部と開放的な十界苑では、明らかに巡回するにも大きな差があるため、敦央は不満を覚えた。

「本部は三階建てだから、それなりに時間が掛かる」

すると釜田が、先回りするように言い訳をした。相手は先輩のうえ、ここでの責任者なので、そんな風に説明されると、もう反論できない。

「巡回する以外は、ここにいるわけだから──」

釜田は第二警備室の室内を指差しながら、

「改めて休憩を取るといっても、同じようなものだ。これほど優遇された現場は、そうないぞ」

確かにその通りなのだが、非常に根本的な疑問が、ふっと敦央の脳裏に浮かんだ。

「泥棒でも入ったんですか」

「何の話だ？」

怪訝な顔の釜田を見て、その疑問が何とも表現しようのない奇妙な疑惑に、刹那に変わった。

「こんな人里離れた山間部にあるのに、どうして警備が必要なのか――と思ったものですから」

「……こういう所には、お布施とかの金が、やっぱり集まるからだろ」

「それは本部の金庫にでも、きちんと仕舞われていませんか。だから本部の建物を巡回するのは分かりますが――」

と言いつつも、きちんと戸締りさえしていたら、わざわざ警備員を雇う必要はないはずだ、と敦央は改めて感じた。

「こっちの十界苑まで見回るのは、どう考えても変じゃありませんか」

「それは、あれだよ」

透かさず釜田が言い返そうとしたが、とっさに誤魔化す言葉が出てこないのか、「あれ」という指示代名詞を繰り返すばかりである。そして挙句の果てに、

「そんなものは、得意先の自由だ。警備を頼まれたから、会社は受けた。その仕事を会社から命じられたから、俺たちはやる。それだけのことだろ」

半ば怒った口調で、まったく意味のない説明をした。

一応は正論ながらも、なぜ警備をする必要があるのか――という肝心な理由を、当の警備員が理解していないのは駄目だろう。そう敦央は強く思ったが、この釜田を相手に

しても不毛な会話が続くだけだと、早々と諦めてしまった。

「巡回をしていないとき、ここにただ座って、ぼうっとしてて良いわけじゃないぞ。ちゃんと十界苑を注意して見ておくように。そして何かあったら内線電話で、すぐ俺に連絡すること」

「例えば、どんな場合が考えられますか」

この質問に、うっ……と釜田は詰まった。実は答えを知っているのに、それを口にするのを厭うような、そんな様子が感じられる。

何なんだ、いったい……。

敦央が言い知れぬ不安を覚えはじめていると、

「本部へ戻る序でに、二十時の巡回は、俺がやっておいてやろう。だからあとは、しっかりやれよ」

取り繕うような台詞を吐いてから、釜田は第二警備室を出ていった。

壁に掛けられた時計を見ると、もうすぐ二十時になるところだった。確かに早くも一回目の巡回時間である。

だが、いくら本部に戻るからといって、代わりに巡回をやってくれる人物に、どう考えても釜田は見えなかった。あれは敦央の質問に動揺して、とっさに誤魔化すために、つい口から出た言葉だったのではないか。

窓から外に目をやると、すでに日はとっぷりと暮れて、辺りには夜の闇が濃く下りている。警備が二十時から翌日の五時までとなっているのは、もしかすると暗い間だけ警戒する必要があるからだろうか。

けど、何のために？

第二警備室の明かりが微かに届くことで、ぼんやりと浮かび上がる仏界の一部を窓越しに眺めながら、敦央は首を捻った。

やっぱり地元の住民とのトラブルか。

光背会に立ち退いて欲しい町の人たちが、夜陰に乗じて十界苑に侵入して、この訳の分からないオブジェを壊すのかもしれない。そういう被害があったので、警備会社に連絡をした。と考えると筋は通る。が、ならば釜田もちゃんと説明したのではないか。「町からの侵入者に気をつけろ」と、具体的な忠告をしたはずである。

どうも分からないな。

色々と推測しているうちに、気がつくと二十一時を過ぎていた。巡回の合間の時間を持て余すのではないかと心配していたが、そうでもないらしい。

第二警備室にはガスコンロこそなかったが、机には電気ポットが置かれている。小型冷蔵庫の中にはラップに包まれたサンドイッチやペットボトルの飲料があり、冷蔵庫の上に据えられた棚の中にはインスタント珈琲（コーヒー）やカップ麵（めん）、チョコレートなどの菓子まで入っていた。正に至れり尽くせりである。釜田の言う通り、こんな派遣先はそうあるものではない。

だからこそ、敦央は引っ掛かった。ここまでの用意をするのは、警備そのものが実は酷く大変だからではないのか。

そうこうしているうちに、早くも二十二時になった。

敦央は第二警備室を出たところで、改めて周囲の闇の濃さに圧倒され、うっ……と一瞬たじろいだ。

十界苑内に外灯は設置されているものの、二つの区画毎に一本ずつ、計四本が立っているに過ぎない。その四つの明かりが、ぽつぽつと闇の中に浮かび上がって一直線に見える眺めは、無気味であると同時に物悲しくもあり、ずんっと心が沈むような気持ちになる。あとは右斜め方向の彼方に、本部の明かりが朧に瞬いているだけで、すべてに夜の闇が下りている。都会はもちろん、町中でも滅多に体験できない暗がりが、その山間部には蟠っていた。

ぶるっと身震いを一つして、彼は懐中電灯で足元を照らしつつ、まず仏界へ向かった。この区画では巨大な花のようなオブジェの周りを巡って、その陰に誰も隠れていないことを確認するだけで、もう巡回は終わってしまう。

これを繰り返すのか。

だとしたら楽勝ではないだろうか。少なくとも交通量の多い夜間の道路工事に派遣されるよりも、遥かに良いことは間違いない。

だが喜ぶのは早かったらしいと、すぐに彼は悟る羽目になる。

第二警備室の明かりが微かにしか届いていない仏界に比べると、次の菩薩界は増しだった。外灯のお陰で、行く手の三分の一ほどが、ぼんやりとだが浮かび上がっている。

だが、それが何の助けにもならないことに、敦央は気づいた。なぜなら菩薩界には、全身にシーツを被った恰好にしか見えない人間の彫像のような代物が、何体もあったからだ。それが区画のあちらこちらに、異なる姿勢で散らばっていた。ある者は走り、ある者は歩き、ある者は座り、ある者は佇んでいる。そんな風に見えなくもない。ただ、どの像にも動きが感じられるせいか、それらに外灯の明かりが中途半端に当たっている様は、正に無気味としか言えない。

これら全部が菩薩なのか……。

しかし菩薩と言えば、歴とした仏様ではないか。でも周囲に見える像はどれも、シーツを被っているような恰好が生々しく、人間のようにしか映らない。もっと正確に表現すると、それらは人間擬きだった。

気持ち悪いな。

そう感じながらも、各々の像の裏側をチェックする。もちろん誰もいない。

次の縁覚界は、ベンチに見えなくもない八つの直方体が中央で八角形に並べられている以外は、まったく何もない芝生だった。お陰で何処も検める必要がなくて助かったが、がらんとした空間は寒々としており、夏の寝苦しい夜にも拘らず冷え冷えとした空気が漂っている。

ここまでは抽象的とも言える区画だったが、四つ目の声聞界で突然それが生々しくなるため、どきっとする。まだ明るいうちに生瀬の案内で目にしていたのに、外灯の朧な明かりに浮かび上がったオブジェと改めて対峙すると、気色の悪さが際立って映るせいだろうか。

そこには人間の巨大な脳、目玉、耳といった部位が、いくつも転がっていた。展示してあるというよりは、ごろっ……と捨てられている風に見える。

ちなみに声聞界とは、様々な学問を学ぶ状態を指すらしく、そういう意味ではオブジェの意図が最も分かり易い区画なのかもしれない。ただ、他があまりにも抽象的なのに、ここだけ妙に具体的なのは、どう見てもバランスが悪い。

コンセプトが通ってないというか……。

いつしか十界苑を批評している自分に気づき、敦央は慌てて首を振った。

ここが何を意味していようと、どうでも良いではないか。十界苑の巡回という夜警の仕事を、ひたすら熟すだけである。

あちこちに転がる脳と目玉の裏側から、耳の大きな穴の中までを覗いて検めつつ、彼は先へと進んだ。

四聖の四つの世界が終わると、次は六道の区画となる。最初の天界は、菩薩界の人間擬きよりは人に見える何体もの像が、バラバラに佇んでいた。一体ずつ人形になってはいるが、あくまでも人間の恰好をぼんやりと表しているに過ぎず、そこに指や目鼻立ちといった細部の作り込みは何もない。ただし一点のみ、ある表現がなされていた。笑いである。唇がないのに、にこっと微笑んでいる様が、どの顔にも確かに窺（うかが）える。◯の下半分の曲線が刻まれているだけなのに、それが見事に笑いを表現している。だからといって敦央まで、楽しい気分になるかといえば、完全に逆だった。懐中電灯の光に照らされた笑いは、とても微笑みには見えない。笑いではなく明らかに嗤いとしか映らない。にこっ……という明るい笑みではなく、にっ……という歪（ゆが）んだ嘲（あざけ）りで、その空間は満ちていた。

　そういう嗤いを浮かべた像たちの中にいると、まるで自分が嘲笑（あざわら）われているような気分になってくる。仏界を巡回したとき、これなら楽勝だと感じたのが、完全に早とちりだったことを、彼は思い知らされた。

　像の顔には懐中電灯を向けずに、ひたすら背後だけを探って次の人間界へ進むと、そこには街の風景らしき眺めが広がっていた。ビルや民家や寺院に見えなくもない建物のオブジェが、その区画を占めている。もっとも各々の裏に回ると、それが見せ掛けに過ぎないと分かる仕掛けだった。つまり表からは普通の建物に映るのに、その裏側は半壊していて内部が腐っているのだ。

　人間界ではオブジェの一つずつの確認が、とても苦痛だった。ぽっかりと空いた穴の中に、腐敗した死体が詰め込まれている。そんなイメージが、ぱっと彼の脳裏に閃（ひらめ）いたせいだろう。

次の修羅界では、先の天界と人間界で体験した無気味さはないものの、別の恐怖を覚えた。この区画に足を踏み入れたとたん、荒れ狂う波濤(はとう)のようにうねって、溶けた飴(あめ)の如く捻(ね)じれた恰好のオブジェが、左右に次々と連続して現れ出した。それらに両側を挟まれながら、くねくねと曲がりに曲がりつつ前進する。シュールな眺めには違いないが、こちらへ飛び出す波濤の先端は尖(とが)っており、左右のどちらに倒れても串刺(くしざ)しになりそうで、かなり恐ろしい。下手に子供を連れて入ると、大怪我をさせるかもしれない。そういう懼れを十二分に覚える空間だった。

　この迷路のような設定は、さらに畜生界でも続いた。ただし周囲のオブジェは渦巻きや幾何学模様や斑点(はんてん)といったものに変わり、先程までの鋭角さはなくなっている。その代わり相当に混沌(こんとん)としていた。ずっと眺め続けていると、うじゃうじゃと頭の中に何か変なものが湧いてきそうな気色悪さがあって、まったくぞっとしない。

　それでも修羅界と畜生界は、定められた通路を歩くだけで済んだ。両側のオブジェは一種の壁のように連続しているため、特に検める場所もない。それらを乗り越えることは、どう見ても無理である。ただ、いったん入ると横に抜けることができず、最後まで辿(たど)らないと出られない構造が、何とも息苦しく感じられた。

　似たような区画が二つも続いて、やっと抜け出せた解放感からか、つい見た目だけで判断してしまい——生瀬の案内でもあっさり通れたので——餓鬼界を油断したのが失敗だった。

最初に五段ほどの階段があって、それを上がると橋が延びている。とはいえ真下に川が流れているわけではない。他の区画と同じく芝生である。この橋が途中で枝分かれして、いくつものルートを作り出している。修羅界と畜生界は迷路のように感じられたが、実は一本道なので問題はなかった。しかし餓鬼界の橋は、本当に縦横無尽に広がっており複雑で、たちまち敦央は迷ってしまった。

先で別の橋に繋がっていると思って進むと、行き止まりにぶち当たる。日中なら余裕で目視できたが、今はほとんど見えない。懐中電灯の明かりでは、少し前方を照らせる程度である。

生瀬さんの案内では……。

どう辿ったのかを必死に思い出そうとしたが、逆側から入っているため何の助けにもならない。むしろ余計に混乱してしまう。

何度も行ったり来たりを繰り返して、ようやく餓鬼界の橋を渡り切ったときには、かなり厭な汗を掻いていた。と同時に橋の上を別に歩かなくても、区画の周りを回りながら橋の下を覗いて検めるだけで、充分に巡回の役目を果たせたのではないか、と遅蒔きながら気づいて、どっと疲れを覚えた。

最後の地獄界は先述したように、一人の大人が通れるほどの幅を開けて、高い二つの壁が向かい合って聳え立っている。その長さは十数メートルあった。壁の内側は真っ赤に塗られ、無数の黒い穴が空いている。

この中を通るのか……。

懐中電灯の明かりは、とても壁の向こう端まで届かない。こちら側から覗くだけでは、二つの壁の間に不審者が潜んでいないか、確かめるのは無理だった。ちゃんと検めるためには、半ばまで入り込まなければならない。そうなると通り抜けるのと、大して変わらないことになる。

足元と前方を交互に照らしつつ、敦央は壁の間に入っていった。これまで閉所を苦手だと感じたことはないのに、次第に息苦しさを覚える。嫌でも目に入る左右の赤壁の色が、なんだか暑苦しくて堪らない。そのうち壁が脈打って蠢いているような、そんな気がしてきた。しかも少しずつ狭まっているのではないか。

……錯覚だ。

そう自分に言い聞かせるのだが、まったく何の効果もない。

もし今、行く手に人影でも見えたら、恐らく誰何する前に踵を返して、一目散に逃げ出すだろう。でも後方にも、同じ人影が見えたら……。

ざわっと二の腕に鳥肌が立った。

そこからは速足で残りを一気に進み、壁の向こう側へ出た瞬間、空気の涼やかさを感じてほっとした。

腕時計に目をやると、なんと第二警備室を出てから四十数分が経っている。ゆっくりと十界苑の中を進んでも、きっと十分弱で辿れるだろう。暗くて慣れていないことを差し引いても、あまりにも時間を掛け過ぎではないか。

もう少し手を抜いてもいいかな。

という考えが頭に浮かんだ。とはいえ巡回は二時間おきである。あまり早く済ませてしまうと、かなり時間を持て余すかもしれない。

小説の構想を練るか、念のために持ってきた本を読むか。いっそのこと創作ノートに執筆を試みるか。

夜警の最中に釜田なり生瀬なりが、わざわざ第二警備室まで様子を窺いに来るとは思えない。仮にチェックが入るにしても、きっと電話くらいだろう。あと三回の巡回を各々二十分で終わらせれば、夜勤明けまでに五時間以上も自由にできる。

という計算をしながら一方の壁の外側を通って、彼が地獄界から離れようとしたときである。

……じっ。

二つの壁の間から、人の囁きのようなものが聞こえた。

反射的に立ち止まって振り返り、懐中電灯の明かりを向けたが、その中まで届く光は僅かである。恐る恐る壁の前まで戻り、片腕を伸ばして壁の間に懐中電灯を差し入れる。それでも半ばまでしか見えない。

しばらく照らし続けてから、彼は壁の外側を走って反対側へ出て、同じように内部を確認した。

……誰もいない。

空耳だったかと思いながらも、足早に地獄界を離れる。残りの九界も、もちろん区画の外側を歩く。一応そうしながらも各々の内部を懐中電灯で検めたが、ほとんど気休めに過ぎない。もっと強烈な明かりでないと、とても隅々まで確かめるのは無理だろう。

第二警備室に戻ると、もう二十三時近くになっていた。次の巡回までまだ一時間あるという感じではなく、あと一時間しかないという気分である。

鞄からノートを取り出して机の上に広げ、椅子に座って右手にシャープペンシルを持つと、現在パソコンで執筆中の作品の書き掛けの箇所を思い出しながら、その続きを手書きしようとした。

ところが、机の前の窓の外に広がる闇が、どうしても気になって集中できない。完全な真っ暗闇だったら、むしろ問題はなかったかもしれない。なまじ外灯の明かりで区画の一部が照らされているため、余計に他の暗がりが濃く映ってしまう。すると真っ暗な中から、わあぁぁっと何かが現れて、こっちに向かって来るような予感に囚われ、もう目を背けられなくなる。それでも無理矢理ノートに視線を落として、どうにかこうにか執筆をはじめるのだが、閉め切った窓の僅かな隙間から、ぬううっと黒いものが室内に侵入してきて、そのまま鼻の穴から頭の中へ潜り込んで……という妄想に囚われはじめる。すると徐々に何も考えられなくなって、はっと我に返ると外の闇を凝視していた。

そんな状態がずっと続く。カーテンを閉めたくても、最初からない。ここは警備室なのだから、当たり前だろう。

……書けない。

溜息(ためいき)と共にノートに目を落とすと、平仮名の「じ」に見える文字が記されていて、「えっ」と声が出るほど驚いた。

こんなの、俺は書いてない……。

しかし、見れば見るほど自分の筆跡のように思えてくる。ノートの空白部分の真ん中に、ぽつんと「じ」だけが存在している。それが小説の続きを書こうとした結果でないことは、どう考えても間違いない。

何なんだよ、「じ」って……。

ノートの文字と外の暗闇を交互に見やっているうちに、あっという間に一時間が過ぎてしまった。

敦央は懐中電灯を持つと、午前零時の巡回に出掛けた。少し迷ったものの区画の中には入らずに、その外周を回りつつ内部に明かりを向けるだけにした。それでは中心部の点検はできないが、そこは目を瞑(つむ)る。このやり方を最後まで通したため、仏界から地獄界まで二十数分で済んだ。思ったより時間が掛かったのは、一つの区画の外を一周半しないと次へは行けなかったからだ。とはいえ二十二時の巡回に比べると、かなり精神的に楽だった。

それでも地獄界の二つの壁の前に立つのは、さすがに躊躇(ちゅうちょ)した。手前と奥側の両方から中を照らして、さっさと戻ろうと思うのだが、壁に近づくのが正直ちょっと怖い。そのうち壁の間の暗闇から、こちらを凝っと何かが覗いているような気がしてきて、次第に居た堪れなくなってきた。

俺は警備員だ。

己に言い聞かせ、両側から二つの壁の内部を懐中電灯で照らすと、あとは足早に第二警備室へ取って返した。それでも疲労感を覚えたのは、あまりにも異様な十界苑という場のせいだろう。

インスタント珈琲を淹れて、夜食のサンドイッチを食べる。でも窓の外の暗闇を見ながらでは、一向に美味しく感じられない。仕方なく室内に目をやって、殺風景な壁を眺める。外の暗がりよりは、まだ増しかもしれない。

やたらに甘い物が欲しくなり、チョコレートを口に入れる。何となく落ち着いた気分になったのは、やはり甘味のお陰だろうか。

午前二時までノートに向かう。どうしても外の闇が気になって、なかなか筆は進まない。それでも我慢して机に齧りついていると、少しだけ小説が書けた。

そのため巡回に出たときも、まだ気分は高揚していた。明日も光背会の夜警の仕事が入れば良いのにと、前向きに考えることができた。これまで同じ現場への派遣が連続したのは、最長で三日間だった。まだ経験が浅い者の場合、それなりの警備技術が求められる所へは、さすがに回されない。下手をすると足手纏いになるからだ。その点、ここの夜警は新人でも問題なさそうである。先程のように執筆にも取り組めるのなら、ぜひ連続で派遣して欲しい。

　そんな願いを抱いたまま、気がつくと敦央は仏界の中にいた。前回の巡回では区画に入っていないため、今度は内部を検める必要があるかもしれない。しかし正直、できれば止めたい。気持ち悪いから……というのが一番の理由だが、そこまで細かい確認が本当に必要なのか——という疑問のせいもあった。

　もし常習的な侵入者がいるのなら、とっくに巡回の時間を悟っているのではないか。だとしたら警備員が見回らない時間帯に動いて、本来の目的を達するはずである。わざわざ巡回時を見計らい、区画の中に隠れることはしないだろう。

　つまり毎回、そのたびに隅々まで検めるのは、まったくの徒労ではないのか、と早くも敦央は判断していた。

　それに第一、本当に侵入者などいるのか。

　町の人たちとの軋轢という考えは、とっくに自ら却下している。仮に双方の間で揉め事があったとしても、こんな真夜中に十界苑に入り込んで、何らかの破壊行為をするとは思えない。大した効果が望めないうえに、ここを夜中に歩いてみて、とても手を出す気にはなれない……という実感を、何よりも彼自身が覚えたせいだ。決して理屈ではなく、そう肌で感じたからである。

　だったら光背会は、なぜ十界苑の警備を依頼しているのか。

結局はこの謎に戻ってしまう。単に派遣されただけの一警備員には、もちろん何の関係もない。とはいえ、やはり好奇心は刺激される。それは作家の性というよりも、人間が等しく有する本能だったのかもしれない。

はっと気づくと、巨大な蓮のような花が点在する仏界も、人間擬きが群れる菩薩界も、八つの直方体が八角形に並ぶ縁覚界も、いつの間にか通り過ぎており、異様な大きさの脳と目玉と耳が転がる声聞界を、彼は進んでいた。第二警備室を出たときから考え事に没頭していたので、ここまでは完全に素通りだった。

かといって戻るのも……。

ほとんど無駄に思えたため、そのまま天界へ入る。とたんに、天界の像たち全員に嗤われている気がした。こんな訳の分からない巡回を真面目に熟している彼が、ひたすら哀れで滑稽だとでもいうように……。

俺だって、手を抜いてるよ。

思わず声に出し掛けて、敦央はぞっとした。いったい誰に向かって、そんな反論をするつもりだったのか。

急いで天界を通り抜け、その勢いで人間界と修羅界と畜生界も済ませる。ただ餓鬼界の前では、さすがに立ち止まった。このまま橋の上を突き進んでも、またしても迷うだけだ。それは絶対に避けたい。この区画だけは外を一周半することにした。そして最後の地獄界で、再び彼は足を止めた。

餓鬼界と畜生界の境にある外灯の明かりは、ほとんど届いていない。そのため辺りは真っ暗なのだが、二つの壁の間にはそれ以上の闇が詰まっている。そこから無気味な囁きが聞こえて、悍ましい視線を感じた……と思ったのだが、あれらは気の迷いだったのだろうか。

敦央は懐中電灯の明かりを向けながら、二つの壁の間に近づいていった。そうして壁の前まで来たときである。狭い通路の中に、ぱっと何かが浮かんだ。

……人影？

慌てて腕を伸ばして明かりを当てたが、すうっと黒い何かが後退りをしたように映った。反射的に彼も、その分だけ壁の間に足を踏み入れる。すると影が、またしても遠ざかる。さらに彼が進む。影が退く。という繰り返しをするうちに、どんどん彼は壁の中へと入る羽目になった。そして気づけば、二つの壁が終わる地点に佇む人影のような黒いものに、懐中電灯の光を当てていた。

「……だ、誰ですか」

詰問しようとしたが、口から出たのは弱々しい問い掛けだった。あと二、三歩ほど前に出れば、はっきりと相手の容姿が分かりそうなのに、その場から少しも動くことができない。

釜田に知らせないと……。

と焦るのだが、携帯は第二警備室に置いてきている。仮に持っていても、第一警備室の電話番号を知らない。

そのとき人影らしき黒いものが、ふうっと前のめりになった。そして次の瞬間、こちらに向かってきた。

懐中電灯の明かりが、はっきりと相手を照らし出す前に、敦央は回れ右をして走り出した。通路は一直線で何の障害もないはずなのに、何度も両側の壁に左右の肩がぶつかる。そのため走りが妨げられて、背後の忌まわしい気配が、あっという間に迫ってくるのが分かった。今にも後ろから、がっしと首根っこを摑まれそうである。首筋が、すうすうする。だから死に物狂いで逃げた。でも足が縺れて転びそうになる。ひやっとしたが何とか持ち堪えて、必死に走った。十数メートルしかない二つの壁の間が、どれほど長く感じられたことか。

ようやく抜け出て少し離れたところで、さっと振り返ると共に懐中電灯の光を向けたが、二つの壁の間から現れるものは、何もなかった。ただ、その合間に蟠っている闇が、うねうねと蠢いているかのように思えるだけで……。

今のが何なのか、もちろん敦央には分からない。しかし侵入者だとしたら、このまま放っておくわけにはいかない。とはいえ確認のために、再びあの壁の間に入るのは絶対にご免である。釜田に連絡しようと第二警備室まで戻った場合、その間に逃げられてしまうかもしれない。

敦央は途方に暮れ掛けたが、突然ぱっと良い案が閃いた。ここから駐車場を挟んで、本部の第一警備室の窓の明かりが、ぼんやりと認められる。ということは彼の懐中電灯の光も、向こうから見えるのではないか。

そこで第一警備室に向けて、懐中電灯を点滅させた。少し続ければ気づくに違いないと考えたが、甘かったらしい。もしかすると居眠りをしているのではないかと疑いはじめた頃、ようやく本部の建物から懐中電灯の光が、こちらに向かってやって来た。

ただし、釜田と思われる人物は、地獄界のかなり手前で立ち止まると、

「……そ、そこにいるのは、仙波か。仙波だよな？」

物凄く警戒しているらしい口調で、こちらの確認をしようとした。

敦央が「はい」と返事をするのを待ってから、やっと彼が近づいてきたので、ここの壁の間で人影を見たことを報告し、一緒に検めて欲しいと頼んだ。

すると釜田が、明らかに厭そうな顔をした。「それはお前の仕事だろ」と言いたそうな表情にもなったが、さすがに口にはしない。

そこから小声で相談して、二人が壁の両側に分かれて立って、同時に内部を懐中電灯で照らすことにした。しかし壁の間には、誰もいなかった。敦央が懐中電灯の合図を送っていたとき、暗闇に乗じて逃げたのかもしれないが、それでも気配くらいはするだろう。これほど辺りは静かなのだから……。

てっきり釜田に文句を喰らうと思ったが、「引き続き警戒するように」と注意されただけだった。第一警備室の電話番号を訊くと、ここでは携帯が繋がらないと教えられた。

また侵入者を見つけたら、どうすれば良いのかを尋ねたところ、「追っ払うだけでいい」と返されたので、敦央は不審を覚えたが、そのまま黙っていた。あとは四時の巡回が残るだけなのに、ここで事を荒立てる必要もない。

　時間になるまで敦央は執筆に専念した。予想以上に捗ったことに気を好くしながら、最後の巡回に出る。そのせいもあって区画の中を検めながら進む。先程の人影の件があるので当然とも言えたが、原稿の進捗が思わしくないせいで仮に気分が沈んでいたら、いけないと思いつつも適当に済ませていたかもしれない。

　それでも迷路のような橋から成る餓鬼界だけは、やはり躊躇した。この中で再び迷う懼れがある限り、できれば足を踏み入れたくない。しかし、ここだけ飛ばすわけにもいかない。仕方なく覚悟を決めて、餓鬼界の橋を半ばくらいまで、ようやく渡ったときである。

　……はた。

　何処かで物音がした。この区画内で聞こえたのは間違いないが、どの方向から響いたのか、それが何の音なのか、肝心な点は分からない。

　ぐるっと周囲に懐中電灯の明かりを向けていると、

　……はた、はた。

　再び聞こえたが、どこで鳴っているのか相変わらず不明である。ただ、それが足音のように思えて、敦央はぎくっとした。

……はた、はた、はた。

すると物音が近づいてきた。とっさに退き掛けたが、本当に戻るのが正解なのか判断が難しい。背後に耳を澄ますと、そっちから響いている気もする。

……はた、はた。

そうこうするうちに益々それが迫りつつあった。にも拘らず音のする方向の見当さえつかない。

とにかく動くしかないと考え、そのまま前進したところ、正に行く手から物音が近づいてきたので、慌てて横道に逸れる。だが進もうとするたびに、やっぱり前方から気味の悪い音が聞こえてくる。かといって戻っても同じだった。

そうやって奇っ怪な物音を避けながら、橋の上を右往左往しているうちに、行き止まりの袋小路に突き当たってしまった。いや、これは追い込まれたと見るべきか。

その証拠に足音擬きの響いている方向が、急にはっきりとし出した。そこから彼が立ち止まっている所まで、はた、はたっ……と速足になりながら真っ直ぐ近づいてくるのが、厭でも分かった。

……もう逃げ場がない。

怖くて懐中電灯も向けられず、その場で敦央は立ち竦んだ。真っ暗闇の中で、気色の悪い足音が次第に迫ってくる。あれに捕まったら、どうなってしまうのか。

腰には橋の欄干が当たっていた。これ以上は下がれないと絶望し掛けたところで、思わず彼は笑いそうになった。

飛び下りればいいじゃないか。

橋の下は芝生である。高さもそれほどない。こんな簡単なことに、なぜすぐ気づかなかったのか。

……はた、はた、はたっ。

ほとんど目の前まで来ていた物音を振り切るように、彼は欄干を跨いで橋の外側に立った。暗くて高さが分からないため、かなり怖かったものの、すぐ真後ろに何かの気配を感じた瞬間、一気に跳んでいた。大して高さはなかったはずなのに、ずんっと両足首に重い衝撃を受ける。と同時に痺れを覚えたが、懐中電灯の明かりを頼りに、地獄界があると思われる方へと、無我夢中で逃げ出した。そうして例の壁が目に入ったとたん、思わずその場に座り込んでしまった。

壁の間の点検は止めて、各区画の北側を一直線に第二警備室まで戻ると、釜田に内線で巡回の終了を報告した。明日も派遣されると良いなという考えは、とっくに吹き飛んでいる。今は一刻も早く帰りたい。

しかし朝の七時まで、第二警備室で仮眠を取るように言われ、がっくりときた。その時間にならないと電車が動いていないのだろう。ならば原稿を書こうとしたが、両肩に伸し掛かるような疲れを覚えて、結局はベッドで熟睡した。起きたのは内線の呼び出しによってである。

第一警備室に行くと、釜田だけでなくスーツ姿の生瀬もいて、

「ご苦労様でした。お疲れになったでしょう」

お馴染みの微笑みで労ってくれたのだが、

「どうでした？　何か問題はありましたか」

次いでそう訊かれて、敦央は返答に詰まった。地獄界の人影の件は釜田も知っている。だが、それを生瀬に伝えたかどうかは分からない。正直に話そうとしても、釜田に邪魔されるのではないか。そんな危惧を覚えて彼が迷っていると、

「ちゃんと報告しろ」

当の釜田に促されたので驚いた。もっとも話す気になったのは、

「どんな体験をされたにせよ、有りのままを話してもらって大丈夫です」

という生瀬の促しによってだった。

そこで一夜の出来事を細部まですべて語ったところ、釜田は明らかに怯えて動揺したようだったが、生瀬は顧客の面倒なクレームを前にして、どう対処しようかと考えている、やり手のビジネスマンのような顔をした。

二人とも黙ってしまったので、質問するなら今しかないと思い、

「……あの、ちょっとお訊きしても宜しいでしょうか」

「はい、どうぞ」

すかさず生瀬が、少しだけ笑みを取り戻しながら応じた。

「十界苑の警備をする目的は、いったい何なのですか」

そう敦央が尋ねたとたん、釜田はばつが悪そうに顔を背け、そんな彼に生瀬が非難するような視線を向けた。

「い、いえ……その、警備の経験が、まだ浅い者なので、こういうことは、あまり教えない方が良いかと、まぁ判断したようなわけでして……」

生瀬に見詰められただけで、すぐさま釜田は言い訳をはじめた。それに生瀬は取り合わずに、真っ直ぐ敦央の顔を見ながら、

「それは失礼しました。うちとしては、警備をしていただく方に、少しも隠すつもりはありません。ただし外聞を憚る話なので、仙波さんにも、その点はご理解をお願いしたいのです」

敦央が「はい」と応えながら、しっかり頷いて承知すると、

「実は一ヵ月と少し前に、十界苑で自殺者が出ましてね」

とんでもない話を聞かされ、すうっと顔から血の気が引いた。

「しかも当方の信者の方で、それほど悩まれていたのにお救いできなかったことに、我々も大いに心を痛めました」

新興の宗教団体の曰く有り気な施設で、当の信者が自殺したとなればニュースになったはずなのに、敦央は一向に覚えがなかった。他に大きな事件でもあって陰に隠れたのか、それとも揉み消すほどの力が光背会にはあるのか。いずれにしろ突っ込んで訊ける

問題ではないので、仕方なく彼は黙っていた。

しかし、そういう疑問が吹き飛ぶ台詞を、生瀬が続けて口にした。

「その自殺騒動の翌週に、またしても十界苑で、今度は自殺未遂が起きました。やはり当方の信者の方でした」

敦央が何も返せないでいると、さらに生瀬の爆弾発言は続いた。

「そして翌々週にも、また別の信者の方の自殺未遂が起きたのです」

いくら何でも不味（まず）いだろう。宗教団体としては致命的ではないか。と敦央が慄いていると、彼の反応を生瀬は察したらしく、

「こう話すと誤解されるかもしれませんが、お一人目の方には、自殺の動機があったのです。だからこそ光背会に、その方は救いを求められた。しかしながら二人目と三人目には、自死を選ぶような理由が何もなかった。そもそもご本人たちも、なぜ真夜中に十界苑まで行って死のうとしたのか、まったく分からないと言っています。お二人に共通しているのは、その前日の夕刻に十界苑に足を踏み入れている。それくらいしかありません」

おいおい、冗談じゃないぞ。

敦央は怒るよりも前に、途轍（とてつ）もない恐怖を覚えた。だが、そんな彼に対して生瀬は何の問題もないという口調で、

「信者さんでない限り影響はないと、教祖様が仰（おっしゃ）っておりますので、ご心配には及びま

そもそも教祖の力で自殺未遂を止められなかったのか――と尋ねたかったが、もちろん口にはできない。

「十界苑を立入禁止にしたところ、自殺未遂騒動後の三週間は、幸いにも自殺未遂者は出ませんでした。そちらに警備を頼んだのが、ちょうどその頃でしたので、御社のお陰もあったかもしれません」

生瀬は敦央に顔を向けたままで、

「釜田さんはもう一人の方と、最初に派遣された警備員でした。一人では手に負えないかもしれないと考えて、二人態勢にしたわけです」

そして釜田はどんな名目を使ったのか知らないが、本部の警備の必要性を認めさせて、十界苑はもう一人の担当にしたのだと、たちまち敦央は理解した。

「仙波さんさえご異存がなければ、引き続き警備をお願いしたいのですが、如何でしょう？」

生瀬は持ち前の微笑みを浮かべつつ、スーツの内ポケットから封筒を取り出して、それを敦央に手渡しながら、

「これは謝礼です。いえ、会社の方にも、ちゃんと了解は取ってあります。もちろん正規の賃金は、今まで通り会社から支払われます。これは私共の、あくまでも気持ちですので、どうかお受け取り下さい」

正直その謝礼は魅力的だった。しかも毎回もらえるという。そのうえ巡回のとき以外は、好きに過ごして良いと言われ、彼は大いに心が揺れた。ただ、どうしても気になることがあった。

「他にもご質問がありますか」

敦央の逡巡を見取ったのか、生瀬が顔を覗き込むような仕草を見せたので、

「その後の三週間は、もう自殺未遂者が出なかったのに、こうして警備を続行されるのには、何か訳があるのでしょうか」

「おい、失礼だろう。我々の仕事は――」

釜田が横から口を挟んだが、それを身振りで生瀬は遮ってから、

「ごもっともな疑問です。ですから包み隠さずに、有りのままをお教えします。実は十界苑の警備をされる方が、奇妙な体験をされる。仙波さんからお聞きしたような、そういう恐ろしい目に遭われる。まったく同じ現象もあれば、別の出来事もある。この驚くべき報告を教祖様にお伝えしたところ、しばらく警備を続けて、その事例を集めるように――と仰いました」

そのとき釜田が、まるで小学生のように片手を挙げつつ、

「い、今のお話をですね、事前に教えてしまうと、警備員が構えてしまい、事例の収集が上手くいかないかも、と考えまして、それで黙っていたようなわけで……」

ここぞとばかりに言い訳をはじめたが、生瀬は軽く頷いただけで、相変わらず敦央だ

けを見詰めている。

「私が引き続き、担当するとした場合、いつまでになりますか」

「今夜から金曜までお願いして、それで問題ないようでしたら、その後も引き受けて下さると助かります。先程の報告を聞いていて、あなたなら安心してお任せできると、私も確信しましたので、ぜひ前向きにお考え下さい」

警備の依頼自体、長期に亘って続くかもしれない。その間ずっと敦央が派遣されることになれば、執筆と生活費の両面で大いに助かる。ああいう恐ろしい体験に、夜毎しっかり耐えられれば……。

しかし躊躇ったのは一瞬で、彼は承諾した。すると生瀬がすぐさま会社に電話をして、敦央の週に三日の勤務を五日に修正し、かつ同じ現場に連続派遣されるように手配した。すべてを電話一本で済ませたことからも、会社にとって如何に光背会が上得意であるか、非常に良く分かった。

とはいえ警備期間が終わるまで第二警備室で暮らしても良い、という申し出は、厭がっている気持ちが顔に出ないように気遣いつつ丁重に断った。釜田が第一警備室に住んでいると聞かされたことも、これを拒否する理由となった。

「会社には、絶対に言うなよ」

生瀬が席を外すや否や釜田に凄まれたので、素直に「はい」と応えておく。どうやら週に一度の「勤務実績報告書」を出しに会社へ行く以外、この男は光背会の本部で生活をしているらしい。

帰りは生瀬が車で駅まで送ってくれた。その車中で、今日は十九時四十五分に当駅に着く電車で来て欲しいと言われ、「分かりました」と返事をしてから、一件の自殺と二件の自殺未遂は、十界苑の何処で起きたのか――まさか同じ場所では――という質問を口にし掛けて、やっぱり思い直して止めた。

どう考えても、知らないに越したことはない。

その日は帰宅してから昼過ぎまで寝たあと、第二警備室でノートに記した書き掛けの小説の続きをパソコンに打ち込み、そのあとも執筆に専念した。そして全原稿をプリントアウトすると、夕食を簡単に済ませてから、生瀬が指定した電車に乗れるように部屋を出た。

あの駅に着いて外へ出ると、ちょうど生瀬の車が現れるところだった。ちなみに釜田は乗っていない。車中で読書の話を振られた流れから、敦央は自分が売れない作家であることを自然に喋っていた。何となく誘導された気がしたのと、相手の反応から見て、もしかすると生瀬は知っていたのかもしれない。前以て「仙波敦央」を調べていたのではないか。そんな疑いが頭を擡げた。

それが事実なら気持ちの好いものではないが、まったく構わないと彼は思った。今回の警備で求められる業務内容は、かなり特殊である。得意先が警備員の素性を知りたがる気持ちも、何となく理解できる。

五回の巡回のうち、午前零時と二時の二回は必ず各区画の中を通るように、と生瀬に言われた。可能なら残り三回も同様にして欲しいが、無理強いはしないという。わざわざ二つを選んだのは、その時間帯に自殺と自殺未遂が集中したからか、または奇怪な現象の報告が多い時間帯だったせいだろうか。

しかし敢えて尋ねなかった。やはり知らないに越したことはない。

二十時の巡回は十界苑の外周を反時計回りに、二十二時の際には時計回りに、それぞれ普通に歩くだけで済ませた。一応は区画毎に懐中電灯を内部に向けたが、あくまでもお座なりである。得意先に公認されているため、幸い良心も痛まない。お陰で空き時間が大いに確保できたので、すべてを執筆に充てた。これで正規の賃金だけでなく、光背会からの謝礼も受け取れるのである。

プリントアウトした原稿を読み返したあと、その続きをノートに手書きする執筆方法が予想より上手くいったこともあり、敦央は上機嫌だった。もっとも午前零時の巡回で、それも跡形なく消える羽目になるのだが……。

どの区画を通るときも、とにかくオブジェの物陰が怖かった。役目柄そこを懐中電灯で照らす必要があるわけだが、ばあぁっ……と何かが飛び出てきそうで、どきどきして心臓に悪い。

仏界から声聞界までの四聖の区画を過ぎ、天界と人間界を済ませたところで、その手の個体のオブジェが終わりほっとする。修羅界は通路の両側に鋭い先端を持った波濤のような、畜生界は同じく左右に様々な模様を持つ壁が連続するので、それぞれの通路を辿るだけで済む。

でも、この先には餓鬼界と地獄界が……。

そう考えるだけで怯える自分を叱咤しつつ、どうにか覚悟を決めながら畜生界の半ばくらいまで、敦央が進んだときである。

……ぺた。

前方で妙な物音がした。またしても足音かと身構えていると、

……ぺた、ぺた。

誰かが片手の掌で、左右のオブジェを叩いているような音が、連続して聞こえた。しかも何者かはそうやって叩きながら、明らかにこちらへ近づいている。

このまま彼も止まらずに進んで、懐中電灯の明かりを足元から前方へ向ければ、相手の正体が分かるかもしれない。そうなれば生瀬にも報告できる。という思いとは裏腹に、彼はその場に立ち尽くした。ただし下半身は捻って、いつでも来た通路を逃げ戻れる体勢を取っている。

生瀬さんにも、無理をする必要はないと言われた。

だから逃げ出しても何の問題もない。そんなものに関わるのはご免だという気持ちも、もちろんある。にも拘らず一方では、相手の正体を見極めたいという好奇心が、むくむくと湧き起こってもいた。これも作家の性だろうか。

……ぺた、ぺた、たっ、たっ、たっ。

ところが、オブジェを叩く物音が急に速まって、こちらに迫ってくる気配を覚えたとたん、敦央は完全に回れ右をして逃げ出した。

畜生界を飛び出したあと、まだ餓鬼界と地獄界の巡回が残っていると躊躇ったのも、ほんの束の間だった。なぜなら異様な大きさとなった叩く物音が、すぐ背後で激しく響いていたからだ。

ここまで辿ってきた各区画の北側を一直線に、敦央は一度も振り返ることなく第二警備室まで駆けた。室内に逃げ込んでから、少し落ち着いたところで夜食を摂ろうとしたが、少しも欲しくない。かといって執筆にも集中できない。まったく何もしないでいるうちに、午前二時になった。

あと一回、十界苑の中を通り抜ければ……。

今夜の巡回は終わったようなものだと自分に言い聞かせるのだが、その振りをして誤魔化そうかという誘惑に、ふっと駆られる。だが、それで謝礼を受け取るのかと考えると、忸怩たる思いで一杯になる。

これは仕事だ。

敦央は己に活を入れると、敢えて勢い良く第二警備室を出た。その余勢を駆って四聖の区画を通り、天界と人間界も検め、修羅界の前まで来たところで、ふいに彼は足を止めた。遅蒔きながらある可能性に気づいたからだ。

月曜の夜に地獄界で無気味な囁きを耳にして、それから翌日の火曜に謎の人影を目にした。次いで餓鬼界で、こちらに近づく足音を聞いた。そして今夜は、畜生界でオブジェを叩く物音がした。

つまり地獄界、餓鬼界、畜生界と、それは一区画ずつ西から東へと移動しているのではないだろうか。となると次は、修羅界の番ではないか。

そこまでの勢いのある足取りとは違い、敦央はゆっくりと慎重に修羅界を歩きはじめた。すべての神経を前方に集中させながら、何か変事があれば、すぐさま逃げ出せる心構えで進んだ。そうして中途くらいまで来たときである。

……ざあぁぁぁっ、きききききっ。

という不可解な物音が、行く手から聞こえてきた。その正体は見当もつかなかったが、歯が浮くような嫌悪感を覚えるほど、とても神経に障った。

……ざっざっざぁぁっ、ががっ。

我慢して耳を傾けているうちに、その物音が近づいてくることと、どうやらオブジェを擦りつつ爪を立てているらしいと分かって、彼の項が粟立った。

今度は即座に方向転換すると、一目散に第二警備室まで逃げ帰った。そしてベッドの中に潜り込んで、ひたすら四時になるのを待った。とはいえ一睡もできない。怖かったこともあるが、色々と考えたせいである。

十界苑で自殺があったあと、翌週と翌々週に一件ずつの自殺未遂が起きた。そして三週目から警備を頼んだ。そのとき釜田の他に、警備員がもう一人いた。警備を依頼した事情が事情だけに、警備員の日替わりを生瀬は厭うたのではないか。敦央に申し出たように、連続勤務を願った可能性が高い。それなのに釜田だけが残り、もう一人がいないのはなぜか。

あまりの恐ろしさに辞退したから……。

普通に考えるとそうなる。いったい三週目と四週目と五週目の三週の間に、何人の警備員が逃げ出したのか。

……でも、変だな。

そういう現場の噂は、やはり自然と伝わるものである。それに関わる警備員が多いほど、どうしても漏れてしまう。しかし、そんな話は聞いたことがない。問題の三週間を担当したのは、一人か二人に過ぎなかったのか。そして彼らは、特に口が堅かったのだろうか。

もしくは警備員に何かが起きて、話したくても無理だったとか……。

やっぱり辞めるべきかと迷いつつも、いつしか彼は寝入ってしまった。そのため四時の巡回をサボる羽目になった。

七時に内線電話で起こされ、本部の第一警備室へ赴き、生瀬に怪現象の報告をして謝礼を受け取り、駅まで送ってもらい——という流れの中で、結局「辞める」とは言い出せなかった。

だからこそ帰宅して睡眠を取ったあとは、気分が乗らなくても執筆した。無理にでも原稿を書いた。あの警備を我慢して続けるのも、すべては小説のためである。

三日目の水曜の夜、まず二十時の巡回をお座なりに済ませて、あとは執筆に専念した。二十二時の巡回を失念するほど、原稿書きに集中できた。勝手に一回分を飛ばすのは不味いと思いながらも、肝心なのは午前の零時と二時ではないかと自分を誤魔化した。

そして午前零時を迎えたのだが、自分でも信じられないくらい怯えている。できれば第二警備室から出たくない。一瞬、怪現象をでっち上げて報告すれば……とまで思った。作家なのだから、虚構の話は得意ではないか。だが、まったく何も浮かんでこない。頭の中は真っ白……いや、真っ黒である。

仕方なく巡回に出ると、昨夜と同じく四聖の区画を早々と通り過ぎて、天界を抜けて人間界を前にした地点で立ち止まる。そこに広がるのは街の風景らしき眺めながら、個々のオブジェの裏側は腐ったように表現されている。その一つずつを覗くのかと考えると、もう厭で堪らない。だから区画の真ん中辺りまで、ずるずると検めもせずに進んでしまった。

そのとき、視界の隅に映る病院のような建物の上から、にゅうと黒いものが顔を出した。ぱっと懐中電灯の明かりを向けたが、もういない。すると今度は、すぐ側のビルのような建物の横から、すうっと黒い顔が覗いた。

敦央は「わあっっ」と心の中で声を上げながら踵を返すと、全速力で逃げ出した。区画の外へと方向転換することもなく、そのまま天界と四聖の中を突っ切ったのは、少しでも走る速度を落とさないためである。

次の午前二時の巡回は、もう恐怖しかなかった。ほとんど素通りで四聖を済ませたあと、天界の前に立つ。ここには嗤いだけを刻まれた像たちが、あちらこちらに佇んでいる。この中を進むうちに、もしかすると嗤い声が聞こえてくるのではないか。最初は一人だったのが、すぐに二人となり、そして三人、四人と増えていき、最後には全員から嘲笑されるのだとしたら……。その状況を想像しただけで、背筋に悪寒が走った。果たして正気を保てるだろうか。

しかしながら天界の中ほどに来ても、嗤い声は聞こえない。これまでの区画では、ほぼ半ば辺りで怪現象に見舞われているのに、どうして何も起きないのか。

……いや、変だぞ。

敦央は急に、妙な違和感を覚えた。これまで何度も通っている天界と、ほんの少しだが何かが異なっている気がしてならない。

いったい何が……。

と周りを見回しているうちに、つい先程まで像がなかった場所に、それが立っている……という現象を、実はもう何度も体験していたらしいことに気づき、愕然とすると同時に、背筋がぞっと震えた。

慌てて逃げ掛けたが、それが先回りするように移動する。区画の何処から出ようとしても、それが必ず行く手に立っている。気がつくと「止めてくれ」「頼むから、もう止めてくれ」と口に出しながら、彼は天界中を駆け回っていた。

どうやって第二警備室に戻ったのか、まったく覚えていない。四時の巡回はすっぽかして、七時に第一警備室で生瀬に報告したあと、「今日で辞めます」と伝えた。すると、かなり熱心に引き留められた。「何とか金曜日まで、ぜひお願いします」と強く頼み込まれた。結局は生瀬に上手く説得される恰好になったが、敦央も一つだけ条件を出すことにした。

「五日目の巡回は、午前零時で終わらせて下さい」

あれが区画の西から東へ移動していることは、すでに報告してある。このまま行くと五日目の二時の巡回のときに、あの得体の知れぬものは十界苑の最後の区画である仏界まで来てしまう。それが敦央には、恰も双六の上がりのように感じられた。そんな場に居合わせて、ただで済むとは思えない。

釜田には「最後までやり遂げろ」と怒られたが、あなたに言われたくない――という強い眼差しを向けると、しばらく敦央を睨んだあとで、向こうから視線を外した。

生瀬は珍しく、やや残念そうな感情を顔に出しつつも、その条件を呑んだ。そればかりか謝礼のアップまで約束してくれた。

四日目の木曜の夜、二十時と二十二時の巡回は最初からサボるつもりで、第二警備室へ入ると同時に執筆を開始した。色々と邪念も浮かんだが、とにかくノートに向かい続けた。頑張った甲斐あって、そこそこ原稿は捗った。だが二十三時半頃に時間を意識したとたん、ぴたっと筆が止まった。あとは一文字も書くことができないまま、午前零時を迎えた。

仏界から縁覚界までは流すだけだったが、問題の声聞界に足を踏み入れたあとは、びくびくしながら歩を進める。いつ何時、何処で、どんな現象に見舞われるか分からない。そのため全身で構えるような気持ちでいたところ、

「おーい」

前方から呼ばれて飛び上がるほど慄き、とっさに逃げ掛けた。が、聞き覚えのある声だと分かったため、まだ怯えながらも怒りを覚えた。

「……か、釜田さん、ですよね」

相手は黙っている。

「いきなり何ですか。驚かさないで下さい」

「……のこってる」

ところが、そんな妙な台詞が返ってきた。

「はっ？　巡回のことですか」

「……かかる」

「ですから、巡回の……」

と言い掛けて、ようやく変だと気づいた。こんな時間に釜田が呼んだわけでもないの

に、ここまで来るだろうか。しかも馴染みがあると感じた声は、よくよく耳を傾けると彼ではなかった。

「おーい」

そんな得体の知れぬ声が前方の暗闇から、鬱々と響いている。

「……のこってる」

そして訳の分からない台詞を、こちらに投げている。

「……かかる」

敦央は第二警備室へ逃げ帰ると、時間が来るまで何もせずに過ごした。

二時の巡回では縁覚界に入って七、八歩ほど進んだ地点で、中央にある八つの直方体の一つに、人影らしきものが腰掛けているのが目に入った。それは完全に敦央を待っていたように映った。

だが彼は、それが声を出す前に、そこから立ち上がる前に、こちらに向かってくる前に、その場を離れた。あとは七時になるまで、第二警備室のベッドで過ごした。

ついに五日目の金曜の夜が来た。この日も執筆に邁進しようとしたが、どうにも筆の進み具合が悪い。あと一回、午前零時の巡回で終わるのだという思いが、どうしても頭から離れない。二十時と二十二時の巡回は、端からやるつもりはなかった。生瀬には何も言っていないが、恐らく察している気がした。

いつもより多く珈琲を飲み、菓子を食べ、室内を歩き回って、ベッドに寝転び、色々と呻吟するものの、ほとんど原稿は書けない。執筆に詰まっているからではなく、最後の巡回を意識するあまりに……。

時間の経過は遅いようで速く、速いようで遅い。矛盾しているようだが、敦央の正直な実感である。それでも午前零時は、やがて訪れた。

懐中電灯を手に、思い切って第二警備室を出る。何の躊躇いもなく仏界を通り抜けて、菩薩界の手前で立ち止まる。そこからは忍び足で、ゆっくりと区画内を進んでいく。どんな現象であれ、何か起きれば即座に回れ右をして、脱兎の如く逃げる心構えをしながら、敦央は歩を進めた。

すると菩薩界の半ばまで来たところで、前方の区画の切れ目に、ぼうっと佇む人影を認めた。出た……と怯えたものの、いきなり逃げ出すのも情けない。せめて生瀬に報告できる出来事が起きるまで、ここで踏ん張ろうと悲壮な決意をしていると、

「……仙波さん？」

予想外にも名前を呼ばれて、慄く以上に驚いた。しかもその声には、なぜか聞き覚えがあるではないか。

「私ですよ。研修でご一緒した、飯迫です」

ぱっと敦央の脳裏に、四十過ぎの冴えない男の顔が浮かんだ。

「あぁ、飯迫さんですか」

とっさに懐かしさを覚えたが、すぐに疑問も感じた。

「どうされたんです？　ここの担当に、飯迫さんもなったんですか」

ところが、相手から返ってきたのは、

「まだ、のこってるんですよ」

「えっ？　何のことですか」

「まだ、かかるんですよ」

その刹那、襟元から氷柱（つらら）を突っ込まれたような激しい悪寒が、ぶるぶるっと敦央の背筋を一気に走った。

「……な、何を、い、い、言ってるんですか」

そう口にしながらも、彼は少しずつ後退りをはじめた。昨夜の謎の声も、飯迫だったと気づいたからだ。それに派遣されたのなら、こんな時間に現れるはずがない。

敦央が後ろ向きにその場から離れるに従い、飯迫だと名乗る人影も前へ出てくる。そのため両者の間の距離は、ずっと同じままである。それが彼には怖くて堪らない。これが最後の巡回だという事実のみが、辛うじて彼を救っていた。このまま逃げ切ってしまえば、きっと助かる。

この人影は本当に飯迫なのか。だとしたら彼に何があったのか。こうして現れる目的は何なのか。という疑問が脳裏に犇（ひし）めいたが、敢えて彼は考えないようにした。今はそれどころではない。

ようやく菩薩界から出られたが、用心して後ろ向きのまま仏界へ足を踏み入れる。そうして区画の半ばまで後退ったときである。

「ここまで連れてきてくれる人が、これまでいなくてねぇ」

仏界に入ってきた人影が、そう言って嗤った。

……えっ？

一瞬、言葉の意味が分からなかったが、すぐさま彼は悟った。菩薩界から出たところで、これまで通りに逃げるべきだったのだ。そうすれば仏界まで、あれは辿り着けなかったのではないか。しかし今、あれは仏界にいる。本来なら二時の巡回にならないと、絶対に足を踏み入れられなかった仏界で、あれが嗤っている。

敦央は第二警備室まで駆け戻ると、内線電話で第一警備室を呼び出した。だが、いくら呼び出し音が鳴っても、一向に釜田が出ない。いらいらしながら待っていると、ようやくカチッと受話器を上げる音がした。

「い、い、飯迫さんが、ここにいます」

「……お前、何を言ってる？」

釜田の眠たそうな声が聞こえた。

「私と同じ時期に研修を受けた飯迫さんが、十界苑にいるんです」

「……そんなはず、ないだろ」

「どうしてです？」

「あいつは俺と一緒に、最初に派遣された。けど、五日の警備期間が終わった土曜の朝、奴は第二警備室にいなかったんだ」

「何処にいたんですか」

「何処にも……。そのままいなくなって、それっ切りだ」

……こつ、こつ、こつ、こつ。

妙な物音が聞こえたので顔を上げると、窓の外に飯迫がいた。右手の人差し指の爪で、繰り返し窓硝子(ガラス)を叩いている。

……入れて下さい。

窓硝子越しに、そう言っているのが分かった。

敦央は悲鳴を上げると、受話器を放りだしてベッドへ急ぎ、蒲団(ふとん)を頭から被った。あとは震えるばかりで、何もできない。

……こつ、こつ、入れて、こつ、こつ、下さい。

窓硝子を爪で叩く音と懇願の声が、いつまでも止むことなく続いている。それは外で響いていたが、そのうち室内に入ってきたような気がして……。

がばっと蒲団を剝(は)がれた刹那、敦央は絶叫した。それは生まれてはじめて出したに違いない、物凄い叫びだった。

目の前にいるのが生瀬と釜田だと認識できるまで、彼の悲鳴は止まなかった。

その後、光背会の警備がどうなったのか、敦央は知らない。生瀬だけでなく釜田と会うこともないまま、やがて彼は会社を辞めた。それまで一年半ほどあったが、その間は決して夜勤を引き受けなかった。

辞める前に、会社に飯迫のことを尋ねると、無断欠勤が続いたので解雇になったと言われた。連絡先を尋ねたが教えてくれなかったので、「実はお金を貸しています」と嘘を吐いて、何とか聞き出した。しかし携帯も家の固定電話も、どちらも繋がらなかった。住所を頼りに家を捜そうかと考えたが、やっぱり止めた。

もしも本人がいた場合、いったい何の話をするのか。そして行方が不明だったときは、彼の家族にどう対処したら良いのか。いずれにしろ大いに困りそうである。

ちなみに飯迫が口にした謎の言葉のうち、「じっ」は「地獄界」か「十界苑」を意味するのかもしれないと思ったが、これだけでは解釈のしようがない。残りの二つに関しては、「まだ家のローンが残っている」と「まだ子供の学費が掛かる」ではなかったかと、いつしか敦央は考えるようになっていた。

ただ、仮に正解だったとしても、それで彼が何を言いたかったのか、本人の身に何が起きたのか、それは依然として分からない。

あのとき敦央が、もしも飯迫を迎え入れていたら、果たしてどうなっていたのか、それが謎のままであるのと同じように……。

よびにくるもの

完全に合理主義者だった亡き父から、幽霊屋敷の話を一度だけ聞いたことがある。元から怪談などに興味がなかったのか、または警察官という職業柄そうなったのか、今となっては確かめようもないが、そんな父親の口から出たからこそ、意外に感じてよく覚えている。

いや、仮に存命であっても確認は難しいか。親子の間柄で……と訝しむ読者もいるかもしれないが、こればかりは仕方がない。物心がついた頃も大人になってからも、父親と気安く話した覚えが少しもないからだ。

とにかく自分に厳しい人だった。だからこそ奈良女子大学前の派出所の巡査からはじめて、最後は奈良県警察本部の橿原警察署の署長にまで出世できたのだと思う。平の巡査が警視になったのだから、立派なものだろう。ただし決して順調な出世ではなかったらしい。曲がったことが大嫌い――という性格が、どうやら警察組織の中で不利に働いたようである。最も警察官に求められるべき特性なのに、なんとも皮肉ではないか。警察も所詮「お役所」だと考えれば納得できるけど。

そういう事情を聞いたのは、もちろん父親本人からではない。そもそも親子の会話がほとんどなかったため、それは無理だった。亡き母が折に触れて話してくれなかったら、僕は未だに何も知らないままだっただろう。

この頑固者の父に、母親も苦労したに違いない。ただ、己に対して厳格である父親のことを、母は尊敬していたと思う。普段はどれほど亭主関白でも、母親が病気で寝込んだときは、慣れない家事の一切をやったらしい。とはいえ父のことだから、優しい言葉の一つでもかけながら……ではなくて、むしろ怒りながら熟したのではないか。

母によると僕たち家族の他に、自らの両親と妹弟の面倒まで父親は見ていたようなので、相当に大変だったと分かる。もっとも僕が生まれたとき、すでに叔母と叔父は独立しており、また祖父はすぐ亡くなったという。ちなみに母方の祖父は、母親が三歳のときに死去している。そのため僕は祖父を少しも知らず、お祖母ちゃん子になったわけだが、それが拙作に影響を与えている気がしないでもない。

話を戻そう。家長として父は立派だったと思うが、子供から見ると正直かなり怖い存在だった。甘えることなど到底できない。そういう環境で育ったためか、成人してからも父親との間には、相当な距離を感じていた。

その関係が少しずつ縮まり出したのは、僕が月刊誌「GEO」の特集で「ロンドン・ミステリー・ツアー」や「ヨーロッパ・ゴースト・ツアー」を、また書籍編集者として『ワールド・ミステリー・ツアー13』や『ホラージャパネスク叢書』などを企画して、やがてホラーミステリ作家として立つ数年の間である。

「この世に幽霊なんてもんは、おらん」

という意味のことを年末年始の帰省の際に、父が口にするようになった。最初は「いったい何のことや」と首を傾げた。でも家に顔を出すたびに言われるので、そのうち僕も悟った。

京都の学術書専門の堅い出版社に勤めているはずの息子が、いつの間にか怪しい本を企画編集している。そればかりかホラーやミステリを書く作家になってしまった。ここは一つ「そんなものは、現実にはいない」と釘を刺しておくべきだろう。恐らく父は、そんな風に考えたのだ。

笑い話のようだが、多分この読みは当たっている。父親は読書家だったが、ほとんど小説は読まなかった。手に取るにしても話題作くらいで、小説を楽しむ趣味はなかった。そういう人物が、僕の企画編集した本に目を通すのである。しかも僕のデビュー作を含む〈作家三部作〉は、ああいう作風のメタフィクションなのだから、父が心配になったのも仕方ないかもしれない。

昔は奈良公園内で、しばしば自殺者が見つかったと教えられ、びっくりしたことがある。僕が知る公園からは、ちょっと考えられなかった。しかしながら父親は、首吊りなど多くの遺体を扱ったという。

やはり職業柄、相当な数の人の死に接してきたのだろう。すべての体験を聞いたわけではないが、話の端々から充分に窺うことができた。そのうえ自らの命が危なかった出来事も、どうやら十指に余るらしい。

「せやけど幽霊なんか、これまで見たことないわ」

きっぱりと父は言い切った。

いや別に僕も信じてるわけやのうて、そもそも白黒つけられん問題なんやから、どっちとも決められへんよ……と返さなかったのは、そのまま喋らせておく方が面白かったからだ。

似たような会話を年末年始毎にしていたのだが、ある年の帰省時、ふと父親が幽霊屋敷の話をはじめたので驚いた。それを纏めると、以下のようになる。

いつの時代なのか、うっかり訊くのを忘れたので確かなことは不明だが、恐らく昭和三十年代か四十年代ではないか。僕は生まれていないか、まだ幼かった頃ではないかと推察する。

実家の近くに雨野（仮名）という家があった。その主人が県会議員か何かで——はっきりと覚えていないのだが——父と懇意にしていたらしい。引退した世話好きの父親も同様だったというから、田舎にありがちな代々に亘って政治家を出す家系だったのかもしれない。

雨野家は細い路地を挟んだ横に、一軒の貸家を持っていた。当時そこには、夫も妻も教師という武川（仮名）夫婦が住んでいた。武川家と我が家の付き合いは、顔を合わせれば挨拶をする程度だったという。

ある日、この武川夫婦が突然、父親を訪ねてきた。

「引っ越しすることになりましたので、ご挨拶に伺いました」

まだ住みはじめて数ヵ月なのに、そう告げられて父は少し驚いた。

「そらまた、急なことですな」

「はい。ちょっと事情がありまして……」

夫の方が言葉を濁したので、父も敢えて尋ねなかった。でも先方の様子が、明らかに妙だった。

——ちゃんと話したいけど、やっぱり喋れない。

そんな風に映った。こうして訪ねてきたのも、本当は打ち明け話をするつもりだったのに、いざとなると口が重くなってしまい、一言も出てこない。そういうジレンマが、ひしひしと感じられる。

だからといって不躾には訊けないので、

「もう荷造りは、すべて終えられたんですか」

仕方なく父が無難な返しをしていると、

「あそこ……」

夫の側で頭を下げていただけの武川夫人が、ぼそっと呟いた。

「……出るんです」

「えっ？」

父は戸惑ったが、「あそこ」が雨野家の借家を指しており、「出る」が霊的な存在を意味していることは、普通に理解できた。とはいえ、あまりにも唐突である。引っ越しの挨拶の中で、とても出る話題ではない。

困った父は、わざと冗談めかして、

「出るいうんは、これですかな」

両手を胸の前で、だらんと垂らす仕草を見せた。日本人なら通用するであろう、あの幽霊の真似である。真面目一徹だった父にも、こういう面があったわけだ。ちなみに霊的なものは信じていなかった癖に、なぜが妖怪は好きだった。最初から架空の存在だと、割り切っていたからか。

それに対して武川夫人が、はっきりと頷いたので、

「あの家に、幽霊が出るんですか」

父が確認すると、

「いいえ、家に出るわけではありません」

「ほう」

「家の中じゃないんです」

「では何処に？」

「家の外……です」

父の問い掛けに、夫人は首を振りつつ、

「庭ですか」

「玄関なんです」

「ほおっ」

「……訪ねて、くるんです」

幽霊が屋内に出るのではなく、屋外からやって来ると聞いて、さすがに父もびっくりした。

「私は夕飯の支度がありますので、夫よりは先に帰宅するようにしております。途中で買物を済ませて、家に帰ったらすぐに、料理の下拵えに取り掛かります。でも、いつの頃からか……」

と言いつつ口籠ったので、父が先を促したところ、

「呼び鈴が、鳴るんです」

夫人は暗い顔をして、ぼそりと続けた。

「あの、呼び鈴が？」

父が思わずそう口にしたのは、それを作ったのが雨野の父親だったからである。つまり貸家には、元々そんな代物はなかった。しかし住む人が不便だろうと、老人が必要な部品を調達してきて、自分で組み立てたらしい。

その呼び鈴を父が、わざわざ「あの」と表現したのは、何とも言えぬ陰気な音色に問

題があったからだ。

……じ、じ、じ、じ、じっ。

玄関戸の右横に設置されたボタンを押すと、屋内で籠った音が響く。それは死に掛けの蝉が、断末魔の悲鳴を上げようとしながらも、弱り過ぎていて上手く鳴くことができないような……かなり陰に籠って聞こえたという。

「正直あの音には、いつまで経っても慣れませんでした」

「ご隠居の手作りで、お世辞にも上手な出来とは、ありゃ言えませんからな」

父は相変わらず冗談めかしたが、夫人は真顔のままで、

「それでもお客さんを、ちゃんと知らせてくれるなら、別に構わないんです」

「と言うと？」

「呼び鈴が鳴ったので、返事をしながら玄関まで行くんですが、誰もいなくて……」

「戸を開けても？」

「玄関の戸は磨り硝子(すりガラス)なので、来客があれば影が映ります」

当時の民家の玄関に多かった、格子入りの磨り硝子戸である。

「呼び鈴は戸の右側にありますから、私が玄関まで行くと、普通なら二枚戸の左側に立つ人影が、はっきり見えるんです」

「子供の悪戯(いたずら)ですかな」

二回、三回と続くうちに、そう考えるように夫人もなった。そこで呼び鈴が鳴ると返

事はせずに、いきなり玄関の戸を開けてみたという。

「でも、誰もいません。あの家は引っ込んでいて、表の道へ出るには、細い路地を通る必要があります。子供が呼び鈴を押して、すぐ逃げたにしても、私が玄関から顔を出す前に、とても表の道までは行けないと思うんです」

「反対の方は、行き止まりでしたか」

「崖になってて、とても下りられません」

我が家を含めた一帯は、昔は完全に山だったらしい。天皇陵や城跡や気象台が近くに存在しているのも、そんな地形の関係かもしれない。

「雨野家に逃げ込んだとか」

「それも考えました。あそこの家の裏木戸は、路地に面してますからね。でも、ご隠居さんが偶に使うくらいで、普段は内側から掛け金が掛かってるんです」

「かというて雨野家の塀は、大人でもおいそれとは登れんから、とても子供には無理やろうなぁ」

「はい。そこで逃げたのではなく、うちの裏にでも隠れて、こっちを見ながら笑ってるのではないか——と思って捜しもしたのですが、やっぱりおりません。念のために崖も、ちゃんと覗きました」

教師をしているだけあり、子供の行動を予測するのは容易いらしい。

「それで？」

「子供の悪戯ではない……。けど、なぜか訪問者の人影が見えない……。この状況を考えると、とたんに怖くなりました」

「毎夕のように、そんなことが起こったんですか」

「最初は一週間に一度くらいでしたが、そのうち増え出しまして……」

夫人の口調には恐れだけでなく、理不尽な現象に対する怒りも含まれているように感じられた。

「私は――」

そのとき夫が口を挟んだ。

「実害がないのなら、無視すれば良いと言いました。あの家は、二人が通うどちらの学校にも近くて、非常に便利なんです。引っ越すとなると、どうしても片方の学校が遠くなってしまいます」

二人の勤務する学校の所在を、父が念のため夫に確かめていると、夫人が横から感情を抑えた様子で、

「あなたは、あのとき、家にいないから……」

「奥さんだけの、それは経験ですか」

父の確認に、夫人はこっくりと頷き、夫は言い訳するように、

「若い男性教師の場合、放課後も残って、色々とやることが多いんです。だから問題の呼び鈴を、私は聞いたことがありません」

「休みの日は？」

「半ドンの土曜と日曜、それに祝日には、呼び鈴は鳴りません。

「いえ、もちろん鳴ることもありますが、そのときは来客が、ちゃんと実際にいるんです」

夫人の返答を耳にしながら、父は思った。

彼女しか体験してないのなら、精神的な原因が何かあって、そのせいで幻聴が起こるんやないか……。

しかし夫の目の前で、それを本人に問うことなどできない。彼女がいなければ、その問題を夫に投げ掛けられたかもしれないが、いずれにしろ今は無理である。いや、今もあともない。この夫婦は引っ越しするのだから、今後の付き合いは恐らく絶えるだろう。ここは深く関わらずに、無難に対応しよう。

そんな風に父は判断したのだが、夫人の話はまだ続いた。

「夫に無視するように言われる前から、私も呼び鈴には反応しないように、十二分に気をつけてたんですが、偶に雨野さんの奥様など、本当の来客もあって……」

「そりゃ困りますな」

「ですから一応、呼び鈴が鳴ったあと、そっと玄関まで行って、そのときの人影で判断したんです」

「磨り硝子に人影が映っとらんかったら、居留守を使う」

「ええ、はい。そういたしました」

はっきりとした声で夫人は応えたあと、すぐさま眉を顰めながら、

「それで何とか、あれには対処したつもりで、私はいたのですが……」

「駄目やった？」

無言で夫人は首を縦に振ったあと、次のような体験を話し出した。

その日も彼女は学校を出ると、買物を済ませてから帰宅した。もちろん夫は、まだ帰ってきていない。

いつも通りに夕飯の支度をしていると、

……じ、じ、じ、じっ。

あの厭な音が突然、屋内に鳴り響いて、びくっとした。

居間と台所の中間に、ちょうどスピーカーが設置されているため、結構な音量で聞こえてしまう。もっと小さくできないかと夫に頼んでみたが、機械音痴の彼には無理だった。精々その上を襤褸布で覆って、陰陰滅滅とした悍ましい音を籠らせるくらいが関の山である。

……厭やなぁ。

とたんに気分が沈んだものの、来客の場合も有り得るので、完全に無視することはできない。少なくとも玄関まで行って、表を窺う必要がある。

……じ、じ、じ、じっ。

執拗に鳴り続ける陰気な呼び鈴に、耳を塞ぎたい思いに囚われながら、

どうか雨野さんとこの、奥さんでありますように。

彼女は祈るような気持ちで、そっと足音を忍ばせながら廊下を歩いて、玄関へと向かった。

でも、残念ながら違った。

また、あれが訪ねてきた。

しばらく息を殺しつつ待ってから、まったく人影の映っていない磨り硝子から目を離して、彼女は台所まで戻った。念のため忍び足のままである。

……じ、じ、じ、じ、じっ。

その間にも、忌々しい呼び鈴の音は止むことなく、何度も何度も鳴り響いている。まるで居留守を使っていることを、ちゃんと見抜いてるよ……とでもいうように。

ぶるっと背筋に悪寒を覚え、がくがくっと両足が震えて、もう少しで物音を立ててしまうところだった。

こんな可怪しなこと、いつまで続くんやろ。

やっぱり引っ越した方が、ええんやろか。

かなり時間を掛けて、そっと台所まで戻り、どうしたものかと考え倦ねながら、再び夕飯の支度に取り掛かろうとしたときである。

……こん、こん、こんっ。

勝手口の戸が、表からノックされた。

その戸は台所の隅にあって、米屋や酒屋などの御用聞きたちの出入りに使われていた。彼らが呼び鈴を押して、玄関から入ることは、まず絶対にない。必ず誰もが勝手口の前で、「毎度おおきに、何々屋です」と名乗る。その声を聞いて、彼女が返事をしながら内鍵を外す。そこで戸を開けて、彼らが入ってくる。そういう習わしが、当時は自然にできていた。何処の家でも、きっと同じだったろう。

その勝手口の戸を、外から叩く者がいる。

あれが玄関から、こっちへ来た……。

彼女は震え上がった。これまでは無視していれば、そのうち諦めた。執拗に何度も呼び鈴を押されるのは苦痛だったが、いずれは静かになるので、なんとか我慢して耐えられた。

でもとうとう、あれが勝手口までやって来た……。

息を殺しながら、ひたすら彼女は流しの前で、身動ぎもせず立っていた。台所に戻ってきてから、幸いにも目立った物音は立てていない。居留守がばれたわけではないため、このまま凝っとしていれば良い。

……こん、こん、こんっ。

ノックの音は、恰も台所内の様子を窺うかのように、ゆっくりと繰り返された。戸を叩きながらも、その合間に屋内の気配を探っているような、そんな雰囲気が感じられて、彼女はぞっとした。

……こん、こん、こん、こんっ。

そのうえノックの回数が、次第に増えていく。戸を叩くたびに、いるのは分かってるんだよ……とでもいう風に。

……こん、こん、こん、こん、こん、こんっ。

「止めてぇぇ！」

悲鳴と怒声が交ざり合った叫びを、思わず彼女は上げそうになった。とっさに堪えたものの、本当に上げなかったかどうか、実は自信がない。

……こんっ。

いきなりノックの音が、中途半端に止んだからだ。自分が声を上げたせいではないか。でも、それなら居留守がばれたことになる。だとしたら、もっと強く戸を叩き出すのではないだろうか。

しーん……とした静寂が、ふっと舞い降りた。珍しく表の道を通る車の走行音が耳に届いた以外、あとは静まり返っている。普段なら子供たちの遊ぶ声や物売りが吹く喇叭などが、遠くからでも伝わってくるのに、まったく何も聞こえない。

あれは……。

もう諦めて立ち去ったのかと考えたが、戸を叩くのを止めたあと、そんな気配は一切なかった。

まだ、いる？

彼女は流しの前に立ったままで、勝手口の方に目をやった。すると表で佇んでいるそれも、戸口越しにこちらを凝視している、そんな気がしてきた。

どちらも物音一つ立てずに、ひたすら凝っとしている。彼女は自分の不在をそれに納得させるために、それは己が立ち去ったと彼女に思わせるために、息を殺している。にも拘らず互いの存在を、各々が明らかに認めていた。そういう変梃で奇妙な状況が、そこにはあった。先に動いた方が負け、とでも言わんばかりに。

そのうち彼女は、立っているのが辛くなってきた。少し意識しただけで、両足が震え出しそうである。ここは居間にそっと移動して――と思って、抜き足差し足で歩き出し掛けたときである。

みしっ……と台所の床が鳴った。

そのとたん、勝手口の向こうで、明らかに空気が揺らいだ。ざわっとした動きが、確かに感じられた。

……こん、こんっ。

再びノックがはじまった。

もう止めて……。

……こん、こん、こんっ。

お願いだから、もう帰って……。

……こん、こん、こん、こんっ。

しかし戸を叩く音は、ずっと執拗に続いた。

そのノックは夫が帰宅して、雨野家の隠居と立ち話をしているらしい声が聞こえてくる寸前まで、途切れることなく鳴っていたという。

夫人が話し終わると、夫があとを受けて、

「同じことが、その後もありましたので、ついに引っ越しを決めたわけです」

「そりゃ仕方ないですなぁ」

そう応じながらも父は、妻の体験を夫も信じているのかどうか、そこが気になったらしい。しかしながら彼女の前で、あからさまに尋ねるわけにもいかない。

「あの家に夕方いると、何か得体の知れぬものが、そっと訪ねてくるんです。あの家に住んでる者を、なぜか呼びにくるんです」

二人が我が家を辞するときには、そんな夫人の言葉を、父は受け入れざるを得なくなっていたという。

この話を思い出したのは、ある女性から以下に紹介する学生時代の体験を、某所で聞いたためである。そのとき結構すぐに、似たエピソードがあったような……という感覚に囚われた。それが何かさっぱり分からず、しばらく悶々(もんもん)としたのだが、こうして彼女の体験談を書く段になって、ふっと父親との会話が蘇(よみがえ)った。

いつ、何処で、誰から、なぜ、その話を聞く羽目になったのか。そういった情報はすべて、体験者の希望で伏せることにする。その約束を守りさえすれば、この話を小説化しても良いと、本人に了承を得ているからだ。

そこまで隠すのは、どうしてなのか。

読者は疑問に思われるかもしれないが、最後まで本編を読まれれば、きっと納得できるだろう。とはいえ理解を示せるのは隠す理由だけで、その他の多くは謎のままであることを、最初にお断りしておきたい。最も大きな問題でさえ、さっぱり訳が分からないのだから……。

いったい彼女は、何に呼ばれていたのか。

＊

相田七緒（仮名）が関東の某大学に通っていたとき、毎年の盆と年末年始には、できるだけ関西の実家に帰省するようにした。両親に「盆と正月くらい帰ってこい」と言われたこともあるが、お祖母ちゃん子だったため、なによりも祖母に会いたかった。

入り婿だったと聞く父方の祖父は、彼女が生まれて数日後に亡くなっている。母方の祖父母は、母親の結婚後に相次いで病死したらしい。そのため余計に、父方の祖母の存在は大きかった。

特にその年の夏は、祖母が体調を崩したという連絡があり、待ちに待った友達との旅行も断って、彼女は真っ直ぐ実家に帰った。

だから薄暗い座敷に吊られた蚊帳の中から、

「あんたになぁ、頼みたいことがある」

蒲団に寝たきりの状態の祖母にそう言われたとき、帰省した甲斐があったと七緒は単純に喜んだ。

「何でもするよ」

「大層なことやない。亡目喇の老野生さんとこ行って、香典を供えてきて欲しいんや」

そう言えば七緒が子供の頃から、祖母は盆の時期になると必ず出掛けていた。

「何処に行くの？」

そのたびに彼女は尋ねるのだが、

「腐れ縁の家の法事や。七緒ちゃんが行っても、ちっとも面白うない」

祖母の答えは、いつも同じだった。孫との外出が楽しみだったはずなのに、この年に一度の用事だけは、絶対に連れて行かなかった。

「お祖母ちゃんの知り合いって、どういう人なん？」

両親に訊いても、さっぱり要領を得なかった。向こうの家について、まったく知識がないらしい。そもそも祖母が相手に対して、中元も歳暮も暑中見舞いも年賀状も送らないため、それほど深い付き合いではないと思い、あまり気にしなかったからだという。

ただし父親は一度、妙なことを言った。

「祖母ちゃんのお母さん、つまりお前の曾祖母ちゃんも、毎年その家の法事に、盆になったら行ってたみたいでな。それを途中から祖母ちゃんが、どうも受け継いだんやないかと思う」

「ええっ、それって意味深やん」

七緒は驚いたが、父親の反応が薄かったので、

「そしたら次は、お母さんの番になるん？」

とっさに閃いた疑問を口にしたのだが、父親は自信なさそうな顔をしながらも、なぜか首を振りつつ、

「母さんは義理の娘になるから、恐らく違うんやろな」

「えっ、どういうこと？」

しかし父親は、もう何の説明もできなかった。祖母から母親への流れはないと感じたのも、あくまでも勘に過ぎないようである。

そんな謎の訪問先が、亡目喇という奇妙な地名の、老野生という家だと、ようやく判明した。

祖母によると亡目喇は、県内にあるという。もっとも旧名で、今もこの名称で呼ぶのは年寄りだけらしい。電車の乗り換えが二度と、そのあとバスに乗る必要がある。それでも相田家から老野生家までは、約二時間半で行ける計算になる。

先方までの行き方を伝えたあと、

「香典は、ここにあるからな。この袱紗に、こういう風に包んで――」

祖母は法事での儀礼を、事細かに七緒に教えてから、

「ええか。香典だけ供えたら、長居はせんと、すぐに帰ってくるんやで」

「お参りは？」

「せんで宜しい」

あまりにも意外な祖母の返答に、彼女が目を丸くしていると、

「香典を供えるだけで、何もせんでええ。それで終いや。ほんまにお終い……」

遠くを見ているような眼差しになって、

「ようよう最後やいうのに、私が行けんとはなぁ」

ぽつりと祖母が漏らした。

それは残念がっているというより、長年に亘る使命を自らが完遂できなかったことを、まるで悔いているかのようだったが、

「けど七緒ちゃんがおって、ほんまに助かる」

そう続けた口調には、心から安堵した響きがあった。

七緒としては、老野生家との関わりを突っ込んで訊きたかった。しかし祖母の体調が芳しくないため、また元気になったら尋ねようと、このときは我慢した。

家で昼食を済ませて、七緒は出掛けた。長男である父親とは歳の離れた叔父が同じように帰省しており、その息子の五歳になる利夫が一緒に行くと言い張って難儀したが、なんとか誤魔化して家を出る。ちなみに父親は男ばかりの四人兄弟で、三人の叔父たちの子供は全員が男で、女は彼女だけだった。

実家から歩いて十八分ほど掛かる最寄り駅と二つの乗換駅には、七緒も馴染（なじ）みがあった。だが、その先は特に名所旧跡があるわけでもないため、一度も乗車したことのない路線だった。友達でも住んでいれば足を向けただろうが、中学も高校も家から歩いて通える距離にあった。だから知り合いなど一人もいない。恐らく両親や叔父たちも同じではないか。

つまり相田家でも、こっち方面の電車に乗った経験があるのは、祖母だけなのかもしれない。それも年に一度、今の盆の時期だけに。

車窓を流れる眺めが、どんどん片田舎の風景に移り変わっていく。それに従い道路を走る車も歩く人も、次第に減りはじめる。そもそも建物が数えるほどしか目に入らない。何処を見渡しても田畑が広がり、小高い山が目に入るばかりで、民家さえ見つけるのに苦労する。

乗り間違えてないよね。

七緒の不安が最高潮に達する寸前、降りるべき駅名のアナウンスが、覇気のない車掌の声によって車内に響いた。

……良かった。

ただし安堵できたのは、その駅前に降り立つまでだった。

えっ、ほんまにここ？

殺風景なホームと非常に小さな無人の駅舎から外へ出ると、一本の舗装路が左右に延びているだけで、周囲には鬱蒼と茂った森が迫っている。商店どころか一軒の民家さえ見当たらない。

こんなとこに、なんで駅を……。

もちろん線路を通す都合上こうなったに違いないが、それにしても何もなさ過ぎではないか。

あっ、バス停は？

ここからはバスに乗る予定になっている。でも肝心のバス停留所が、いったい何処にあるというのか。

右に少し歩いてみたが、まったく何もない。戻って左へ進むと、樹木の群れに隠れるように、それがあった。てっきり標識だけ立っているものと思っていたが、意外にも屋根とベンチのある停留所だった。もっとも木造の建物は、かなり古びている。寂れ具合が駅舎よりも酷いため、電車が走り出したときには、すでにバス路線はあったのかもしれない。

だが七緒が二度目に安堵できたのも、やはり束の間だった。

……嘘やろ。

標識に書かれた時刻表を見ると、次のバスまで一時間四十分も待つ必要がある。一日の本数が、本当に信じられないほど少ない。

ここで待つか、思い切って歩くか。

しかし一時間四十分も、こんな所で蚊に悩まされながら、ずっと座っているのか。どう考えても耐えられそうにない。かといって歩くにしても、老野生家までの道が分からない。バス停を辿りながら進めば、ある程度までは行けるかもしれない。でも分かれ道に行き当たったら、どう判断するのか。遥か前方に次のバス停が見えていれば良いが、そう都合良くはいかないだろう。きっと迷うに違いない。

今なら携帯電話で、実家の祖母に連絡すれば済む。だが当時は携帯などなかった。念のために無人の駅舎も覗いたが、公衆電話は見当たらない。

ベンチに座りながら、七緒が途方に暮れ掛けていたときである。道の右手からエンジン音が聞こえてきたので顔を出すと、こちらへ走ってくる白い軽トラックが、ぱっと目に入った。

反射的に停留所から出て、とっさに左手を挙げたことに、彼女自身が驚いた。こんな積極性が自分にあったとは、たった今まで思いもしなかった。この機会を逃せば、次はないかもしれない。軽トラを見た瞬間、そんな判断が働いたのだろう。それで衝動的に、ヒッチハイクをしてしまったらしい。

手を挙げたあと、急に恥ずかしくなった。しかし今更、どうしようもない。それに軽トラは彼女の目の前で、ぴたっと停まった。

「すみません」

七緒が頭を下げると、

「見かけん顔やなぁ」

七十歳前後に見える運転席の老人が、そう言って興味深そうな眼差しを向けてきた。

「こちらには、はじめて来ました」

「あんまり田舎なんで、そこで驚いとったんか」

「いえ……」

弱々しく否定する彼女に、老人はにっと笑い掛けながら、

「ここが間違いのうど田舎なんは、あんたも見て魂消たに違いない、そのバスの本数が証明しとるやろ」

「あの、それで……」

厚かましくヒッチハイクを頼むまでもなく、

「何処まで行くんや知らんけど、乗ってったらええ」

行き先も確かめずに、老人は軽トラの助手席を勧めてくれた。

「ありがとうございます」

七緒が礼を言って乗り込むと、老人は軽トラを走らせながら、この辺りが如何に田舎であるかを、身振り手振りを交えて声高に喋り出した。他に走っている車が見えないとはいえ、彼女はかなり冷や冷やした。

その饒舌に——自虐的な内容にも拘らず、それは完全に田舎自慢だった——相槌を打ちつつ、まだ目的地を教えていないことに、彼女が焦りを覚えはじめていると、

「あれ？　行き先を、訊いたかいな」

「いいえ、まだです」

　一頻り老人は大笑いをしてから、

「で、何処まで行くんや」

「老野生さんというお宅なんですが、ご存じでしょうか」

　車内が突然、静かになった。それまでのお喋りが嘘のように、老人は口を閉ざしたまま、ひたすら前を向いて運転している。

「遠いんですか」

　心配になって訊くと、微かに首を振った。ただ、やはり黙っている。

　このお爺さんと老野生家の間に、何か問題があるとか。

　そんな想像をしたが、だからといって確かめることなどできない。それに車は停まることなく、ちゃんと走り続けている。つまり先方まで、このまま送ってくれるつもりなのだろう。

　だったら余計なことは言わずに――。

　このまま自分も黙っていようと七緒が考えたとき、

「詮索する気ぃはないけど、あそこの家に、何しに行くんや」

　ふいに尋ねられた。

「あの家が法事中やと、あんたは知っとるんか」

そこで彼女が、祖母に頼まれて——と事情を説明すると、

「まぁ、そんなら……」

大丈夫か……とでもいうような反応を見せたものの、

「せやけど、祖母ちゃんの用事を済ませたら、あそこで長居はせんと、さっさと帰った方がええ」

そう続けたので、少しどきっとした。まったく同じことを、祖母も言っていたではないか。

「どうしてですか」

思わず尋ねると、とたんに老人は困った顔をした。

「いや、なんとのうな、そない思うだけで……」

決して誤魔化しているわけではなく、説明したくても上手くできないけれど、あの家には関わらないに越したことはない……とでも言っているように、七緒には受け取れた。

「あの、祖母にもそう注意されてますので、すぐにお暇するつもりです」

「そうか。せやったらええ」

老人があからさまに安堵したので、彼女はほっとした半面、なんだか先方を訪ねるのが厭になってきた。

田畑を縫うように通る道を、しばらく軽トラは縦横に走っていたが、やがて狭い道の左側に、瓦を葺いたかなり長大な土塀が出現した。

物凄く広い敷地だなと驚いていると、

「ここが、老野生家や」

と言いつつ老人が、その途中で停車した。

「表の門の前まで、ほんまは送ってやりたいけど……」

彼女が軽トラから降りるのを、この家の人に見られたくないのだ、と反射的に悟った七緒は、

「いいえ、ここで結構です。本当に助かりました。ありがとうございます」

礼を述べながら車から降りて、軽トラが走り出して見えなくなるまで、その場に立っていた。

もうええかな。

充分に間を空けてから、何処までも延びているように映る長い土塀沿いに、彼女は歩き出した。

土塀は瓦が見えていたが、その土台は石積みだったため、高さが相当あった。そのため歩いていても、横からの威圧感が物凄い。きっと塀の厚みも相当あるのだろう。

できるだけ道の右側に寄りながら、てくてく歩いていくと、そのうち裏木戸らしきものが現れた。あれっ……と首を傾げながら、土塀の先に目をやったが、門と思しき代物が一向に見当たらない。

ここって、老野生家の裏側なんか。

だから老人は、表の門の前まで本当は送ってやりたかった——と、わざわざ断ったのではないか。しかし実際に彼女を降ろしたのは、裏土塀の方だった。

普通なら裏に回るなんて、と腹が立つところだが、もちろん七緒は違った。祖母と老人の忠告からも、ここは目立たずに入った方が良さそうである。

裏木戸に手を掛けると、なんの抵抗もなく開いた。そっと潜（くぐ）って辺りを見回すと、そこは裏庭の隅らしき場所だった。かなり薄暗いうえに、じとっと湿っており陰気な感じを受ける。

耳を澄ましたが、特に読経は聞こえない。もう法事は終わったのか。まさか今からということはないだろう。

いずれにせよ、香典を置いて帰るだけ。

七緒は母屋に向かったが、その途中で礑（はた）と困った。このまま玄関から訪（おとな）えば、何のために裏口を選んだのか分からなくなる。かといって他人の家の勝手口から、いきなり上がり込むのも考えものである。

……どうしよう。

彼女が中庭で佇んでいると、

「あんた、何処の子ぉや」

急に呼び掛けられ、慌てて声のした方を見やると、地味な色合いの着物に黒い帯を締めた、祖母と同じ歳くらいの老婦人が、硝子戸を開け放った縁側に立っていた。

「あ、あの……」

不審者ではありませんと、思わず言い訳しそうになったが、

「あれ、ひょっとして――」

そこで老婦人が、なんと祖母の名前を出したので、七緒は面喰（めんくら）った。

「わ、私、孫です」

「やっぱりなぁ。目元と口元が、ほんまにそっくりや」

感嘆しながら老婦人は微笑んだが、そこから一転して暗い表情になると、急に祖母の安否を尋ねてきた。

少し臥（ふ）せっていること、自分が代理で来たこと――を簡単に説明したところ、

「ほんなら、さっさと香典を仏壇に供えて、すぐ帰りなさい」

祖母と軽トラの老人の二人と、まったく同じ忠告を口にした。

「私も、もう帰るとこなんや」

「この家の方に、ご挨拶しなくても……」

「そんなもん、いらんから」

老婦人は言うが早いか、彼女を手招きして縁側から上げると、母屋の仏壇の場所を教えながら、

「誰に会うても、頭を下げて通り過ぎる。別に喋る必要はない。そもそも話し掛けてくる者なんぞ、誰もおらんからな」

そして念を押すかのように、

「仏壇に香典を供えたら、この縁側まで戻って、さっさと帰る。それだけや」

そう言いながら廊下の途中まで一緒に来てくれたが、そこから老婦人は玄関へ、七緒は仏間へと向かうことになった。

ただ、そのとき彼女は意味有り気な言葉を、ぼそっと呟いた。それは七緒の祖母に向けられていたと思うのだが、ちゃんと確かめる間もなく、そそくさと老婦人は行ってしまった。

すぐさま追い掛けて訊き返したかったが、そうすると再びこの家に戻ってくるのが、とても億劫に感じられた。だったら用事を早く済ませて、それから老婦人のあとを追おうと思った。

そのまま廊下を進んでいくと、夏場のこと故、ほとんどの座敷の障子が開け放たれていた。そこには何処か所在なげな様子で、祖母より少し年下に見えるくらいの老婦人が、何人も座っている。母親と同年代と思しき女性の姿もあったが、年配者の方が圧倒的に多い。

お母さんの世代より若い人なんて、誰もおらへんやん。

その事実に七緒が不安を覚えはじめていると、女性たちが一様に彼女を認めて、すべての視線が一気に集中した。だからといって声を掛けてくる者は、一人もいない。しばらく彼女を眺めたあと、そっと視線を逸らすか、いつまでも目で追い掛け続けるか、いずれかである。

七緒は全員にちらっと目を向けただけで、あとは見ないようにした。この針の筵のような状況から、一刻も早く抜け出すことしか考えられない。

座敷の障子が開け放たれて、見通しが良くなっているとはいえ、かなり広い家のために廊下も入り組んでいる。お陰で何度か曲がるうちに、女性たちの眼差しから逃れることができた。

ほっとしたとたん、妙な違和感があったことに、ようやく彼女は気づいた。座敷に散らばって座る女性たちを目にしたときから、今ここに至るまでの間、ずっと存在していた違和感が……。

とっさに立ち止まり、いったい何だろうと考えて、その正体が分かった瞬間、ぞくっとする寒気を覚える。

……誰も喋ってなかった。

あれだけの人数の女性がいたのに、話し声が少しも聞こえなかった。男性ならともかく、女が二人以上――それも年配者ばかりが――あのように集まっているのに、まったく会話を交わさないのは、あまりにも不自然ではないか。

あの人たちは……。

全員が祖母の知り合いなのか。互いに顔馴染みだろうか。ならばどうして喋らないのか。やっぱり香典を供えに来たのか。だったら先程の老婦人のように、なぜさっさと帰らないのか。

次々と疑問が浮かんだが、もちろん考えても答えは出ないうえに、なんだか怖くなってきた。

慌てて先へ進むと、すぐに仏間らしき部屋を見つけた。閉め切られている襖を開けて覗いたところ、確かに大きくて立派な仏壇がある。他の座敷とは違い、ここは四方が閉め切られており、電灯も豆電球しか点っていないため、かなり暗く感じられた。

そんな部屋に入るのは厭だったが、持参した香典を供えるためには、あの仏壇の前まで行かなければならない。天井から下がる電灯の紐を引っ張り、ちゃんと明かりを点けようかと思って、ふっと躊躇う。この部屋は、わざと暗くしてあるのではないか。だとしたら他所者が、そういう勝手をして良いものかどうか。

七緒は覚悟を決めると、恐る恐る座敷に足を踏み入れた。そうして畳の上を足早に進んで、仏壇の前まで来た。そうなると自然に、やはり座ってしまう。本当は立ったままで済ませたかったが、あまりにも不作法だろう。

袱紗に包んであった香典を取り出し、それを供えたところで、彼女は「ひぃ」と息を呑んだ。

仏壇から細くて黒いものが、だらん……と垂れている。

へ、蛇ぃぃ。

反射的に仰け反ったが、よくよく目を凝らすと、それは縄のように思えた。ただし真っ黒けの、これまで見たことのない色合いの縄である。

……何、これ？

黒い縄は畳まで垂れており、そこから仏壇の右手へと延びている。その先は薄暗がりに紛れて、まったく分からない。

なんか気持ち悪い……。

香典を供えたあと、両手くらい合わせるつもりだったが、最早そんな気は失せている。こんな所に長居は無用とばかりに、急いで立ち上がろうとしたとき、

「どちら様でしたかなぁ」

後ろから声を掛けられ、「ひゃっ」と小さく悲鳴を上げた。

「そ、その……」

しどろもどろになりながら、座ったままゆっくり振り返ると、座敷の左奥の隅に人影があった。ここへ入ったとき少しも気づかなかったが、どうやら最初からそこに座っていたらしい。

その人物は声の感じから、祖母や縁側の老婦人と同じくらいの年代に思えた。座敷の隅は特に暗くて、ほとんど容姿を窺うことができない。見て取れるのは着物姿で、座布団も敷かずに正座している、その様だけである。

ただし縁側で会った老婦人と違い、その人は「老婆」という言葉が最も相応しいように感じられた。祖母を老婆などとは絶対に呼びたくないが、その人を表現するのに、他

の呼称が少しも浮かばない。

七緒が言葉に詰まりながらも、どうにか祖母の遣いで来たことを告げると、

「それはまたお若いのに、偉いご苦労さんでしたなぁ」

老婆は感情の籠った口調で労ってから、

「その序で言うたら、ほんまに申し訳ないんやけど、私の頼みも、ちょっと聞いてもらえんやろか」

妙なことを言い出した。

「えっ……」

彼女は返答に困ったが、相手はお構いなしに、その頼み事を話しはじめた。

「裏の蔵まで行ってもろて、そこの二階におる御人を呼んで、ここへ連れてきて欲しいんです」

蔵は四つあるが、右端がそれだと教えられた。

「戸に錠は掛かってのうて、開けたままになっとるんで、そのまま中へと入ってもろて、二階に声を掛けてくれんやろか」

「そして一緒に、ここへ戻ってくるのですか」

だったら老野生家の誰かの役目ではないか、と彼女は不審に思ったのだが、

「仮に返事がのうても、また二階から下りてこんでも、別に気にする必要はまったくないからな」

という妙な返事を聞いて、なんだか訳が分からなくなった。

「こちらへ、その方を連れてこなくても……」

「ええ、構わんの。声さえ掛けてもろたら、それで結構なんや」

あとは本人の問題である——と言わんばかりの口調に、余計に彼女は戸惑って、どうしたものかとその場でもじもじしていると、

「偉い厚かましい頼み事で、ほんまに相済まんけど、この通り、お願いや」

ほとんど額が畳につくくらい、人影が深々と頭を下げた。

「……わ、分かりました」

七緒が承知したのは、相手が年寄りということもあったが、それ以上に仏間から出たくて堪(たま)らなかったからだ。

一礼して、そそくさと部屋をあとにする。やって来た廊下を戻る途中、またしても座敷の女性たちの視線を浴びた。相変わらず誰も喋らない中、全員の眼差しに追い掛けられ、全身の毛穴が開くような嫌悪感を覚えた。

ようやく縁側に出られたとき、自然と溜息(ためいき)が漏れる。沓脱石(くつぬぎいし)で脱いだ靴を履いてから中庭に下り、急いで裏庭を目指した。ただし同じ裏庭でも、例の裏木戸とは別方向らしい。道理で蔵を目にしなかったわけだ。

鬱蒼と茂った竹林を抜けた先に、立派な蔵が四つ現れた。どれも似た造りなのに、なぜか一番右端の蔵だけが陰気臭く映る。

なんでやろう。

彼女は疑問に感じながらも、扉口まで進み掛けて、あるものが目に入って、あっと立ち止まった。

あの黒い縄が、地面を這っている。

そして四つ目の蔵の中へと、まるで蛇のように入り込んでいるのが、はっきりと見えた。つまり仏間の仏壇から目の前の蔵まで、どうやら母屋の廊下を通りつつ、裏庭を横断しながら、あの黒い縄は延びているらしい。

……何のために？

あまりにも訳が分からない。ただただ無気味で、どう表現して良いのか戸惑うほどの気持ち悪さがある。

あの蔵に入るんかぁ……。

……厭やなぁ。

竹林を出たところで七緒は尻込みをしたが、このまま頼まれ事を放棄して帰るという選択は、なぜか浮かばなかった。まだ若くて、他人を疑うという経験が、恐らく少なかったからだろう。

重い足取りで蔵へと近づき、開け放たれた扉口の手前から、そっと内部を覗く。だが暗過ぎて、まったく何も見えない。仕方なく少し前へ出る。まだ駄目らしい。もう少し近づいて――と繰り返すうちに、ぼんやりと蔵の中が見えはじめたのだが、そこで彼女は大いなる戸惑いを覚えた。

蔵の中は、まったくの空だった。

信じられない眺めに、思わず扉口から顔を突っ込んでいた。でも、やっぱり何もない。完全に空っぽの空間があるばかりで、目に入るのは一階の天井と壁と床、それと中央に設けられた階段の裏面だけである。

呼んできて欲しいと言われた相手は、てっきり蔵の二階で収蔵品の整理でもしているのだろうと、彼女は想像していた。だが、この様子では違うのかもしれない。それとも一階とは異なり二階には、価値のある品物が溢れているのだろうか。

「あのー、すみません」

扉口から頭だけ入れた状態で、七緒は二階に呼び掛けた。

「母屋の仏間に来て下さいと、そこにいたお婆さんが、そう仰ってるんですけど」

しばらく待ってみたが、何の返事もない。

階段は扉口側ではなくて、奥の壁を向いて作られていた。そのため声が、二階まで届かないのかもしれない。

あの下まで行くしかないか。

蔵に入るのは相変わらず気が進まなかったが、その一方でさっさと済ませて早く帰ろう、という思いが強くなっていた。

七緒は靴を脱ぐと蔵の中に入り、薄暗い床の上を静かに歩き出した。それは例の黒縄に導かれて、恰もそのあとを辿っているかのようで、どうにも落ち着かない。とにかく気味が悪くて仕方がない。

だから縄からは、できるだけ視線を外すようにしていたのだが、

えっ……。

階段の裏に回ったところで、彼女は目の前の眺めに混乱した。それが何かはもちろん理解できたが、どうして段の上り口の前に、まるで通せん坊をするように用意されているのか、まったく訳が分からなかったからだ。

こんなところに、なんで枕飾りが……。

臨終を迎えた者に経帷子を着せて、北枕にして蒲団に寝かせ、顔の上に白い布を被せ、蒲団の上には紋服を逆向きにして掛け、胸の上に守り刀を置く――という葬送儀礼を、七緒は子供のころ祖母について行った通夜の席で、これまで何度も目にしてきた。そのとき仏の枕辺に用意されていたのが、枕飾りである。

供物台の上に、香炉、線香立て、鈴、燭台、一本樒、一膳飯、枕団子、水などを供える。地方によって異同はあるが、かといって意味合いに違いはない。

そんな枕飾りが、選りに選って階段の前に供えられていた。どう見ても上り下りを防ぐかのように……。

しかも供物台の中央では、仏間の仏壇から延びた例の黒縄が、ぐるぐると蜷局を巻いている。いや、そうではない。恐らく逆だ。蔵の中の供物台の上で蜷局を巻いている黒

縄が、ここから母屋の仏壇まで延びていると、この様は見做すべきなのだろう。いずれにせよ、あまりにも異様だった。すべてに何か意味があるに違いないが、彼女の理解を遥かに超えていた。

こんなとこ、さっさと帰ろう。

七緒は階段の前から離れようとしたが、ふと二階を見上げて躊躇った。せっかく蔵の中まで入ったのだから、もう一度だけ声を掛けておくべきではないか。そんな風に思ったのである。

真四角に切り取られた——下から見上げれば一階の天井であり、上から見下ろせば二階の床になる——穴の中は、かなり薄暗い。それでも窓から日の光が射し込んでいるのか、一階に比べると仄かに明るく感じられる。

その真四角の空間に向かって、彼女は声を上げた。

「あ、あのー」

最初は蚊の鳴くような調子だったが、

「母屋の仏間にいる、お婆さんから——」

その後は普通に呼び掛けることができた。

「蔵にいるそちらさんを、ちょっと呼んできて欲しいと、そう頼まれて来た者なんですけど……」

決して大きな声ではなかったが、蔵の中はしーんと静まり返っているため、充分に上まで届いたはずである。

その証拠に二階から、ざっ……と誰かが畳の上を動いたような、そういう気配が伝わってきた。一階の板間とは違って、どうやら二階は畳敷きらしい。

でも、しばらく待っても返事はなく、階段の上に姿を現しもしない。ただ時折、ざっ、ざぁぁっ……という物音が微かに響くだけで、あとは何も聞こえない。

「あのー、そこにいらっしゃいます？」

痺れを切らして、彼女が再び声を掛けたときである。

「はぁーい」

意外にも幼女のような声が、ふいに返ってきた。

いったい何歳の……。

と首を傾げ掛けたところで、その声に何とも言えぬ違和感を覚えた。

惚けてしまったが故に、子供に戻ってしまった……。

または高齢の女性が、わざと幼い振りをしている……。

そんな信じられない裏の事情が、二階からの声音には秘められているのではないか、という気が突然した。

そのとたん、これほど異常な状況下で、この蔵の二階にいる人物とは、いったい何者なのか、あそこで何をしているのか、どうして自分は呼びに行かされたのか……と考えはじめてしまい、堪らなく恐ろしくなった。

「はぁーい」

そこへ神経を逆撫(さかな)でするような、あの甘ったるい声が、再び降ってきた。それだけではない。

ざざっ……、ずっ……。

階段の下り口まで、何かが近づいてくる。そういう気配が、またしても濃厚に伝わってきたのである。

この場を離れなければ……今すぐ逃げ出さなければ……とんでもないものを目にしてしまう……と思うのだが、少しも両足が動かない。それどころか階段を見上げたままの恰好(かっこう)で、完全に固まってしまっている。

ずっ、ずっ、ずぅぅっ。

なおも畳の上を這うような物音が続いたあと、真四角の穴の薄暗い空間に、ぬっと顔のようなものが突き出され……。

それが年寄りだったのか、または子供だったのか、それとも別の何かだったのか、七緒には分からず仕舞いになった。なぜなら顔らしきものが覗くや否や、彼女はその場から一目散に逃げ出していたからだ。

……あれは、見たらあかんもの。

途轍(とてつ)もなく強烈な恐怖に、たちまち彼女は襲われた。だからこそ蔵の中から、脱兎(だっと)の如く逃げたのである。

竹林を通り抜けている間、行きには少しも見えなかった例の黒縄が、今度は妙に目についた。しかし七緒は縁側を目指したため、途中から分かれる形となり、黒縄が母屋の何処から外へ出ていたのか、それは分からないままだった。

沓脱石で靴を脱いで縁側に上がり、廊下を仏間へと急ぎ足で進みはじめて、はっと七緒は我に返った。

なんで戻らんとあかんの？

どう考えても、さっさと帰るべきやろ。

仏間のあの人物に、また会いたいとは絶対に思わない。それに蔵の二階には、ちゃんと頼まれた通りに声を掛けた。つまり遣いは果たしたことになる。

廊下の中途で回れ右をした彼女は、縁側に戻ろうとして、ある事実に気づき立ち止まった。

座敷に犇めいていた女性たちが、一人もいない。

七緒が蔵へ行って戻ってくるまでに、恐らく五分以上は掛かっていないのではないか。その間に、あれだけいた女性たち全員が、一気に帰ってしまったらしい。ただの偶然かもしれないが、なんとなく気味が悪い。

ひょっとすると仏間の老婆も、とっくに姿を消しているとか。

それを確かめる気など、もちろん彼女にはない。むしろ縁側へ行くまでの間に、この家の誰かに見つかって声を掛けられ、またしても何か頼まれ事をされるのではないかと、もう気が気でなかった。早く逃げ出したいのに、物音を立てては不味いと考え、ひたすら忍び足で歩く。お陰で縁側まで戻れたときには、ぐっしょりと厭な汗を掻いていた。

急いで靴を履き、小走りで裏土塀の裏木戸を目指す。その途中、蔵の二階から下りて出てきた何かと、ばったりと顔を合わす懼れを、ずっと彼女は覚え続けた。特に竹林の側を通っているときが、その恐怖の絶頂だった。

ちらちらと竹の合間越しに、あの蔵が微かに見えている。その間隙を縫って、するするっと何か得体の知れぬものが、こちらへ向かってくる。彼女を目掛けて、くねくねっと迫ってくる。そんな悍ましい光景が、今にも現実になりそうで、何度も蔵の方を振り返ってしまう。

ようやく裏木戸から外へ出られたとき、まったく空気が違うことに、まず七緒は気づいた。夏の夕間暮れの、むっと湿った暑苦しい微風が吹いているだけなのに、それが心地好かった。美味いとさえ思えた。

だが、それも束の間だった。意外にも日が暮れ掛けている事実が、彼女を怯えさせた。すでに老野生家から出ているとはいえ、こんな地で夜を迎えたくない。

慌てて同家の表門が面する道へと向かうと、幸いにもバス停があった。しかも、ちょうどバスが来るところだった。乗り込む前に運転手に訊くと、これが駅へ行く今日の最終バスだと分かり、ほっと安堵すると同時に、ぶるっと戦慄にも似た震えに、彼女は見舞われた。

駅でも少し待っただけで、完全に夜の帳が下りる前に、電車には乗ることができた。帰路の乗り換えが順調だったのも、大いに助かった。

とにかく今は一刻も早く実家に帰って、まずは安心したい。自分が安全な所にいると確認したかった。それから祖母に報告をする。とはいえ老野生家での奇っ怪な体験まで、正直に話すつもりはない。間違いなく祖母が心配して酷く心を痛めるからだ。だから無事に香典を供えてきたと、それだけを言う。もしかすると縁側で会った老婦人のことは、ちゃんと伝えた方が良いのかもしれない。だが、あの人の名前を知らない。容姿を説明したとして、それだけで祖母に分かるだろうか。

地元の駅まで戻り、そこから実家まで夜道を歩きながら、果たして祖母に何処まで話したものか――と七緒は真剣に悩んだ。ずっと考え続けた。しかし、その行為は残念ながら、すべて無駄になった。

実家に帰ると、祖母が亡くなっていた。

とっさにその死を拒絶してしまうほどの、物凄いショックを受けた。信じられないというよりも、嘘を吐かれている気がした。

「……いつ？」

母親に尋ねると、正確には分からないが、夕方になって様子を見に行ったとき、もう事切れていたと教えられ、ぎょっとした。

その時間は、ちょうど七緒があの蔵に入って、二階に声を掛けた少しあと……くらいだった。

……関係ない。

当然そう思った。両者には何の繋がりもない。恰も連続したように見えるだけである。そこに意味などあろうはずがなかった。

その夜は仮通夜だったが、遠方の親戚も次々と訪れた。両親は対応に追われ、彼女は従弟である利夫の子守り役を、自然に引き受けた。

「お祖母ちゃんは、あんな風にして、なんで寝てんの?」

ところが、そう訊かれて、すぐさま困る羽目になった。まだ「死」の概念が曖昧であろう五歳児に、いったいどう説明すれば良いのか。

七緒は大いに戸惑ったが、従弟が続けて漏らした言葉を耳にして、さらなる困惑を覚えた。

「でもお祖母ちゃん、お友達が来て、良かったね」

何のことかと尋ねると、利夫は次のような話をした。

今日の夕方、彼は玄関に面した前の間で独り遊んでいた。すると「こんにちはぁ」と表の方から声が聞こえた。

それが幼い女の子のように思えたので、好奇心から玄関へ行くと、硝子戸に人影が映っている。しかし、どう見ても大人である。がっかりしたものの、とっさに母親の真似をして、「どちら様ですか」と訊いた。

するとこんど今度は、明らかに年寄りの女性の声で、

「……呼びにきました」

このとき「誰を？」と尋ねなかったのは、訪問者がお婆さんらしいことから、お祖母ちゃんの友達だと、彼が判断したからだという。

「ちょっと、お待ち下さい」

同じく母親を真似た返しをして、三和土に下りて玄関戸を開ける。

……誰もいない。

びっくりして表へ出て、周辺を見回しつつ捜したが、お婆さんの姿どころか、人っ子ひとり見当たらない。

変やなぁ……と思いながらも、友達が訪ねてきたことを、お祖母ちゃんに知らせておこうと、奥の座敷まで行った。

すると部屋の中で、ぼそぼそと誰かが喋っている。

自分が玄関戸を開ける前に、きっとお婆さんは縁側からでも家に上がったのだ、と彼は考えて再び独り遊びに戻った。

それから少しして、伯母ちゃん——七緒の母親——が急に騒ぎ出したという。

この利夫の話を聞いて、さぁぁっと顔から血の気が引いた。

まさか……。

利夫が耳にした声と目にした人影のアンバランスさは、七緒が老野生家の蔵で覚えた

違和感と、あまりにも似ていないだろうか。

時間の流れも……。

彼女の蔵での体験→実家に来た謎の訪問者→祖母の死というように、連続しているように思えてならない。

蔵の二階にいたあれが、うちへ来た……。

祖母を呼びに、やって来た……。

このとき七緒の脳裏に、祖母の言葉が蘇った。

「ええか。香典だけ供えたら、長居はせんと、すぐに帰ってくるんやで」

と同時に軽トラの老人と、老野生家の縁側で出会った老婦人の、二人の言葉も再生された。

「せやけど、祖母ちゃんの用事を済ませたら、あそこで長居はせんと、さっさと帰った方がええ」

「ほんなら、さっさと香典を仏壇に供えて、すぐ帰りなさい」

この三人の忠告に、自分は背いてしまったのではないか……。

そのせいで祖母の所へ、本来は来ないはずのあれが呼びにきた……。

彼女は首を強く振って、ただの妄想に過ぎないと、己に言い聞かせようとした。だが再び祖母の言葉と共に、あのとき縁側で耳にした老婦人の呟きも、はっきりと思い出してしまった。

「香典を供えるだけで、何もせんでええ。それで終いや。ほんまにお終い……」

「ようよう最後やいうのに、私が行けんとはなぁ」

今回の訪問で最後だと、祖母は言っていた。そして老婦人は確か、こう呟いたはずである。

「――さんも、よう逃げ切らはったなぁ」

それが祖母に対する呼び掛けだったことは、絶対に間違いない。

つまり七緒が老野生家に香典を持っていった行為が、祖母にとっては同家に対する最後の訪問を意味した。それは取りも直さず、あれから無事に逃げ切れたことの証になるはずだった。

だが、本人の代わりに孫娘が来たと知るや否や、あの仏間の老婆が意地悪くも阻止した。いや、とても嫌がらせのレベルではない。あれに呼ばれたせいで、きっと祖母は命を落としたのだ。

けど……。

老野生家と祖母には、如何なる関係があったのか。そもそもの起こりは何か。縁側の老婦人と座敷に座っていた女性たちも、祖母と同じ立場なのか。毎年の盆の訪問には、どんな意味があるのか。いつから続いているのか。

ちょっと考えただけで、次から次へと疑問が出てくる。

七緒は仮通夜から本葬までの間、親族のほぼ全員に話し掛けて、この問題の答えを探った。しかし残念ながら、まったく収穫はなかった。むしろ「あんなに可愛がってもろたのに、この子はちっとも悲しがっとらん」と、何人にも非難される始末だった。

その反動は葬儀と初七日を――遠方の親戚に配慮して――同じ日に済ませたあとで、突如として訪れた。

仮通夜から初七日まで、探偵の真似事をしたにも拘らず、結局は何も分からなかった。こんな羽目になるなら、きちんと祖母を見送るべきだった。

そういう後悔の念を覚えたとたん、胸が張り裂けそうなほどの悲哀に、いきなり襲われた。その重くて苦しい感情は、夏休みが終わって大学がはじまる頃まで、ずっと彼女に纏いつき続けた。完全に気持ちの整理がついたのは、年末の帰省の折だったかもしれない。

翌年の夏、七緒は就職活動で苦戦していた。もちろん祖母の一周忌には出るつもりだったが、どうしても都合がつかなかった。

仕方なく盆が終わって数日が経ってから、彼女は帰省した。すると母親が臥せっており、びっくりした。

「ちょっとした過労やろうから、なんも心配いらん」

枕元で心配する彼女に、母親は弱々しい笑みを浮かべた。その様子が妙に亡くなる前の祖母を思い出させて、ぞくっとする寒気を強く覚えた。

「何か美味(おい)しゅうて元気が出るもん、私が作るから」

七緒が無理に笑顔を向けると、母親の笑みは少しだけ明るくなったが、そこから急に戸惑ったような顔になって、

「そう言うたら、お祖母ちゃんの一周忌の日に、私を訪ねて、うちへ誰か来たらしいんやけど……」

「えっ、どういうこと？」

なぜ相手が誰か分からないのか、彼女が疑問に思っていると、

「その人に気づいて、そんとき玄関へ出たんが、利ちゃんやったんよ」

母親が口にした「利ちゃん」とは、六歳になった従弟の利夫のことである。

「そいで利ちゃんが言うには、私を訪ねてきたらしいんやけど、それでいいのかどうか、相手にもよう分からんみたいで……」

「この家の誰に、自分が会うべきなんか、つまり本人も理解してへんかった――ってこと？」

「あくまでも利ちゃんの、まぁ感じではやけど……」

「相手は、どんな人やったん？」

「それが硝子戸越しに話したから、顔は見てへんらしい。ただ利ちゃんによると、その人は去年、お祖母ちゃんを訪ねてきてる……って言うんや」

七緒の二の腕に、ざわっと一気に鳥肌が立った。

……あれが今年も来た。

そう確信すると共に、何が起きようとしているのか、それを悟って絶望的な気分になった。

去年は祖母を連れていった。

今年は母親の番ではないのか。

だから、こうして臥せってしまった。祖母のように即座に逝かなかったのは、年齢の差かもしれない。祖母は弱っていたところに、言わば止めを刺された。母親は幸いにも助かった。でも毎年あれが訪ねてくるのだとしたら、いつかきっと……。

自分が東京で就職して、母親を呼び寄せるしか、助かる道はないのではないか——と考え掛けて、ふと彼女は一つの疑問を覚えた。

なぜ祖母は、老野生家への遣いを、母親に頼まなかったのか。

どうして孫である自分に、あの用事を任せたのか。

何度も頭の中で繰り返して自問するうちに、その答えが自然にふっと浮かび上がってくるような気がした。

お母さんは血の繋がらない嫁だけど、私は相田家の血筋やから……。

それにお祖母ちゃんの血を受け継いでる女は、私しかおらんから……。

この推理が正しいとすれば、あれが訪ねてきたのは、決して母親ではなかったことになる。だからこそ母親は、少し寝込むだけで済んだのではないか。もう心配はいらないのかもしれない。

あれが呼びにきたんは、きっと私やったんや。

この考えが当たっていたのか、母親は翌朝になると普通に起きてきた。昨日の衰弱振りが嘘のように、すっかり元気になっている。

七緒は自分の推理を心の中に秘めたまま、東京へ帰った。現実主義者の父親に言っても、頭から否定されるだけだろう。迷信深い母親に打ち明けたら、それこそ気に病んで再び臥せってしまいそうである。

翌年の春、七緒は東京で社会人になった。その夏は一年目ということもあり、盆の期間しか休みが取れなかった。そのため端（はな）から三回忌と帰省は諦めたが、母親への電話は忘れなかった。

すると案の定、また謎の訪問客が来たらしい。しかも今回は、父親が応対した。もっとも硝子戸越しに話しただけで、父親が表に出ると、もう帰ったあとで誰もいなかったという。

たった今まで硝子戸に影が映っていたのに、戸を開けたとたん、消えていたのではないか――と、彼女は尋ねたかった。しかし実際にその通りでも、あの父親がそんな現象を認めるわけがない。

七緒には、ほぼ確信があった。なぜなら母親が、やっぱり臥せってしまったからだ。そして翌日には、けろっと回復した。去年と同じである。

お母さんは間違いのう、私の身代わりになってる。

申し訳ない気持ちで一杯だったが、かといって彼女が帰省して、あれが実家に訪ねてきたら、祖母のように連れていかれるかもしれない。そんな危険は、どう考えても絶対に冒せない。

社会人二年目の夏も、七緒は帰省しなかった。

今度は母親が応対に出たと聞いて、彼女はどきっとしたが、玄関戸を開ける前に、あっさり相手は帰ったらしい。そして母親も、もう寝込まなかったと知り、彼女は喜んだ。けれど、とっさに厭な予感を覚えた。

あれは気づいたのではないか。

この家に求めるべき女はいない……と。

そこからは自らの想像に、彼女は物凄く怯えた。そんなことは起こらない、と己に言い聞かせるのだが、もう怖くて堪らない。

あれが七緒を捜し求めて、来年の盆には、ここまで来るのではないか……。

夏が終わっても、この妄想に悩まされた。冬が来ても、この強迫観念に苛まれた。年末に帰省して、正月に集まった親族たちと賑やかに過ごし、ようやく恐怖が少し薄れた。だが冬が終わり、次第に暖かくなりはじめると、再びぶり返した。

その年の盆の時期、彼女は会社の同僚たちと旅行した。それは前々から同僚の一人が計画しており、彼女も誘われていた。そういう意味では自然な参加だった。とはいえ彼女が住む集合住宅の部屋を、あれが訪ねてくるかもしれない……という懼れから逃れるために、その計画を利用したような気持ちが、心の片隅にあったのも間違いではない。社会人四年目の夏、今度は七緒が学生時代の友人たちを誘って、盆の旅行を計画した。もちろん、あれ対策である。

ところが翌年の夏は、会社の同僚も学生時代の友人も、どちらも誰一人として都合がつかなかった。仕方なく彼女は独り旅をした。最初は不安だったが、やってみると楽しかった。これなら今後も、独りで旅行ができそうである。

盆が終わるのを見計らい、集合住宅の部屋に帰ってくると、玄関の三和土で母親が死んでいた。扉の前に蹲(うずくま)るような恰好で……。

あとになって分かったのだが、千葉に住む学生時代の友達が急に亡くなったため、その葬儀に出た序でに、母親は娘の部屋を訪ねたらしい。彼女が旅行に出ていることは知っていたが、掃除や洗濯や買物をするつもりだったと見られる。

死因は心不全だった。

しかし七緒には、本当の死の原因が分かっていた。

この部屋にお母さんがいたとき、あれが呼びにきた。そして私と取り違えて、お母さんを連れてったんや。実家と違うて、ここには私しかおらんはずやったから……。

母親の葬儀を終えたあと、七緒は引っ越した。元の場所から離れた地を選んだために、通勤時間が長くなってしまったが、彼女は気にしなかった。遠くになればなるほど、安全性が高まるように思えた。

自分の身代わりになった……。

この母親への想いを、かなり長い間、彼女は引き摺る羽目になる。

翌年になって夏が近づくにつれ、七緒は大いに悩んだ。祖母と母親の法事が重なるのに、まさか帰省しないわけにはいかない。

けど下手に帰って、お祖母ちゃんとお母さんに、私も続く羽目になったら……。

そう思うと怖くて堪らない。唯一の望みは、実家に七緒がいないと、あれが認めているらしいことである。それが正しければ、むしろ実家こそ最も安全な場所なのかもしれない。

ただ、それに賭けて良いものかどうか……。

なにせ賭けるのは、彼女の命なのだから……。

この七緒の心配は意外な形で決着がついた。ギリギリまで迷いに迷っていたら、盆の直前に風邪を引いて、会社を休む羽目になったのだ。それも高熱が出て、ほとんど寝たきり状態になってしまった。

粥を作って食べ、市販の風邪薬を飲む以外は、ひたすらベッドに臥せっていた。そうして丸一日ずっと寝続けたお陰で、なんとか熱は治まった。ただ少しでも起きていると、鼻水と咳が酷く出て止まらない。

仕方なくベッドに戻って、あれほど眠ったにも拘らず、再びうつらうつらし出したときである。

インターホンが鳴った。

半ば寝惚けたような頭で、会社の同僚が心配して見舞いに来てくれた……と思った彼女は、ベッドから起き上がり、インターホンの受話器を取るのも忘れて、ふらつく足取りで玄関へと向かった。

はい——と返事をすると共に、扉を開けようとして、ようやく相手を確かめていないことに、ふと気づいた。

念のために。

ドアスコープを覗くと、灰色っぽいものが見える。廊下の壁しか見えず、訪問者の姿がない……と首を傾げ掛けて、物凄い違和感を覚えた。

……壁やない。

灰色っぽいものは、もっと柔らかそうに映っている。

それに壁より、かなり近い……。

ふわっとした灰色の塊のようなものには、あちこちに黒くて細い筋のような線が縦に流れている。

これって……。

訳が分からないまま、繁々と目を凝らしているうちに、どうも白髪らしいと察したところで、頭の天辺から爪先まで、ぞくぞくぞくっと寒気が伝い下りた。

誰かが後ろ向きの状態で、扉の前に立っている。

いいや、誰かではなく、間違いなくあれが……。

高熱は下がったものの、まだぼんやりとしている頭で、今が盆であることに、ようやく彼女は思い至った。

……あぁ、どないしよ。

物凄い後悔の念に囚われたが、今更どうすることもできない。ここは居留守を決め込んで、静かにやり過ごすしかない。

そう考えて、そっと扉の前から離れようとしたとき、

ぐぐぐっと白髪の頭が、ドアスコープ越しに回りはじめた。ゆっくりと反時計回りで、あれが正面を向こうとしている。

見たら、あかん！

とっさに心の中で絶叫したにも拘らず、

一目だけ、ちらっと確かめたい。

という気持ちも正直あって、その場から動けなくなった。大きく見開いた右目も、ドアスコープにつけたままである。

その間にも白髪の頭は、少しずつ回っている。それなのに目に入るのは、いつまで経っても同じ眺めである。細くて黒い髪の毛が僅かに交じった、白い髪の毛ばかりが流れていく。耳は髪に隠れているにしても、一向に顔が現れないのは明らかに可怪しい。

とっくに一回りできる時間が過ぎても、依然として見えているのは少しだけ胡麻塩め

いた白髪である。白髪だけの頭が、ずっと回り続けている。

がくがくと震える両足の膝に手を置いて、彼女は苦労してベッドまで戻った。そのとたん、インターホンが鳴った。

このときから盆が終わるまで、七緒は部屋に籠り切った。幸い食料は買い置きがあったので、その点は少しも困らなかった。ただ、あれが侵入するのではないか……と寝ていても気の休まる暇がない。それでも返事をして扉を開けなければ大丈夫だ——と自分に言い聞かせた。

しかしながら思い出したように、時折ぴんぽーんと鳴らされるインターホンの音には、本当に悩まされた。今に頭が可怪しくなるのではないか。正気を失った自分が、この部屋で盆休み明けに発見されるかもしれない。そんな懼れに震えた。

現とも夢とも妄想ともつかぬ時を過ごして、ふと気づいたときには、あれと盆と会社の休みがすべて去ってしまっていた。だが彼女は出社する気力がまったくなく、休み明けにも拘らず会社に行けなかった。

引っ越したのに見つかった……。

ようやく回復して出社できるようになり、いつもの日常が戻ってきても、この恐怖に苛まれ続けた。仮にまた別の住居に移ったとしても、あれが簡単に居場所を突き止めて、ああして呼びにくるのではないか。

……逃げられない。

少なくとも来年の盆までは大丈夫だと分かっているのに、毎日が恐ろしい。怖くて堪らない。

この追い詰められた状況に、一筋の光明が射したのは、その年の初冬である。会社の先輩から「結婚を前提に付き合って欲しい」と告白された。彼女も前々から密かに好意を寄せていた人だったうえに、誰かに頼りたいという当時の精神状態もあって、二人の仲は急速に進んだ。

そして翌年の春、七緒は寿退社をした。本当は共働きの予定だったが、結婚式を挙げる前に妊娠が分かって、彼の勧めもあって辞めることにした。新居は東京郊外の、賃貸ながらも一軒家になった。

やがて夏が来た。彼女の出産が近いこともあり、どちらの家にも盆の帰省はしないと、夫と話し合って決めた。

そのとき彼女は、学生時代から昨年までの奇っ怪な体験を、すべて彼に話した。恐らく信じないだろうとは思ったが、包み隠さずに説明して、この盆の間は誰が訪ねてきても、絶対に居留守を使うように頼んだ。納得いかないかもしれないが、とにかく自分の言う通りにして欲しいとお願いした。

夫は否定も肯定もせぬまま、彼女の思い通りにさせてくれた。

ついに盆が訪れた。

近所の家の大半は、田舎への帰省と家族旅行で留守にしており、住宅街は静まり返っている。学校が夏休みになってから毎日、元気に轟いていた子供たちの喚声も、まったく聞こえてこない。

ぴんぽーん。

怖いほどの静寂の中、今にもインターホンが鳴るのではないか……と彼女は大きなお腹を抱えて身構えながらも、実は一つの考えを持っていた。それが正しければ、あの忌まわしい音色は、この家に響かないはずである。

そして静かなまま、盆は過ぎていった。インターホンは一度も鳴らず、誰も訪ねてこず、あれに呼ばれぬまま、盆が終わった。

「こうなることを、少しは予想してたみたいだけど」

これまでの七緒の体験に対して、半信半疑よりも強い疑いを持っているかもしれない夫に、躊躇いながらもそう言われて、彼女は安堵の溜息を吐きつつ応えた。

「結婚で名字が変わったから、ひょっとして……と思ったんよ」

「なるほど、そうか」

あっさりと夫が納得したことで、彼女は自分の解釈に自信を得た。この手の話を信じそうにない彼が、一応とはいえ認めたのである。

翌年以降も、あれが呼びにくることはなかった。それは彼女が盆の時期に、相田家に帰省しても同じだった。

ただし七緒は、一つだけ不安を覚えていた。自分たちの子供が女の子だったことから、もしも万一あれとの縁が復活した場合、その災禍は娘にも降り掛かるのではないか、という懼れである。

例えば自分が離婚して、旧姓に戻ったとしたら……。

あれは再び、自分を呼びにくるのではないか……。

それから次に、娘も同じように連れていく……。

七緒は想像するだけで、我が身を引き裂かれるような痛みを覚えた。幸い夫との仲は良く、親子関係も円満である。だから、そんな事態にはならないだろう。でも、用心は怠らないようにしたい。

あれとの因縁は自分の代で、きっぱりと絶つ。

何よりも娘のために、そうすると強く決心した。それを実家の仏壇で、祖母と母親に誓った。

最後に彼女はそう語って、この異様な体験を締め括った。

＊

父親から聞いた幽霊屋敷の話だが、実は続きがある。

「うちの近所に、そんな家があったんか」

それが父の口から出たことにも驚きつつ、僕が感嘆していると、

「いや、あれは違うやろな」

いきなり否定されて、びっくりした。

「何が？」

「引っ越しの挨拶に来たんは、まぁ分かる。一応は顔見知りやからな。けど大した付き合いもないのに、あんな話をするんは、可怪しいやろ」

「ほんなら……」

「ありゃ、嘘やな」

きっぱりと父が言い切った。

「二人とも学校の先生やったから、つい儂も信じそうになったけどな」

「教師は嘘を吐かん――なんて、それ自体が嘘やもんな」

僕の言葉に、父は頷きながら、

「わざわざ挨拶に来たんも、あの話をするためやったんやろう」

「何で？」

「腹癒せと違うか」

「誰に対する？」

「雨野さんとこの、ご隠居やろうなぁ」

そう言われて僕は、ようやく察することができた。

「訪問者って、雨野家のご隠居さんやったんか」

「引退した世話好きの老人にとって、自分の家の前の貸家に住む若い武川夫人は、何かと構いとうなる相手やった。彼女の方も最初のうちは、そんなご隠居に応対してたんやと思う」

「でも、ご隠居さんの世話焼きの度が、次第に増していった。あまりにも頻繁に訪ねてくるんで、彼女は居留守を使いはじめた」

「それにご隠居が気づき、玄関の呼び鈴だけでのうて、やがて台所の勝手口までノックするようになった」

「奥さんは旦那に相談したけど、相手は大家さんだから、苦情も言い難い。しかし、そのうち耐えられなくなって、ついに引っ越しを決意した」

「せやけど自分らに、別に落ち度があったわけやない。このまま黙って引っ越すのも業腹や」

「そこで雨野家とは懇意にしてる、しかも警察官やった親父に、あの貸家は幽霊屋敷やと吹き込んだわけか」

「ご隠居に対する直接の悪口は、今後のことを考えたら、やっぱり問題があると思うたんやろう」

　武川夫婦は地方公務員のため、いつか何処かで雨野家と関わる羽目になるかもしれない。それを二人は危惧したのだろう。

「せやから幽霊屋敷の話を、でっち上げたんか」

「もし問題になっても、夫人の勘違いやった——で、なんぼでも済むからな」

「幽霊話いうんは、そういう役目を果たすこともある、いう証拠やな」

僕としては怪談の効用を、この件に絡めて説いたつもりだったが、

「つまり幽霊なんか、やっぱりおらんいうことや」

父はそう言うと、さっさと幽霊屋敷の話にけりをつけてしまった。

さて、こんな父親の解釈を付け加えたからといって、相田七緒の体験談にも同じような謎解きがあると思われては困る。ご期待に添えなくて申し訳ないが、そういった補足は一切ない。

ただ彼女の話を聞いたあと、僕は関西の友人にメールで頼み事をした。彼は仕事柄、関西の地方を巡っている。だから亡目喇に行く機会があったら、ぜひ老野生家を訪ねて、裏庭の蔵を確認してきて欲しい。そうお願いした。

その結果が、つい数日前に届いた。ちなみにこの依頼をしてから返事を受け取るまで、優に数年は経っている。

〈お前のメールに記されていた通り、裏庭には蔵が建っていた。でも四つではなく三つだった。一番右の蔵の横には、小さな祠があった。何が祀られているのか、もちろん分からない。大して役に立たなくて申し訳ないが、報告は以上になる〉

あれが蔵を出たために、急いで取り壊したのだろうか。再び老野生家に戻ってこないように。とはいえ相田七緒は、結婚によって名字が変わっている。そうなると、あれは行き場をなくしたことにならないか。

あれは今、何処でどうしているのか。

何処かの誰かを、やはり呼びにいこうとしているのか。

この異様な出来事を小説として書いた作家や、または本作に目を通した編集者や読者のところへ、あれが訪れることはないのだろうか。

いや、いくら何でも考え過ぎだろう。僕たちは老野生家とも相田家とも、如何なる関係もないのだから……。

けれど関係と言えば、そもそもの繋がりが何かも分かっていない。どんな因縁があったのか、まったく不明である。そういう遣る瀬無い気持ちを、きっと相田七緒も持っているに違いない。

だから僕は、少なくとも盆の時期に、訪問者や宅配便の予定がないのに、家にいて耳にするインターホンには、居留守を使おうと思っている。これまでにも似た経験があるので、余計にそうするつもりである。

逢魔(あま)宿り

今年（二〇二〇）の二月初旬、「小説 野性時代」三月号が出た直後に、KADOKAWAの担当編集者Sからメールが届いた。

松尾（仮名）という大阪の装幀家が、僕に連絡を取りたがっている。もう三十年以上も前になるが、僕と一緒に仕事をしていた。そう言ってもらえれば、きっと思い出すのではないか。ということらしい。

つまり編集者だった僕が、装幀家の彼に書籍のデザインを依頼して、仕事上の付き合いが当時あったわけだ。とはいえ生憎、松尾という名前に心当たりがない。単に失念しているだけかもしれないが、肝心の用件が不明なのも気になった。

なんか怪しいので断ってもらうか。

一時はそう思った。実際これまでにも、変な人からの僕宛ての電話や手紙やメールが、出版社に掛かったり届いたりしたことが結構ある。メタ性の強いホラー小説を書いているせいだろう。

しかし、本当に昔お世話になった人だったら……と少しでも考えると、あまり邪険にもできない。

そこで僕が仕事を依頼した書籍の名称を挙げて欲しいと、Sから先方に頼んでもらうことにした。相手に少しも非がない場合、かなり失礼な対応になってしまうが、用心をするに越したことはない。それを僕は過去の苦い経験から学んでいた。

すると松尾は、複数の書名をSへメールしてきた。その転送されたタイトルを目にした瞬間、彼の事務所の内部の風景が、朧ながらも脳裏に蘇って驚いた。自分が編集者だったときに担当した書籍名を全部、ちゃんと書き出せと言われても、もう無理だろう。けれど具体的なタイトルを目にしたせいで、さすがに記憶が刺激されたらしい。

当時の僕は、京都のD出版社の新米編集者だった。きっとベテランのデザイナーである彼から、色々と教わったに違いない。そう考えた僕は、すぐにSから松尾のメールアドレスを教えてもらい、誠に失礼しました——という文面を送った。それに対して彼は、職業柄そういう用心は必要です——と返信してきた。

そこには僕が「小説 野性時代」二〇一九年六月号より、ほぼ三ヵ月に一度の頻度で発表している連作怪奇短編を読んだことが記され、これらの作品に関して一度できれば会って話したい旨が書かれていた。

もちろん僕は、どういうことですか——と問い合わせたが、メールや電話で済むとは思えないと返事がきた。

幸い二月下旬に故郷の奈良で、佐保小学校の同窓会が行なわれる予定があった。その翌日に大阪へ行けば、松尾と会うことができる。同窓会は土曜なので、翌日の日曜なら彼も仕事が休みなのではないか。

そういう提案をすると、松尾も都合がつくという。そこでデザイン事務所への行き方を教えてもらい、訪ねる時間を決めた。

急な展開にも拘らず松尾と会う決心をしたのは、同窓会の序でという一石二鳥があったこと、拙作に関わる話がどうにも気になったこと、彼との面談がネタになるかもしれないと踏んだこと、そして二月初旬に予定されていた台北国際ブックフェアが延期になったことも、実は大きく関わっていた。

台湾の出版社である獨歩文化から、僕と香港と台湾の作家五人が競作した『筷 怪談競演奇物語』が、この二月に刊行された。そのプロモーションに、僕は呼ばれていた。よって本来なら、大阪行きを考えている暇はなかったと思う。しかし中国で発生した新型コロナウイルス感染症のせいで、ブックフェアは五月に延期となった。

お陰で松尾に会う予定を立てられたのだから、まったく何が幸いするか分からない。もっとも同じことは獨歩文化にも言えた。元々は三月の刊行予定だった台湾版『碆霊の如き祀るもの』を五月にずらして、そのプロモも一緒に行なうと連絡があったからだ。互いに転んでもただでは起きなかったわけである。

ちなみに出不精の僕からは考えられないほど、今年は方々でイベントに招待されている。三月の下旬には奄美大島の図書館で、鳥飼否宇と柴田よしきと共にトークショーがある。そして先述したように二月に台湾で、また六月に韓国で、さらに八月に中国で、それぞれ国際ブックフェアに呼ばれていた。

よく使われる「重なるときには重なる」という言葉は、どちらかというと悪い出来事を指し示すようだが、この場合は違った。もっとも新型コロナウイルスなる伏兵が潜んでいるので、あまり楽観はできないかもしれない。

話を戻そう。三月号までに「小説 野性時代」に発表した連作怪奇短編は、左記のように四編ある。

二〇一九年六月号「お籠りの家」
同年九月号「予告画」
同年十一月号「某施設の夜警」
二〇二〇年三月号「よびにくるもの」

念のために断っておくと、これらの四作には何の繋がりもない。どの短編にも共通して言えるのは、僕が他人から聞いた体験談を基に小説化している——という体裁だけである。

そのため一作だけを取り上げて、松尾が内容に関する話をするつもりなら、まだ分からなくもなかった。実は体験者と顔見知りである。もしくは体験談に関わる何かを知っている。そんな可能性も考えられるからだ。だが、そうではないらしい。あくまでも四作すべてを、彼は対象にしていた。

いったいどんな話があるのか。

期待と不安が相半ばした。前者については、何らかの怪異に纏わる話が聞けるのではないか……という望みである。そして後者は、その怪異譚が思わぬ障りを齎すのではないか……という懼れだった。矛盾して聞こえるかもしれないが、これもホラーミステリ作家ならではの心理だろうか。

一月下旬に幽霊屋敷シリーズの新作『そこに無い家に呼ばれる』（中央公論新社）を脱稿したばかりで、そのうえ台北国際ブックフェアも延期になったため、二月は少しのんびりしていた。文庫版『わざと忌み家を建てて棲む』（中公文庫）の再校ゲラの著者校正を行なうくらいで、あとは読書とホラーDVD鑑賞を楽しんでいた。よって同窓会と松尾のデザイン事務所の訪問は、本当に心待ちの予定だった。

同窓会には十四人が参加した。二次会に流れたのは六人で、そこに僕もいた。つまりは飲み過ぎたわけで、翌日の朝は少し頭が重かった。

このまま帰りたいな。

松尾との約束を後悔する気持ちが、たちまち芽生えた。なぜなら怪異譚に接するときには体調が万全でなければ不味い……ということを、これまでの経験から悟っていたからである。

僅かながら救いだったのは、ホテルの朝食で「大和の茶粥」が選べたことかもしれない。それを食べてから、チェックアウトまで部屋で休んだ。

午前中は時間が有り余っているため、テイクアウトした珈琲を片手に奈良公園を散歩する。生憎の曇天で肌寒かったが、ぶらぶら歩きは頭の重さを取り除くのに役立った。昼前には空腹を覚えたので、柿の葉寿司と素麺を食べる。

近鉄奈良駅から特急で大阪難波へ出る。十代から二十代に掛けてよく遊びに行った地だが、本当に久し振りだったため少し間誤つく。駅構内の案内表示を頼りに地下鉄の乗り場を探し、該当駅で降りてJR在来線に乗り換える。

当時は京都から向かっていたため、ここまでの移動で記憶が刺激されることは、予想通りまったくない。在来線に乗ったら何か思い出すだろうと期待したが、車窓を流れる風景を眺めていても、残念ながら変わらない。

そのうち茅野の川永駅に着く。駅舎を出たところで一通り周りを見渡すが、何ら見覚えがない。むしろ特徴を見出すのに苦労するほど、何処にでもありそうな駅前の光景だった。

下車する駅を間違えてないよな。

不安になりつつも歩き出して、駅からかなり離れた辺りで、ようやく既視感を少し覚えた。

前に来たことがある……。

恐らく駅の周辺は開発されて、当時の面影がないのかもしれない。しかし十数分も歩けば、昔のままの風景が残っている。そんな感じがした。

とはいえ駅からの道順は口頭で聞いていたため、ちょっと迷ってしまう。住宅街に入ってから、曲がり角を間違えたらしい。川永駅から二十数分なので、そろそろ着くはずなのに、一向に該当する家屋が見当たらない。大きな道まで戻ろうかと考えていると、前方に猫の姿が見えた。野良らしい白猫である。

猫好きとしては放っておけないので、あとを追ったところ、なんと松尾のデザイン事務所の前に出ることができた。

そこは住宅街の直中だったが、周囲には緑も多く、車が入れない遊歩道も通っており、なかなか良い環境に思えた。もっとも空家らしい家屋がやや目立ったのは、昨今の何処の地方都市とも同じ眺めである。

デザイン事務所を目にしても特に何も感じなかったが、インターホンに応えて出てきた松尾の容貌には、ほんの少し懐かしさを覚えた。

「こんにちは。ご無沙汰しております」

「いやぁ、ご立派にならはって……。大変なご活躍やね。お忙しいやろうに、ほんまに遠いところ申し訳ない」

「いえ、こちらこそご無理を言って——。お休みなのに、こうしてお時間を取っていただき、ありがとうございます」

玄関先で挨拶を済ませたあと、僕は通された打ち合わせ場所で、奈良の商店街で買っておいた土産を渡した。

「休みでスタッフがおらんから、何のお持て成しもできんけど……」

当時は松尾の助手である女性のデザイナーと、接客や電話番を担当する女性スタッフの、確か二人がいたはずである。

「どうぞお構いなく。今日の目的は、松尾さんのお話を伺うことですから」

彼と話しているうちに、デザイナーが鵜野で、スタッフは中田だと分かったが、生憎どちらも覚えていない。仕事で対面していたのが、ほぼ松尾だったからだろう。

それに比べて室内の様子は、微かに見覚えがありそうな気がした。じっくりと隅々まで見回していると、

「あの頃と、あんまり変わらんでしょ」

「そうなんですか。さすがに記憶が曖昧で……。でも、何処となく目にした覚えもあって……。なんか不思議な気分です」

窓がある壁を除く三方を占めるのが本棚ではなく、側面と背面のないスチール製の棚で、そこに書籍が平で積まれている。その様を眺めているうちに、

あぁ、確かにこんな風だった。

という感覚が蘇ってきた。敢えて本棚を据えずに、本を横向きに置いているスタイルが、如何にもデザイン関係の仕事をしている人らしいと、初対面で感じたことを思い出

した。

ただ同時に、妙に引っ掛かるものもあった。いったい何だろうと見回したが、一向に分からない。

当時と違うところ？

三十年以上も前なのだから、異なる部分があっても当然である。にも拘らず僕が覚えたのは、なんとも心がざわつく感覚だった。

……違和感？

とでも言うべき何かが、ここにはある気がした。目につくものと言えば、本くらいしかないのに。

「懐かしいかな」

そんな僕の様子を、どうやら松尾は勘違いしたらしい。

「ええ。この本の並べ方なんか、やっぱり松尾さんの事務所だって――」

とっさに話を合わせて、しばらくは昔の思い出を互いに語っていたが、

「あんまり時間もないやろうから――」

松尾が気を遣って、そこから本題に入った。

僕は念のため新大阪発の最終の新幹線の切符を取っていた。しかし彼の話を聞くのに、どれほど時間が掛かるのか分からない。早く喋（しゃべ）ってもらえるのなら、それに越したことはない。

「君が作家になったんは、あるとき書店で作品を目にして、はじめて知ってな。そう言うたらホラーやミステリがお好きやったと、当時を懐かしゅう思い出したもんの、まさか作家になろうとは……いやはや驚くと共に、ほんまに嬉しかった」

そこから松尾は、如何にも申し訳なさそうに、

「ただ、お作はあまり読めてないんや。せやから『野性時代』の短編も、某社の編集者がうちに忘れて帰らんと、まず目を通してなかった思う」

「ということは本誌の表紙に載った、僕の名前を偶々ふと目にされたんですね」

「そう。それで思わず拝読した。あとは新しい号が出るたんびに、書店でチェックして、お作が載ってたら買って読んできたんやけど……」

「掲載は毎号ではなかったので、余計なお手間を――」

「いや、それは問題ないんや。ただ、三作目まで読んだところで、何とも妙な胸騒ぎを覚えてな。単なる偶然や思うけど、四作目を読んで、これは一度お会いした方がええやろうと、そう感じたわけなんやが……」

こうして松尾が語った、三十年以上も前に体験した話を纏めて再構成したのが、以下である。最初は彼の語りを再現しようかと考えたが、途中で僕が質問を挟んだこともあり、そのまま記すと徒に読み難くなりそうなので止めた。故に松尾を主人公とした三人称の語りになっている。

ここまでの原稿も含めて、人名と奈良や難波などを除いた地名は、すべて仮名とした。

また今では使用しない「用務員」や「浮浪者」などの言葉も出てくるが、時代を考えてそのままにした。以上のことを了解いただきたい。

＊

松尾は夕方の散歩を日課にしていた。

デザインの仕事は完全な座業であるため、どうしても運動不足になる。依頼主が大企業の場合、彼が先方に出向くことは珍しくない。だが、その手の顧客は少なく、ほとんどは出版社が相手になる。つまり本のデザインである。それも本文のレイアウトから外回りの装幀まで、一冊の書籍のデザイン関係すべてを請け負うことが多かった。

こういうとき業界では基本的に、担当の編集者がデザイン事務所を訪れる。原稿のゲラを持参して、作者の希望や編集者の考えをデザイナーに伝えて、色々と打ち合わせをする。

このときデザイナーは、二つの人種に分かれる。自分でゲラを読む人と、まったく目を通さない人とに。原稿の中身も知らずに仕事ができるのか、と読者は思われるかもしれないが、後者は編集者から「どんな内容なのか」を詳細に聞くため、別に問題はない。これだと時間の節約ができるうえに、原稿が専門的な学術書であった場合など、下手にデザイナーが読み込んで理解するよりも、編集者に要点を纏めて教えてもらった方が、その後の仕事も早くなる。だから「ゲラは読まない」という人も結構いる。同じことがカバーの装画を描くイラストレーターにも言えた。

その一方で「ゲラは読む」派も少なくない。やはり「自分で読まないと分からないではないか」という意識があるからだろう。そして松尾はゲラを読む人だった。ただ事務所の別の机に齧りついていると、彼宛ての電話が入る、スタッフが話し掛けてくる、進行中の別の仕事が気になる。そのためゲラを持って外へ出るようになった。日課の散歩の目的は運動不足の解消にあるが、野外でのゲラ読みも含まれていた。

その日も松尾は一冊分のゲラを持って、いつものように散歩をした。打ち合わせは午前と午後に入れて、夜はデザインの仕事をする。それが基本のスタイルだった。よって散歩は自然と日暮れ前になったが、冬期などは陽のある日中にもした。要は季節と天候に応じて変えるわけだ。

ただ今は夏の終わりのため、陽の翳りはじめた夕刻が最も相応しい。もちろん蒸し暑さはあったが、散歩の折り返し地点で寄る四阿の辺りは周囲に生い茂る樹木のせいで陰があり、真夏でも過ごし易かった。そのせいか時折、野良猫の姿も見掛ける。ただ蚊には悩まされるが、携帯用の蚊取り線香があれば何とかなった。スタッフには「蚊避けのスプレーがありますよ」と言われるのだが、彼には蚊取り線香から漂う匂いが、実は心地好かった。

その代わり真冬は凍えるほどで、とても座ってなどいられない。もっぱら春から秋に利用している。本当に彼だけのために用意された、かなり理想的なゲラ読みの場になっていた。

実際そこで他に人を見掛けたことが、ほとんどない。川永の住宅地に設けられた公園から下土羽（しもとば）の駅近くの緑地帯まで延びる遊歩道は、途中にいくつかの枝道がある。その多くは別の住宅地に出るルートなのだが、何本かは元の道へ戻っている。ちょっとした遠回りである。ここを利用する人は、松尾のように散歩をするか、ジョギングをするか、犬を連れて歩くか、ほぼいずれかと思われる。つまり少々の遠回りをしても、まったく問題ないわけだ。むしろ運動になって良さそうなのに、元へ戻る枝道に入る者を、これまで目にした覚えがない。わざわざ遊歩道から逸（そ）れることを、無駄だと感じてしまうのだろうか。人間の心理とは面白いものである。

ただし四阿に通じる枝道は他と比べると、やや急峻（きゅうしゅん）な坂になっていた。だから利用する者が、ほとんどいなかったのかもしれない。

お陰で四阿は、ほぼ松尾の専用になっている。極偶（たま）に犬連れの人が現れることもあったが、彼の姿を認めると、そのまま通り過ぎてしまう。仕事をしている風に映るからか。視界に入るのは白っぽい野良猫くらいで、それも決して近寄ってはこない。きっと警戒しているのだろう。

だからその日、四阿に先客がいるのを見て、彼は驚いた。しかも七十代の半ばは下りそうにない老人である。この坂をよく上がってきたなと思ったが、その疑問は本人が口を開いてあっさり解決した。

「いやぁ、今にも降りそうやなぁ」

事務所を出たときは普通の曇り空だったのが、この坂道に入る少し前から黒々とした雨雲が空一面を覆いはじめており、いつ何時ぱらぱらと降り出すか分からないような、そんな有様だった。

「あんたも儂と同じで、ここに四阿があるんを思い出して、前以て雨宿りするつもりで来た。そうでしょ」

わざわざ違うと断るのも面倒なので、松尾は取り敢えず「ええ」と頷いた。ただ困ったことに、この老人がいてはゲラ読みなど無理そうである。むしろ雨になる前に帰ろうかと考えたのだが、生憎ぱらぱらと降り出してしまった。

仕方なく彼も四阿に入ると、さらに老人が話し掛けてきた。別に話し相手になるのは構わなかったが、一つ危惧があった。

ここに来ると儂の話を聞いてくれる人がいるかもしれない。

と勝手に思い込まれて、老人が四阿通いをはじめてしまい、今後はゲラが読めなくなるのではないかという懼れである。

そのため老人が自分の家族のことを話題にしても、松尾は気のない相槌を打つだけだった。

この男は話し相手にならない。

そう諦めてくれるように願ったのだが、老人は一向に気にした風もなく、むしろ親し気に喋り続けている。とにかく話す相手がいれば満足で、その人が自分の話を聞いていようがいまいがこの人には関係ないのかもしれない。

困ったな。

さっさと逃げるべきか。

小雨の降る中を事務所まで走って戻ろうか——と松尾が考えていたときである。ようやく老人の話に、おやっと彼は興味を覚えた。

うちと家族構成が同じだ。

彼の実家に住んでいるのは、父親、歳の離れた姉、彼の妻、彼女との間に遅く生まれた小学生の娘である。そして目の前の老人は、未婚の長女と長男夫婦、その娘の五人家族だという。

つまり松尾から見れば老人は父親であり、老人からすれば松尾は長男に当たることになる。

「うちと一緒ですね」

そこで思わず反応してしまい、とたんに後悔した。そんな返しをすれば、さらに饒舌さが増すだけではないか。

ところが、老人は急に黙り込むと、びっくりしたような顔で、しばらく松尾を見詰めてから、

「そうか……」

とても感慨深そうな顔になったので、彼は意外に感じた。

「昔はなぁ、こんな同居も当たり前やったけど、今は少のうなったからな」

老人が言っているのは、息子の妻からみれば小姑に当たる、未婚の長女のことに違いない。昨今は互いの両親との同居も珍しくなったためか、余計にそう思えるのだろう。

「そうですね。うちは妻と姉の仲が良いので、別に困らないのですが――」

「ほおっ、そりゃ宜しいな」

老人がにっこりと微笑んだ。

「儂とこの家族も、やっぱり仲が良うてなぁ」

ここで松尾は再び後悔した。これから家族自慢がはじまるに違いないと思ったからだ。

今の彼にとって、そういう話題は勘弁して欲しい。

姉と妻の仲が悪くないのは事実だが、問題は彼が実家を出て事務所で暮らしていること

とにあった。原因は彼の浮気である。傷つき怒った妻に、姉は全面的に味方をしている。父親は彼の味方というよりも、息子夫婦の家庭を壊したくないと願っていた。よって冷却期間を措くためには一時的な別居も仕方ないと考えて、今は傍観の構えらしい。

「それにしても奇遇やなぁ」

しきりに喜ぶ老人に、そこまで説明する気は当然ない。ただ、このまま家族自慢を聞かされるくらいなら、「実は今、妻とは別居中で……」と打ち明けた方が、まだ増しかもしれない。そんな風に考える彼もいた。

ところが、またしても老人が意外な反応を見せた。

「あんた、昔話は好きか」

いきなり松尾に向かって、そう尋ねたのである。

「……ええ、まぁ」

曖昧ながらも肯定の返事をしたのは、理由は不明ながら老人が口にした「昔話」とは、不可思議な内容を含んでいそうな感じがあり、そのため僕をとっさに思い出したからである――と彼は、この話をしながら笑った。

確かに当時の僕は、怪異譚蒐集を趣味にしていた。それが作家になって役立つ羽目になろうとは、当たり前だが知る由もなかった。ただ好きだというだけで、仕事関係で知り合いになった人に、「何か怖い話をご存じありませんか」と無邪気に訊いていたのである。

それを松尾も知っていた。だから老人から興味深い話を聞ければ、ぜひ僕に教えてやろうと思ったらしい。

「そりゃええ」

老人は大袈裟(おおげさ)なほど喜ぶと、次のような体験を語り出した。

儂が子供の頃、今から七十年も前にはならんか。けど、ここまで年を取ってしもうたら、四、五年の差ぁなんか関係ないからな。

祖父(じい)さんは猟師をやっとった。猟の仕方は色々あるけど、祖父さんは仲間の朋(とも)さんと一緒に、二人で山に入るんが常やった。

ところが、その日は独りでな。朋さんとこの嫁さんが、前の日にお産しとったからなんや。山神様は、とにかく不浄を嫌う。家の者が死んだときは、喪が明けるまで山には入れん。それを破ったら、必ず障りがあった。山で怪我を負うか、そのまま帰ってこんようになる。もし無事に戻れたとしても、獲物なんか絶対に獲(と)れんからな。せやから誰もが、不浄のときは山に入らん。

お産の場合は、産褥(さんじょく)の間が過ぎるまでやった。それまで朋さんは、家で大人しゅうするしかない。ほんまやったら祖父さんも付き合うはずやのに、その日はどうしても山に行くいうてな。祖母(ばあ)さんが頻(しき)りに止めよったけど、結局は独りで出掛けてしもうた。

せやけど祖父さん、やっぱり慌てとったんやろう。弁当を持ってくのを忘れた。それで儂が届けることになったわけや。

祖父さんと朋さんは、山ん中に小屋を建てとった。季節と獲物によっては、山中で寝泊まりする必要があったからな。そのうち祖父さんは、きっと弁当を忘れたことに気づくやろ。そしたら儂が、小屋まで届けるやろうと考える。つまり小屋で待っとったらええわけや。

弁当を置いて帰る？

そらあかん。小屋いうても粗末なもんで、まともな戸ぉなんかあらへん。出入口には藁を編んだ筵を垂らしてあるだけやから、もし弁当を置いといたら、狐狸や鼬の類が入り込んで、綺麗に食べられてしまうんが落ちや。

それに小屋まで行って戻るんに、偉う時間が掛かる。せやから儂の分の弁当も作ってあって、小屋で祖父さんと一緒に食べられるように、ちゃんと祖母さんが持たせてくれたんや。

儂は風呂敷包みを肩掛けにして、勇んで家を出た。弁当を届けるだけやったけど、大きな仕事を任されたような、そんな気分やった。

そしたら祖母さんが大声を出しながら、なんや慌てて追い掛けてきよる。急いで戻ってみたら、もっと大切なもんを祖父さんが忘れとると分かった。

普段は仏壇に供えてある鍋の尻弾や。

これは使い込んだ鉄鍋から作った弾でな、猟師が一生に一度だけ、己の身を護るために使う弾や。これを撃つということは、そこで猟師を辞めるんを意味しとる。それほど大切な弾なんや。

　この尻弾をお守り袋に入れて、いつもは仏壇に供えておいて、猟へ行くときに持って出る。これまで何百回と同じことをしてきとるはずやのに、それを祖父さんはころっと忘れよった。

　とたんに儂は、物凄う厭な気分になってな。弁当やったら笑って済ませられる。けど鍋の尻弾を忘れたんは、もう洒落にならん。どっちかいうたら用心深い祖父さんに、ちっとも似合わんポカやった。それが祖母さんにも分かるんで、偉う慌てたんやろう。

「祖父ちゃんに、今日は猟を止めて、すぐ帰るように言うんやで」

　そう何度も念を押されて、儂は送り出された。

　走りこそせんかったもんの、かなりの速足で歩いた。いくら早う山に入れても、祖父さんに会えるんは昼になる。それまで小屋で待つしかない。そう分かっとるのに、やっぱり気ぃが急いたんやろなぁ。

　鍋の尻弾と弁当を忘れたことに、祖父さんが気づいたら、すぐさま猟は止めて戻ってくるに違いない。それは確かなんやけど、きっと思い当たらんやろうと、そんとき儂は感じた。

　なんでかいうたら、すでに祖父さんは魅入られとったからや。

　何に……っていうたら、そりゃ魔物やろうなぁ。朋さんが不浄のせいで、山に入れんとなったとき、ほんまなら祖父さんも倣うべきやった。いや、それまでの祖父さんやったら、きっとそうしとったはずなんや。

ところが、どうしても独りで行くと言い張る。しかも普段の祖父さんからは考えられん、大事な鍋の尻弾と弁当を忘れよる。

こりゃ魔物に魅入られたとしか、とても思えん状態や。

かなりの速足やったから、山の麓に着いたときには、ちょっと息が上がっとった。そいでも休まんと登り出したんは、早う山神様の祠にお参りしたかったからや。祠を拝みさえすれば、一安心いう気持ちがあったんやろな。

せやのに五、六分ほど険しい山路を登って、ようやく祠が見えたと思ったとたん、儂は言い知れんほどの厭な予感を覚えた。

祠の前に、お供え物が見当たらん。

つまり祖父さんは、山神様にお参りせんと山へ入ったことになる。当然わざとやないやろう。この大切な儀礼を、やっぱり忘れてもうたわけや。

こりゃ徒事やないと、もう儂は震え上がった。山を知らんと、ピンとこんかもしれんけど、とんでもない出来事なんや。山神様に断りものう山へ入るやなんて、絶対にやってはならん。誰よりも祖父さんは、そのことを分かっとったはずやのに。

儂は祖父さんに代わる心積もりで、山神様に弁当のお握りをお供えして、いつもより熱心にお参りした。一生懸命に祈った。どうか祖父さんを無事に連れ戻させて下さい、いうてな。

それから小屋を目指したんやけど、その途中で辺りが突然ふっと薄暗うなって、儂はぎょっとした。森の中に入ったせいかと顔を上げたら、山の麓に着くまでは晴れとった空の一面が、なんと曇っとる。今にも降りそうな空模様なんや。山の天気は変わり易いいうけど、ここまで極端なんは、儂もはじめてやった。

雨が降り出す前に、小屋へ着かんと不味い。

儂は疲れとる両足に鞭打って、急な山路を登った。これで雨に遭うたら、たちまち足場も悪うなる。そしたら足への負担が余計に掛かって、まさに踏んだり蹴ったりの状態やからな。

山路がやや平坦になって、急角度で曲がっとる地点を過ぎた辺りで、がさごそっと前方の藪が騒めいたんで、儂は思わず立ち止まった。故郷に熊はおらんかったけど、まだ子供やから野生動物いうだけで怖い。せやから凝っとしとったら、藪からひょいっと白いもんが覗いた。

それがな、真っ白な猫なんや。

普通やったら拍子抜けするとこやけど、そんときは違うた。ぞくっと背筋が震えてな。なんでいうたら如何に野良猫でも、山ん中になんかおるわけない。仮におったとしても、麓辺りやろう。こんな上まで登ってくるなんて、まず考えられん。

山神様の祠にお参りしたあとで、もしも普段と違うもんを目にしたら、すぐさま山を下りろ。

祖父さんが日頃から口にしとる忠告を、はっと儂は思い出した。前方でこっちを見とる猫が、正にそれやないか。

猫は視線を逸らせることなく、ひたすら儂を見詰めとる。こっちも目を離せんかったけど、それは恐ろしかったからや。

しばらくしたら猫は、怖がっとる儂を莫迦（ばか）にするような顔をしたあと、すっと藪の中に引っ込みよった。せやけど一向に物音がせんから、まだそこにおって藪越しに、こっちを見張ってるような気がしてな。

ほんまやったら回れ右して、すぐに山を下りとった思う。そうせんかったんは祖父さんのことがあったからや。

普段と違うもんいうんは、何も目に見えるもんだけを指してるわけやない。己の体調も含めてすべてや。そう考えたらその日の祖父さんこそ、完全に普段と違う有様やったことになる。

儂は恐ろしゅうて堪（たま）らんかったけど、有りっ丈の勇気を振り絞って、再び山路を登り出した。このまま儂が帰ってしもうたら、祖父さんは二度と戻ってこんような気がしてならんかった。

白猫が顔を出した藪の側は、できるだけ身を離して通り過ぎた。その直後がさがさっと藪が鳴ったけど、儂は振り返らんかった。いんや、とてもやないけど振り向けんかったわ。

背中に厭な視線を感じながらも、儂は山路を急いだ。いや違うな。その気味の悪い視線を振り払いたいがために、必死に前へと両足を踏み出したんや思う。

そこから小屋まで、一度も立ち止まらんかった。お陰で予想よりも早う小屋が見えてきて、そんときの嬉しさいうたら、ほんまに地獄で仏の心境やった。

そのとたん、だぁーっと雨が降り出した。

儂は急いで小屋に飛び込んだ。小屋いうても辛うじて風雨が凌げる程度で、広さも大人が三人ぎゅうぎゅうで寝られるくらいしかない。しかも雨のせいで昼前やいうのに偉う薄暗い。せやけど儂は、ほっと安堵できた。

もちろん祖父さんの姿はなかった。ただ雨になったからには、いつもより早う小屋に戻るかもしれん。それに弁当を忘れたと気づいたら、きっと儂が届けると考えるやろ。可愛がっとる孫が独りで、こんな小屋で待ってる思うたら、祖父さんのことやから慌てて戻ってくるに違いない。それ以前に鍋の尻弾を持ってないと知ったら、その場で猟を止めるやろう。

いずれにしろ祖父さんとは、もうすぐ会える。

そういう安心感が、儂にはあったわけや。せやから何もない殺風景な薄暗い小屋の中にいても、あんまり怖うもなかった。

儂は形ばかりの囲炉裏に火を熾すと、甕の中の水を薬缶に入れて掛けた。祖父さんが戻ってくる頃には、熱い湯が沸いとるように準備したんや。

ところが、しゅんしゅんと薬缶が鳴り出しても、まだ祖父さんは姿を現さん。一向に帰ってこん。何処かで雨宿りしとるとしたら、もっと雨足が衰えんことには、きっと戻らんやろう。

そう考えたら、なんや心細うなってきてな。弁当と尻弾だけ置いて帰ろうにも、もう少し雨が小降りにならんと危ない。けど雨が増しになったら、そのうち祖父さんも戻ってきよる。結局は小屋の中で、凝っと待っとるしかないわけや。弁当が獣に喰われるのも避けたいしな。

……独り。

そんとき小屋の外で、なんとも艶めかしい声がした。

ぎくっとしながら囲炉裏から目を上げると、出入口に吊るした筵の右側が少しだけ捲れて、そこから白い顔が覗いとる。

声の調子と右の横顔から、若い女やと分かった。せやけど村の者ではなさそうなんや。見覚えがないいうんもあったけど、言葉遣いが違うてたからな。かというて炭焼き小屋に誰か来とるんやったら、前以て祖父さんが話題にしとるはずや。そもそも炭焼き小屋は、ここから大分と離れとる。わざわざ女が独りで訪ねてくるとも、ちょっと思えん。炭焼きの女房や娘にしたら、顔も白過ぎる。

とっさに浮かんだんは、旅人いう言葉やった。ただ何処から来たにしても、この山を抜けるなんて聞いたことなかった。村の外部と行き来する山路は、ちゃんと他にあったからな。

入ってもいい。

儂が女の正体を訝っとると、媚びるような声音が聞こえた。

外は激しい雨や。風も出てきた。かなり肌寒い。若い女を独りで放っておくことなどできん。日頃から祖父さんに「他人には親切にせんといかん」と言われとる。せやのに正直な気持ちは、まったく別なんや。

あれを入れとうない。

そんなことしたら、とんでもない事態になる。そう思う自分がおるんやけど、いったい何が起こるんかは少しも分からん。とにかく不味い……いう感じだけが強うある。

ねぇ、お願い。

せやけど艶っぽい声で、そう頼まれるとあかんかった。まだ子供やったから、女の色香に惑わされたとは思えん。けど、どうにも抗い難いもんが、あれの声音にあったんは間違いない。

「ええよ」

儂は頷いたあとで、どんだけ後悔したか。

せやのに女は、一向に入ってこん。相変わらず筵の隙間から右の横顔を覗かせとるだけで、そこを動こうとせんのや。

何をしとるんやろうと儂が不審がっとると、妙なことを言い出した。

火を消してもらえる。

せっかく熾した囲炉裏の火ぃを、あろうことか消せいうんや。どう考えても小屋の中より、外の方がもっと肌寒い。ほんまやったら暖かい小屋に、そら喜んで入ってくるはずやないか。

せやのに女は、火を消せいうとる。

儂はよう言葉で否定できんかったから、ふるふると首だけ振った。祖父さんが戻ってきたとき火ぃは必要やと思った以上に、この囲炉裏さえ燃えとったら女は入ってこれんのやないか……と、子供ながらに察したからや。

こんな状況でわざわざ火を厭うんは、いくら何でも可怪しい。

そういう疑いが女に対して、見る見る胸のうちに湧いたわけや。祖父さんの代わりに小屋を守らんとならんいう使命感のようなもんも、ひょっとしたら芽生えとったかもしれんな。

あら、賢いのねぇ。

すると女は笑いよった。とても楽しそうに、くすくすと声を上げとる。

それに柔らかそう。

何を言うとるんか不明やったけど、ぞわっと首筋が粟立つような物言いやった。

そんなに賢くて柔らかそうな子なら、うちの子供たちと遊んで欲しいわ。

この言葉に、つい儂は反応してもうた。村に遊び相手はおったけど、上も下も歳がちょっと離れとった。同年代は女子しかおらん。儂が生まれた年は、そういう巡り合わせやったんやな。

「男の子？」

それで思わず、そう訊いてもうた。やっぱり子供やな。

もちろん、男の子よ。

女は自慢そうに答えながら、さらに儂が喜ぶようなことを口にした。

もう沢山いるわよ。

こんとき儂は、この女の正体が分かったような気になった。

山神様やなかろうか。

祖父さんが前に、山神様は女性やと言うとった。せやから不猟のときは、おちんちんを出して見せれば、喜んで獲物を与えて下さるらしい。しかも山神様は、子沢山やとも聞いとる。こうして火ぃを厭うんも、山火事になったら大変やからかもしれん。

女の正体を想像して、儂は別の意味で怖うなった。生まれてはじめて抱く、あれは畏怖の念やったんやろう。

けど女は優しそうな声音で、儂に話し掛け続けとる。山神様は女嫌いで男好きや、と祖父さんも言うとった。

儂は恐る恐る尋ねた。別に怖がる必要はないんやないか。

「男の子たちは、ここにおる――い、いえ、いますか」

女は明るく笑いながら、
偉い、偉い。

頻りに儂を褒めつつ、
ここにはいないの。だから一緒に、私とお出で。あの子たちのいる所へ、すぐに連れていってあげるから。

またしても妙なことを言うんや。山神様の子供やったら、この山におるはずやないか。別の場所にいるやなんて、そら変やろ。

「ど、何処に、おる――い、いるんですか」

儂は好奇心から訊いたんやが、その答えにびっくりしてな。

お籠り山よ。

それは村の外れにある、こんもりと盛り上がった小山やった。ただし忌み山やったんで、誰も決して足を踏み入れん。仮に入ったとしても、獲物どころか山菜さえ見つからんらしい。むしろ何や障りがあって、碌な目に遭わんいう噂やった。

そんな忌み山に、山神様の子ぉがおるんか。

いくら何でも、そりゃ可怪しないか。

もしかしたらこの女は、山神様やないんと違うか。

たちまち儂は訳が分からんようになって、女に覚えとった畏怖の念が、あっという間に物凄い恐怖へと取って代わった。

さぁ、行きましょ。

女は当たり前のように誘うてきよる。せやけど儂は、もう顔なんか上げてられんかった。ひたすら俯いたまま、今にも泣き出しそうになっとった。

どないしょ、どないしょ、どないしょ。

焦るばかりで何も思いつかん。はじめから女を無視しとったら、今頃は諦めて何処かへ行っとったかもしれんのに。けど、そんな後悔しても手遅れやった。

どうしたの。

女は相変わらず優し気な声を出しとる。

私の子たちと遊びたいでしょ。

そんな気は当然ながらとっくに失せとって、逆にお籠り山へなんか絶対に行かんと強う念じる自分がおった。

ふっふ。

そんとき急に、女が含み笑いをしてな。とっさに気になった儂は、つい顔を上げたんや。そしたら女が、にたにたと笑うとる。しかも厭な笑みを浮かべたまま、ぎょっとすることを言いよった。

火が消えそうね。

はっと身動ぎして見たら、ほとんど囲炉裏は風前の灯火のような有様やった。女がずっと儂に話し掛けとったんは、火の番をお留守にするためやったんやと、ようやく悟ったんやけど、もちろん後の祭りやった。

それでも儂は必死に火の勢いを、どうにか盛り返そうとした。せやけど一度でも弱まった火を再び盛り立てるんは、なかなか難儀で大変なんや。

そこへ冷たい風が、すうっと吹き込んできてな。かなり乏しゅうなってた火ぃを、たちまち余計に弱めてしまいよった。

儂が顔を上げると、下から半分ほど捲れとる筵が見えた。

ただな、どうにも変なんや。女は相変わらず筵の右端から、右の横顔を覗かせとる。

せやから身体は筵に隠れとると、ずっと儂は無意識に思うとったわけや。

ところが捲れた筵の向こうには、まったく何もない。せやのに女の横顔が、やっぱり筵の右端から、こっちを凝っと覗いとる。どんな恰好をしたら、あんだけ不自然な姿勢になるんか……。

その筵が垂れて元に戻って、女の顔がすっと正面を向いたあと、

ふっ。

静かに蠟燭の炎を吹き消すような仕草をしよったら、囲炉裏に残っとった僅かな熾火が、ほんまに消えてしまいよった。

あはっはっはっ。

それまでとは打って変わった下品な笑い声が、いきなり小屋の中に響いてな。

……もうあかん。

あまりにも強い絶望感に、顔から血の気が引くのを儂が感じとったら、

そう、お終い。

こっちの心を読んだように、女がそう言いよった。

がばっ。

そっから筵が大きく捲れて、まったく得体の知れん何かが、ぐわっと小屋の中に這入ってきそうになって、

ばんっ。

と辺りに轟く物音がしたとたん、ばさっと筵が元に戻って、しーんと一気にその場が静かになった。

いったい何が起きたんか、まったく分からん。せやから儂は凝っと身動きせんと、そのまま息を潜めとった。

しばらくしたら、そろそろっと筵が捲れて、物凄う大きな黒い影が、するっと物音も立てずに小屋の中へ入ってきよった。

「わあぁぁっ」

儂は大声を上げた。半分は泣いとった思う。

「何ともないか」

祖父さんやった。いつもより大きゅう見えたんは、きっと恐怖心からやろう。

「仕留め損ねた」

悔しそうに言うんを聞いて、外におった何かを猟銃で撃ったらしいと、ようやく儂は知った。

「……あれは、何やったん」

そう訊いたら、逆に尋ねられた。

「小屋へ来るまでに、なんぞ変わったことがあったんやないか」

儂が尻弾と弁当の忘れ物から、山神様の祠と白猫のことまで残らず話したら、祖父さんが偉う落ち込んでなぁ。

そっから二人で、すぐさま山を下りた。

翌日から祖父さんは、山へ入らんようになった。忌み明けした朋さんが誘うても、当分は謹慎するいうてな。

一月ほど経った頃、ふっと祖父さんの姿が見えんようになった。最初は家族で捜しとったけど、何処にもおらん。朋さんら猟師仲間に協力してもろうたら、あの山の小屋で見つかった。

尻弾を装塡したままの猟銃を持って、絶命しとったそうや。

祖父さんの口の周りは血塗れで、舌が抜かれとったいうことや。

老人が話し終わったとき雨は上がっていたが、そろそろ薄暮が迫っていた。四阿の側に外灯はなく、辺りには闇が下りようとしている。

祖父の死という予想外の幕切れに、松尾は戸惑いを覚えた。最初は昔話にでも耳を傾けるつもりの気軽さがあったはずなのに、聞き終わってみると妙に後味が悪い。かといって老人が子供の頃の話である。悔やみを言うのも変だろう。

松尾が反応に困っていると、

「これでお終いですわ」

それまでの親し気な様子が嘘のように、老人が話は済んだと言わんばかりの態度を見せたので、

「貴重なお話を、ありがとうございました。雨も上がったので、帰ります」

手早く挨拶をして、そそくさと四阿をあとにした。

変な爺さんだったな。

そんな思いが残ったものの、すぐにゲラが一頁も読めていないことを思い出して、彼は大きく溜息を吐いた。

翌日の夕方、松尾は恐る恐る四阿へ向かった。あの老人が待ち構えており、またしても昔話をするのではないか、と大いに危惧したからである。

しかし、いつも通り四阿は無人だった。彼がゲラを切りの良いところまで読んで腰を上げるまで、誰も姿を見せなかった。翌々日も同様だったので、老人の件は杞憂だったかと、彼は一先ず安心した。

さらに二日後、松尾が四阿でゲラを読み切って戻ってくると、デザイン事務所の右隣の無川家の前に複数の住人が集まっており、何やら騒がしい。顔見知りの人に訊くと、無川家の子供が行方不明だという。小学一年生の真希が友達と遊んだあと、家に帰っていないらしい。

まだ日暮れ前とはいえ、友達と別れているのに、家に戻らないのは変だということで、近所の人たちが協力して付近を捜し回っているという。そこで松尾も加わって、主に遊歩道沿いを受け持ったのだが、やっぱり見つからない。しかし夜になっても、子供の行方は依然として知れなかった。ついに警察が呼ばれて、大規模な捜索がはじまった。

翌日の午後、無川真希が見つかったと、松尾は緊急の回覧板で知った。やれ良かったと彼も喜んだのだが、のちに近所の人から詳細を教えられて、何とも不可解な気分になった。

真希が発見されたのは今朝で、奈良の蛇迂郡にある百々山の麓に突っ立っているところを、地元民に保護されたという。昨日の夕方から今朝までの時間があれば、百々山まで行くことは可能である。とはいえ彼女独りで……と考えると無理がある。かといって第三者が連れていったのだとすると、いったい誰が何のために、そんなことをしたのか、まったく理由が分からない。

ちなみに本人には、ほとんど記憶がない。友達と別れて家へ帰る途中で、誰かに誘われた覚えはある。でも、どんな人物——大人か子供か、若いか年寄りか——だったのか、何と言われたのか、どうやって移動したのか、それが少しも思い出せないらしい。

警察は連れ去り事件として捜査をしたようだが、犯人は捕まらなかった。つまりは迷宮入りである。他に似た事件が近隣で起きていないことから、近所の人たちは「ありゃ神隠しに違いない」と噂し合ったが、だからといって何の解決にもならなかったのは同じである。

この騒動から三週間ばかりが過ぎた日の夕間暮れ、松尾はまた別のゲラを持って四阿へ向かった。その日も朝から生憎の曇天で、今にも降り出しそうなのに、辛うじて夕刻まで保っているような状態だった。

本当の雨宿りになりそうだな。

そう考えながら彼が急な坂道を上がっていくと、意外にも四阿に人影が見えて、ぎくっとした。

あの老人か……。

とっさに身構えたものの、人影が小さいことに気づいた。

なんだ子供か。

近づいていくと、七、八歳くらいの女の子が腰掛けており、ぶらんぶらん両足を揺らしている。

「雨が降る前の、雨宿りかな」

前のときの老人の台詞を、今度は松尾が使ったのだが、無川真希の件を思い出して、とたんに心配になった。

「お家に帰らなくて、いいの。お母さんが、きっと心配するよ」

すると子供は真っ直ぐな視線で、しばらく繁々と彼を見詰めてから、妙なことを口にした。

「お話をするまで、帰ったらあかんて」

「誰に、何のお話をするの」

不思議に思って訊くと、女の子は彼を指差しながら、

「お祖父ちゃんに、そう言われた」

頭の中で「？」が瞬いたのは、わずかな間だった。あの老人の顔と喋り声が、すぐさま脳裏に蘇った。

まさか……。

それでも松尾は半信半疑だったのだが、

「ここでお祖父ちゃんに、お山のお話を聞いたんでしょ」

女の子のませた口調を耳にしたとたん、彼は我が子を思い出して、ふっと口元が緩んでしまった。

「せやから次は、うちの番やの」

どうやら祖父と同じように、松尾に何か話を聞かせるつもりらしい。しかも、そうす

るように当の祖父に言われてきたという。

……参ったな。

相手があの老人であれば、ゲラを見せつつ「今日は仕事がありますので」と断ることもできるが、こんな小さな子では無理だろう。それに彼は、女の子に我が子を見てしまっているため、あまり邪険にもできない。

「どんなお話かな」

松尾が仕方なく覚悟を決めて、女の子を促したところ、相手はさも当然のように、次のような話を喋り出した。と同時に、ぱらぱらと小雨が降りはじめた。

お父さん、家で寝てるの。学校で泊まってから、なんや具合が悪うなって。せやから外で、あっちゃんらと遊んどった。けど日ぃが暮れてきたんで、うちの家で影絵やろうってことになった。

お父さん寝てるから、あかん言うたんやけど、天井から吊るしとる電灯を下げられんのって、うちだけなんや。友達の家は、みーんな綺麗な蛍光灯やから。

そおっと家に入って、でも困った。電灯があんのって、お父さんが寝とる部屋なんや。けど起こしたら、お母さんに叱られる。お母さんは買物に行って、まだ帰ってなかったんやけど……。

隣の部屋で、どうしようって話してたら、お父さんが起きてきた。

うちが何も言えんでいたら、あっちゃんが「影絵やってもええ？」って頼んで、お父さんも一緒にすることになった。

台所から踏み台を持ってきて、お父さんが寝てた部屋の電灯を下ろして、それに紐を掛けるんや。そしたら手ぇを照らせるからな。

最初はうちがやった。

あっちゃんらとお父さんは隣の部屋におって、障子に映るうちの影絵を見るんや。そして何の影か、ちゃんと当てた者の勝ちになる。

うちがやったんは、鳩と蟹と狐やったけど、すぐに当てられてもうた。

あっちゃんは、家鴨、象、兎、鸚鵡と上手やった。少しは当てられてたけど、ほんまにあの子は影絵が上手いんや。

他の子ぉは、あんまりやった。どっちか言うたら下手やな。

そっからお父さんの番になった。これが凄かった。台所からお皿を持ってきて蝸牛やったり、逆さにしたお茶椀と箸でお侍さんやったり、松葉を髭にして猫やったり、ほんまに面白いんや。

うちは、ちょっと反則やないか思うたけどな。それにお皿やお茶椀や箸を遊びに使うたら、お母さんに怒られるやん。けど、あっちゃんらが喜んどったから、うちも嬉しかった。

せやけどお父さん、変なとこで頑固なんや。松葉を髭にした猫んとき、うちもあっちゃんも、「猫や」言うたのに、「違う」言うんや。せやから「犬や」、「狐や」、「虎や」って、みんなが口々に言うたんやけど、どれも「違う」言われて。「ほんなら答えは」って訊いたら、「白猫や」って言うんや。影絵は黒やねんから、そんな色なんか分からんのに、ほんまに変やろ。

そのうち日ぃが暮れてきたんで、あっちゃんらは帰った。うちが表まで見送りにいって、ほいで戻ってきたら、障子にお父さんの影が映っとる。座った恰好で、両手を開いて頭の横につけて。こんな風に、兎さんの耳みたいに。

せやから「兎」って言うたんやけど、「違う」って言われて。

「ほんなら猫」って言うてから、急いで「白猫や」って言い直したら、はっはっはって笑い声がした。それが変なんや。ちっとも可笑しゅうないのに、無理に笑うてるみたいな感じで、なんや気持ち悪い。

お父さん、変な笑い方せんといて、って障子の向こう覗いたら、もう元通りに蒲団の中で寝とった。下ろしとった電灯も、天井に戻っとる。

たった今まで、猫の影絵が障子に映っとったのに……。

そこへお母さんが帰ってきたんで、今のこと言うたら、「寝とるお父さんを、なんで遊びに巻き込むんや」って、偉う怒られた。障子の影のことは、ちっとも信じてもらえんかった。

うちの話は、これでお終い。

祖父に次いで女の子の語りも怪談染みていたため、松尾は言い知れぬ気味の悪さを覚えた。ただ、すでに雨は止んでいたものの、辺りは薄暗くなっており、それ以上に彼女の帰宅が遅くなることを心配した。

「お家は何処？　途中まで一緒に帰ろう」

場合によっては家まで、このまま送り届けるつもりだったのだが、

「あっち」

彼女が指差したのは、四阿の裏にこんもりと盛り上がる小山だった。

遊歩道のどちらを選ぶにしても、小山の向こうの住宅地までは、ぐるっと遠回りをしなければならない。厄介なことになったと思ったが、無川真希の神隠し事件があっただけに、知らん振りもできない。

「よし、じゃあ帰ろう」

ところが、彼が立ち上がっても、女の子は座ったままである。

「どうしたの」

「……お父さんが、迎えにくる」

すると彼女は、そう答えた。ただ、そこに一瞬の間があって、どうにも嘘のように感じられた。

「ほんまに？」

女の子が無言で頷く。

「お父さんは具合が悪いから、お家で寝てるんじゃないの」

女の子が無言で首を振る。

松尾は困った。如何に嘘っぽく聞こえようとも、父親が迎えにくると本人が言っているのに、無理に連れ帰ることもできない。下手をすれば、彼自身が誘拐犯のようになってしまう。

そこで何度も念を押して、父親の迎えを確認してから、彼は四阿をあとにした。

お陰でしばらくの間、女の子が行方不明になったというニュースが流れるのではないかと、もう気が気でなかった。こんなに気を揉(も)むのなら、やっぱり無理矢理にでも送っていくべきだったと後悔しきりだった。

ようやく大丈夫そうだと安心しはじめた三日目、彼が夕方の散歩から戻ると、デザイン事務所の向かいの大伴(おおとも)家に、救急車が停まっている。何事かと思い、表に出ていた近所の人に尋ねると、同家の主人が怪我をしたという。

屋根裏に上がるための跳ね上げ式の階段が、いきなり頭上に落ちてきたらしい。普段は廊下の天井に仕舞われていて、使うときは長い鉄の棒で引っ張り下ろす。欧米の住宅にはよく見られるが、この当時の日本では珍しい仕様である。

やがて担架で運ばれてきた主人を見ると、頭部を覆ったタオルが血でぐっしょりと濡(ぬ)れている。出血量が半端ではない。

たちまち松尾は気分が悪くなり、思わず目を逸らした。ただし後日、意外にも軽傷だったと知らされ、ほっとした。事故の様子、目にした血塗れのタオル、頭部の怪我という状況から、てっきり重体だと勘違いしたらしい。

ただ、このとき彼は、何か引っ掛かるものを覚えた。その正体を確かめようとしたが、それについて考えようとすると、するっと逃げられてしまう。もどかしさを感じつつも、結局どうにもできなかった。

しばらく残暑がぶり返したのち、夕間暮れになると過ごし易い季節となった。散歩にも打ってつけの時期である。

その日、松尾は新しいゲラを抱えて、例の四阿に向かっていた。あれから女の子は現れていない。彼女の祖父である老人も同じである。もう二人と関わる心配はなさそうだったが、四阿に通じる坂道を上がるたびに、少し身構えてしまう自分に、彼自身も気づいていた。

その日も朝から陰鬱な曇天で、あの二人と出会ったときと、何処か似ている。そんなときに四阿へ行かなくても……とは思うのだが、だからといって習慣を変えるのも癪である。それほどの影響を二人から受けたと認めるのが、もしかすると我慢ならないのかもしれない。いや、やっぱり誰も訪れない四阿が、ゲラ読みに適しているせいだろう。駅前の喫茶店では、そこまで望めない。

松尾がそう考えながら坂道を上がり切ったところで、四阿に座っている人影が目に入り、反射的に回れ右をした。

おーい。

後ろから呼び止められたが、彼は逃げる気だった。なぜなら僕から「山で叫ぶときは『やっほー』です。『おーい』と声を出すのは、それも一度しか呼ばないのは、ほぼ魔物なんです」と、前に聞かされていたからだ。

ところが、次いで耳にした台詞で、とっさに彼は思い留まった。

うちの父親と娘が、偉うお世話になったそうで。

恐る恐る振り返ると、一人の男性が四阿の外に立っている。どうやら彼が、あの老人の息子であり、あの女の子の父親らしい。

男は深々と頭を下げながら、
ご迷惑をお掛けして、本当に申し訳ありません。

頻りに謝りはじめたので、松尾は慌てた。

「いえ、別に……」

しかし男は、大仰に首を振りつつ、
もしかしたらお仕事のお邪魔をしてしもうたんやないかと、私も家内も心配しておりました。

「まぁ仕事はあったのですが、それぞれ一度だけでしたしね」

男は四阿を、彼に譲るような仕草を見せて、やっぱり、そうでしたか。すみません。父親も娘も非常に喜んどりまして、私も叱るに叱れず……。とはいえ、このままにはしておけませんので、こうしてお待ちしておったわけです。

「それは、どうもご丁寧に――」

男に誘われるようにして、四阿の前まで進んだ松尾は、ふと女の子の話を思い出して尋ねた。

「もうお身体は、大丈夫なんですか」

すると男は困ったような顔を見せたあと、
娘が余計なことを申しましたか。

「なんでも学校に泊まられてから、ちょっと具合が悪くなられたとか……」

実は私、小学校の教師をしとります。

「あぁ、そういうことですか」

お陰で納得できたのだが、それだけでは済まなかった。

ちょうど小雨がしとしと降り出したため、二人とも自然に四阿の中に入ることになってしまった。それから男が当たり前のように、いきなり自分の話を語りはじめたからである。

なぜ教師が学校に宿直するのか――正確には「教員宿日直制」ですが――その理由を

ご存じでしょうか。

敗戦を迎えるまで全国の学校には、御真影（天皇・皇后の写真）を奉置した奉安殿が設置されてました。戦時中は空襲を受けた学校から、命懸けで御真影を持ち出した宿直の教師の話が、一種の英雄談として褒め称えられたものです。

つまり教師が学校に泊まり込むのは、元々は御真影と勅語謄本を護るためやったわけです。実際に学校管理の規定には、そう記されてました。言わばそんな写真と紙のために、教師が一人その命を差し出しとったわけです。

戦中ならいざ知らず、もう何の意味もない決まりが、どうして敗戦後も続いたのか。学校いう場は公共性があるとか、防犯のためとか、緊急時の連絡に必要とか、まぁ分かったようで何の説明もしてない、そんな理由やったと思います。もちろん女性の教師は免除で、男性だけ二ヵ月に一度ほど回ってくるんです。

人気のある若い独身の教師やと、生徒から差し入れがあったり、女性教師が朝食を作ってくれたり、それなりに役得もあるんですが、どちらかと言うたら負担の方が大きいでしょうね。

私は所帯持ちですから、そういう美味しい目は何もありません。学校によっては用務員さんやPTAの役員などが泊まって、見回りも一緒にしてくれるそうですが、うちは違いました。宿直に当たった教師だけが、独りでやるんです。

学校は低い丘の上に建ってまして、何でも元は寺の墓地で、その前は古墳やったと聞いとります。お陰で怪談には事欠きません。午前零時に学校へ行くと、校舎ではなく墓石の群れが見えるとか、外便所の個室の一つが閉め切りなのは、古代の衣装を着た幽霊が出るからだとか、その手の話が色々あります。

校舎は木造の三階建てで、片仮名の「ロ」の字のような恰好で、その中は花壇になっとります。玄関は「ロ」の字の上辺に――こっちが南側です――宿直室は底辺の真ん中にあります。もちろん、それぞれ一階です。

他の学校ですと、玄関の側に宿直室があって、ちょっと羨ましい。そこならいざというとき、すぐ逃げられそうやないですか。

いや、ええ大人が、それも教師が、こんなこと言うのも変でしょうけど……。宿直室の裏には小山が迫っていて、昼間でも陰気に感じてしまうのが――北側やからでしょう――一番の原因かもしれません。

でも実際、夜の見回りのとき、宿直室から玄関へ向かうのは気が楽なのに、一周して戻ってくるときは、何とも心が沈むんです。

階段は「ロ」の字の左右の辺の、ほぼ真ん中にありますので、見回りは完全に各階を一周する必要があります。年配の教師の中には、持ち込んだ酒を飲んで、あとは寝てしまい、一度も宿直室から出ない人もいるようですが、そもそも役目が回ってくるのは独身か若手が多いんです。そのため結構、真面目に巡回をしてしまう。

学校によっては、九時に一度だけ見回ればお終い、という所もあります。でも、うちは違ってました。通常は九時と零時で行ない、その二回で異状を感じた場合のみ、三時も巡回すべしと決められてたんです。

異状って何だと最初は不安になりましたが、それは個人の判断に任せられてましたので、まぁええ加減なものです。ですから若い教師の中にも、九時だけ見回って、あとは寝てしまうという者もいたようです。

私はどうも性格的に、そういう中途半端ができませんので、莫迦正直に決められた通り巡回しとりました。

その夜は九時の見回りの前に、家に電話しました。娘が風邪気味だったので、家内に様子を訊くためです。しかし誰も出ません。風呂に行ってるにしても、父親も姉も妻も三人ともいないのは変です。娘の具合が悪いのですから、誰か一人は残ってるはずでしょう。

番号を間違えたかと思い、何度も掛けましたが、呼び出し音が鳴り続けるばかりで、やっぱり誰も出ません。

私は物凄く不安になりました。すぐにも飛んで帰りたかったんですが、宿直を投げ出すわけにもいきません。要領の良い人なら、同僚に電話して代わってもらうところでしょうが、不器用な私には無理でした。

時間を措いて、何度目の電話だったか、カチッと受話器の外れる音がして、ようやく通じました。

「もしもし、私や」

私が急き込んで名乗ると、

「あぁ、お父さん」

寝てるはずの娘の声が聞こえたので、一先ずほっとしました。けど、すぐ不審に思いましたので、

「お母さんは、おらんの」

そう尋ねたのですが、娘の様子が変なんです。

「ちょっと」

「何や、ちょっとって。お祖父ちゃんか伯母(おば)さんか、どっちか出して」

しかし娘の応答は、やっぱり同じでした。

「ちょっと」

それから唐突に、

「うちは、もう大丈夫やから」

と言ったかと思うと、電話を切ってしまいました。

大人たち三人は、なぜ電話に出ないのか。不安は増したものの、娘が元気そうだったことが、唯一の救いでした。それに娘から、きっと電話の件は伝わるでしょう。そのうち誰かが掛けてくるやろう。悶々(もんもん)とした気持ちを抱えながらも、そう私は思うことにしたんです。

ふと気づくと、とっくに九時を過ぎとります。

私は急いで宿直室を出て、反時計回りに一階の巡回をはじめました。玄関に差し掛かったとき、このまま家へと走って帰りたい、いう思いに囚(とら)われましたが、どうにか我慢しました。少なくとも娘は無事だと分かってます。ここは家からの電話を待つべきやろうと、やっぱり考えたわけです。

一階を一周して、宿直室を通り過ぎ、西の廊下の階段から二階へ上がります。同じように反時計回りしながら、東の廊下まで来たときでした。

視界の片隅に、白っぽい何かが、ふっと過(よ)ぎったんです。反射的に一階の西南の角を見やると、その白いもんが、すっと消えるとこでした。

私は慌てて廊下を走って、一階の南廊下全体を見下ろせる所まで移動したのですが、もう何も目に入りません。西南の角を玄関側にではなく、階段側に曲がったのかと急いで戻りましたが、一階の西廊下にも見当たりません。

……錯覚か。

電話の件で、きっと神経質になってたんでしょう。私は気を取り直して、二階の巡回を終え、三階に上がりました。けど南の廊下で、今度は二階の北西の角に、白っぽい何かを見たのです。

廊下を走りながら、私は絶えず二階に目を向けてました。しかし一周以上しても、何処にも何も見当たりません。

依然として錯覚だと思ったものの、連続で目にしたことが気になりました。

一度ならず二度までも……。

それに白っぽい何かは、まるで私のあとを追うかのように、一階から二階へと移動している。そんな風に映ったことも、私を厭な気分にさせました。

お陰で西側の階段を下りるとき、それが下から上がってくるんやないかと、かなりびくついてました。そおっと手摺りから身を乗り出して、踊り場で折り返してる階段の下部分を覗き込みながら、ゆっくりと下りました。お陰で一階に着いたときには、すっかり身体が強張っていたほどです。

宿直室まで戻って、扉の曇り硝子に映る明かりを目にして、ようやく安堵できました。けれど白っぽい何かは、異状に当たるのではないか……と気づいて、とたんに落ち込んだんです。それなら零時に加え三時の見回りもする必要がありますからね。

厭やなぁ。

そう思って扉を開けて、私は絶叫しました。

室内にいるんです。

白っぽい何かが……。

もっとも悲鳴を上げたのは、ほんの一瞬でした。

「もう、びっくりするやないですか」

そこに座ってたのは、よく見ると妻でした。

「な、なんで、ここにおるんや」

「いくら電話しても、出ないから……」

時計に目をやって驚きました。予想以上に時間が経ってたんです。あの白っぽい何かに引き回されて、もしかすると各階の廊下をぐるぐると、何度も巡ってたのかもしれんと思い、急に冷や汗が出ました。

「どないしたんです、大丈夫やの」

妻には心配されましたが、逆に私は訊き返しました。

「そっちこそ、電話に出んかったやないか。お前だけやのうて、親父も姉さんも、皆で何処に行ってたんや」

「それがねぇ……」

顔を曇らせながら妻が、そっと打ち明けるように、

「近所の子ぉが、行方不明になりましてな。うちらも捜すお手伝いをしとって、それで家を空けてたんです」

「何処の子ぉや、見つかったんか」

びっくりして尋ねますと、うちの小学校の低学年の児童で、私も顔は知っている子でした。

「ええ、見つかりましてんけど……」

歯切れが悪いので、怪訝(けげん)な顔をすると、

「それが、なんと無女森にいたらしいんです」

「えっ……」

無女森というんは三町も離れた所にある「入らずの森」で、子供が独りで足を踏み入れるような場所やありません。そもそも小さな子供が、わざわざ森まで歩いていったとも、ちょっと考えられんわけです。

「あの森って立入を禁止するように、周囲を柵で囲うてあって、しかも変な噂が色々とあるやないですか。どんな暑い日でも、あそこの側におったら妙に肌寒いとか。森に入った浮浪者が、二度と出てこんかったとか。あの中には、生き物の気配が一切ないとか。藪から泥だらけの小さな手がぬっと出て、お出でお出でするとか。夜中になると奥の方で、ちろちろと瞬く灯が見えるとか……」

妻の言うような怪談めいた話は、私も聞いていましたが、改めて耳にして、ちょっと寒気を覚えました。

「よう見つかったな」

「飲んで帰宅途中の二人のサラリーマンが、あの森の側を通り掛かったら、子供の泣き声がしたそうです。二人共あの森の噂は知ってたけど、酔って気が大きくなってたのと、泣き声が本物としか思えなかったんで、森の中に入ったらしいです。そしたら子供が、ほんまにおって……」

「酔っ払いのお手柄やな。彼らが通り掛からんかったら、時間的に見ても明日の朝まで、誰にも気づかれんかったかもしれんやろ」

「そうです。ほんまに良かった」

「お前も、お疲れさんやったな」

労いの言葉が自然に、私の口から出たんですが、

「今夜は私も、こちらで泊まりましょか」

それに対して妻が、どきっとするような台詞を返してきて、びっくりしました。

「夫婦が水入らずで……って、ほとんどありませんでしたやろ」

結婚してから、ずっと父親と姉との同居でしたので、妻の言うことはもっともやったんですが、それにしても大胆なことを言うなと、私は驚きました。

「けど、親父と姉さんが――」

「もう寝てはるから、大丈夫です」

相手は妻だというのに、急に心臓が煩いほど鼓動し出して、まるで初な学生のような気持ちになりました。

「あと二回の巡回は、行かんと駄目なんですか」

「……いや、九時の一回だけでも、別に問題はないんや」

九時と午前零時が義務づけられてるうえ、異状があった場合は三時も行なう必要があるのに、そう私は答えてました。

すると妻が、いそいそと蒲団を敷きはじめて……。

それから服を脱いで、先に蒲団へ入って……。

私も続こうとしたのに、そこで電話が鳴りました。

仕方なく受話器を取って学校名を口にしたら、家から掛けているらしい妻の声が聞こえました。

後ろに目をやると、蒲団から顔だけ出した妻が、こちらを凝っと見ています。

その間にも電話の向こうの妻は、近所の子供が行方不明になったんで、たった今までお義父さんとお義姉さんと捜索を手伝っていて、子供は無女森で無事に見つかったけど、どうして独りでそこまで行けたんか、まったくの謎やいうことを、ずっと話し続けています。

夫婦の水入らずは久し振りでしょ。

耳元で声が聞こえて、項がぞくぞくっとして、胸がきゅうっと痛うなって、下腹部が熱うて、頭の芯がぼうっとした感じで、魂がずるっと抜けた気になって……。

その魂が戻ったような感覚のあと、はっと気づいたら朝でした。

なぜか夜のうちに物置小屋が燃えて、私は責任を問われましたが、ほんの小火いうことで、叱責だけで済みました。

しばらくしてからです。妻の懐妊が分かったんは……。

男は嬉しそうに口にしたあと、唐突に話を終えた。

松尾は色々と訊きたいことが正直あった。しかし一方で、一刻も早く四阿から離れたいとも強く感じていた。そして結局、後者が勝った。

彼は一礼すると、そそくさと四阿をあとにした。仮に男を誘っても、絶対に一緒には帰らないだろう。いや、そもそも男と同行したくない。そんな強い思いに、たちまち囚われた。

男から気味の悪い話を聞いた翌々日の夜のこと、デザイン事務所の真向かいの家の二軒右隣の中林（なかばやし）家が火事になり、独りで家にいた妊娠中の奥さんが、危うく煙を吸って死に掛ける事件があった。幸いにも母子共に助かり、すぐに消火されたので、家屋の被害も小火程度で済んだ。

不幸中の幸いだったと、近所の誰もが胸を撫（な）で下ろしたが、松尾だけは違った。言い知れぬ恐怖を、彼だけは覚えていた。

四阿で老人から昔話を聞いた四日後、デザイン事務所の右隣の無川家の真希が行方不明になり、信じられない場所で見つかる。

四阿で老人の孫に当たる娘から父親との影絵遊びの話を聞いた三日後、事務所の向かいの大伴家の主人が怪我を負う。下手をすれば命に関わっていたかもしれない。

四阿で老人の息子にして娘の父親である男から宿直の話を聞いた二日後、事務所の真向かいの家の二軒右隣の中林家が火事になり、妊娠中の奥さんが煙を吸う。こちらも母子共に命の危険があったと思われる。

この暗合は、いったい何なのか。

このまま行くと次は、恐らく男の妻が四阿で待っているのではないか。彼女の話には同居している義姉が、きっと出てくる。その話を聞いた翌日に、この近所で男兄弟夫婦と同居する姉か妹のいずれかが、何らかの災難に遭う。それは本来なら命を落としても可怪しくない事故なのだが、辛うじて助かる。

そして最後は、老人の長女にして男の姉が四阿で待っている。彼女の話には老人が出てくる。同じように話を聞いて事務所に戻った当日のうちに、近所の老人が災厄に巻き込まれる。その後の展開も同様である。

こんな怪現象が起こる理由は不明だが、でも止めることはできるのではないか。松尾が四阿へ行かずに、残りの者から気味の悪い話を聞かなければ、そこで止むのではなかろうか。

あの家族とは、もう関わりたくない。

松尾が選んだのは、四阿でのゲラ読みを諦めることだった。本当に残念でならないが、背に腹は替えられないと断念した。遊歩道での散歩は続けるものの、四阿へ通じる坂道には決して入らない。そう決めた。

それでも雨が降り出しそうな薄暮に、例の坂道の前を通り掛かると、あの家族の誰かに行き合うのではないか……と、ちょっと怯える羽目になった。いや実際、ふと彼が視線を送った坂道の上に、ぬぼうっと人影が佇んでいたことがある。

あれは、ひょっとしたら……。

以来、少しでも降り出しそうな気配の日には、遊歩道の散歩そのものを止めた。あの坂道の前を通ること自体、どうにも危険に思えたからだ。

その日もそうだった。朝から雨こそ降っていなかったが曇天で、夕方が近づくにつれて、どんどん雲の色合いが暗くなっていく。

「今日の散歩は、これやったら取り止めですね」

この頃では事務所の中田も、こういう天候では松尾が散歩に出ないと、どうやら分かってきたらしい。

「ゲラは事務所で読むから、珈琲を頼むわ。鵜野さんと君の分も淹れて、ちょっと二人で休憩したらええ」

彼がゲラに目を通しはじめて、しばらく経ってから雨が降り出した。助手の鵜野とスタッフの中田は、打ち合わせスペースで珈琲を飲みながら雑談をしていたが、二人共もう仕事に戻っている。

そのときインターホンが鳴った。

「はーい」

中田が応対に出てから、松尾の所にやって来て、

「先生、お客さんです」

「何方？」

「女の方です」

「……名前は？」

「あれ、聞いたんですけど……」

そこで松尾は、はじめて変だと思った。しっかり者の中田が、訪問客の名前も分からない状態で、彼に取り次ぐわけがない。

「忘れた？」

「……はい。すみません。もう一度――」

「ちょっと待ち。どんな人や」

玄関に戻ろうとする中田を、彼は引き止めながら訊いた。

「えーっと、ご近所の奥さんいう感じの……」

ざわっと二の腕に鳥肌が立って、物凄い不安感を覚えた。

あの家族の四人目が来た……。

そう察したところで、事務所から逃げ出したくなった。けど裏口はない。それがいる玄関を通らない限り、外へは出られない。

「俺はおらんて、返事して……い、いや、放っておいたらええ」

かなり驚いている中田に、とにかく何もしないで、そのまま放置しておくように言ってから、松尾は全神経を玄関に向けた。

どん、どん、どん！

今にも扉を激しく叩かれるのではないかと身構えたが、耳につくのは雨音だけで、まったく何の気配もしない。

すると中田が表を覗ける窓まで素早く移動して、そっと外を窺った。それから松尾の所まで来て小声で、

「もう帰らはったみたいです」

「そうか。また来たら、俺は留守やって言うてくれ」

「はい、分かりました」

中田が何の躊躇いもなく了承したのは、雇主の指示ということもあったが、それ以上に彼の家庭の事情を知っていたからに違いない。つまり彼女は訪問者の女性を、彼の妻側の人間だと推測したのだろう。

この笑えない誤解を、もちろん松尾は利用した。訪問者と会う羽目にさえならなければ、あとはどうでも良かった。

この日から約二週間後の雨の日の夕刻、またしても同じ女が訪ねてきた。中田は言われた通りに「出掛けております」と居留守を使った。それで女は、あっさりと帰ったらしい。

以来、彼は雨天の日を厭い、駅前の喫茶店に逃げるようになる。本当に「出掛けております」状態にしたわけだ。

ところが、そのとたん女の訪問が止んだ。しかし彼は用心して、雨が降ると必ず駅前

に出掛けた。やがて完全に習慣となり、あの妙な家族に関する記憶が薄れるほど年月が経っても、彼の雨の日の喫茶店通いは続いた。

＊

松尾が語り終わる頃には、僕の記憶も曖昧ながら蘇りつつあった。

「山小屋の話、影絵の話、宿直の話の三つは、確かに当時、聞いた覚えがあります」

いったん肯定したものの、すぐに続けて、

「でも、それが三人から語られたことや、その後にご近所で起きた無気味な出来事の連続などは、どうも話してもらってない気がするのですが……」

「うん、わざと言わんかった」

「なぜです？」

「当時の君は、そりゃ無邪気に怪談を求めとったからな」

意味が分からずに怪訝な顔をしていると、

「せやから話すことで、ほんまに不味い何かが起きそうに思えた、この四阿の体験については、わざと端折(はしよ)ったんや」

「……そうでしたか」

「四阿で老人と知り合い、本人と孫と息子の体験を聞いたけど、なんや怖うなって行くのを止めたら、そいつが事務所を訪ねてきた。それで余計に恐ろしゅうなって、遊歩道の散歩を止めた――いう風に話したんやないかな」

「はい、そんな感じでした」

　僕は頷いたあと、

「当時の話としても、ちょっと古いなと思った覚えがあります。老人の体験は子供のときなので分かりますが、女の子の話に出てきた電灯や、家風呂がなくて銭湯に行っているらしい様子、男の宿直など、いつの時代なのだろう……と」

「ああいう電灯があったんは、昭和三十年代から四十年代やろなぁ。学校の宿直がいつまであったんかは、ちょっと知らんけど……」

「昭和五十年です。前に調べたことがあります」

「おっ、さすが作家先生やな」

　当初はあった他人行儀な口調も、この頃にはなくなっており、すっかり昔のような言葉遣いを彼はしている。

「ただ、そうなると時代が合わなくなって……」

「あいつらは、いったい何者やったんか……いう謎が出てくるか」

　当時を思い出したのか、その物言いには微かな怯えが感じられる。

「三人とも実は最初から四阿におって、まるで待ち伏せてるようやった。それに話が済んでも、四阿から出ようとせん。こっちが先に帰ったあと、あいつらは何処へ消えてたんか」

「背後の山でしょうか」

「怖いこと、言わんといてくれ」

「怖い序でに、もう一つ。お話にあった気味の悪い暗合の他に、もう一つの暗合があったことに、もちろん松尾さんも気づいておられますよね」

語尾は疑問形にしながらも、僕は確認するように彼を見た。

「老人の家族構成と、私のとこが妙に一致してた……って点か」

「そうです」

「てことは、やっぱり……」

「それらが狙っていたのは、松尾さんの家族だった」

彼が大きく息を吐いた。

「どんな因縁があるのか一切は不明ですが、それらは自分たちと同じ家族構成の者を探していた。そして松尾さんを見つけた。ただし相手は、大いなる誤解をした。松尾さんが家族と一緒に、ちゃんと暮らしてると思ったんです」

「まぁ当時のことやから、普通はそう考えるわな」

「それらの実際に生きたらしい時代を考慮しても、そうなりそうです」

「せやけど私は、仕事場で独り暮らしやった」

「そのため本来は松尾さんのご家族に降り掛かるはずだった災厄が、ご近所で最も該当しそうな人へと移ってしまった」

「とんだ疫病神やったわけや、私は……」

「ただし本人ではなかったために、行方不明にはならず、命も落とさず、火事で焼け死ぬこともなかった」

松尾は聞きたくないけど、やっぱり知りたいという様子で、

「もしも私と家族が同居してて、あいつらの思い通りになってたとしたら、いったい何が起きたんやと思う？」

「……復活でしょうか」

「あいつらの……」

「または成仏かもしれません」

そう言いながらも、自分でも信じていない気が、ふとした。

「いえ、本当はどちらでもなくて、松尾さんのような家族を、ずっと狙い続けているだけ……のようにも感じられます」

「あんな話をしながら？」

「聞いて終わり……だけの話ではなかった、ということになりますか」

「何のために？」

「この手の怪異に、あまり理由を求めても、きっと意味はないでしょうね」

僕の説明にもなっていない説明に、松尾は何か言いたそうな様子だったが、結局は納得したように見えた。

そこで僕は、いよいよ本題に入った。

「拙作を読まれて引っ掛かったのは、例えば『お籠りの家』に出てくる山が、老人の話のお籠り山を彷彿(ほうふつ)とさせたから……という理由ですか」

「その作品のときは、『おやっ』と感じた程度やった。いや、あの四阿の体験には、まだ結びつけてなかったかもしれん」

彼は思い出そうとするような表情で、

「二つ目の『予告画』が子供の絵の話で、三つ目の『某施設の夜警』が泊まり込みの警備の話やった。こんときにはもう、女の子の影絵と男の宿直の話を、まざまざと思い出しとってな」

「松尾さんが聞かれたのは、その三つですよね。なのに拙作の四作目を読むまで待たれたのは、なぜです？」

「とは言うても、やっぱりこじつけやと自分でも思うたからや。『お籠りの家』とお籠り山は、確かにかなり似とると言える。けど『予告画』と影絵、『某施設の夜警』と小学校の宿直では、ちょっと微妙やないか」

「そうですね。しかし一方で、薄気味の悪い一致だなぁ……という感覚も少しあったのではありませんか」

「……うん。せやから四作目を読むまで、この件は保留にしようと決めた。私が聞いた話は三つやから、もう引っ掛かるもんはないはずやろ」

「でも――」

「そうなんや。『よびにくるもの』を読んだとたん、ここを訪ねてきた女のことが、ぱっと脳裏に蘇ったんや」

「……似てますよね」

「あれは私が、四阿で聞いた話やない。けど私自身の体験と言えるんやないか。そう考えたら、居ても立っても居られんようになって、君に連絡を取ろうとしとった」

「ありがとうございます」

僕は改めて礼を述べてから、

「ただ、あれらの作品を書いたとき、僕の頭の中に松尾さんから聞いた話があって、それを題材にしたかというと、そんなことはありません」

「各々の体験談のニュースソースは、はっきりしとるみたいやからな」

「そこで考えられるのは、一作目に『お籠りの家』を持ってきたのは本当に偶々だったけど、そのとき松尾さんから聞いた話を、僕の無意識が実は記憶の奥底から引っ張り出してきており、二作目以降の題材選びに密かに影響を与えていた――という解釈です」

「なるほど。合理的な推理やな」

そう言いながらも彼の笑みは、何処か皮肉っぽい。

「かなり無理矢理のような気もしますが、一応の説明はつきます」

「せやな」

「でも分からないのは、松尾さんの反応です」

「どういうことや」

「拙作を読んだ結果、今のお話のように感じられたことは、よく理解できます。しかし失礼な言い方になりますが、その程度の暗合であれば、いくらでもメールや電話で用事は済んだのではありませんか」

「わざわざ対面する必要は、少しもない……」

「にも拘らず松尾さんは、僕を呼ばれた」

「何でやろうなぁ」

いつの間にか外には夕間暮れが訪れていた。ふと気づくと事務所内も、かなり薄暗くなっている。

「ここへ通していただいたとき――」

僕は再び周囲を見回しながら、

「違和感のようなものを、ふっと覚えました」

「ほうっ」

「その正体が、ようやく分かりました」

「何やろう」

「新しい本が、まったく一冊もないことです。今もデザイン事務所を続けておられるのなら、現代の本があるはずです。でも目に入るのは、昔の書籍ばかりで……」

松尾が再び皮肉な笑みを浮かべつつ、

「そんな所へ、どうして君を呼んだんや」

「教えてもらえませんか」

「作家先生なんやから、何ぞ考えはあるやろ」

僕は一瞬の躊躇のあと、

「……一つだけ」

「ぜひ聞かせてもらいたい」

なおも躊躇いながらも僕は、こう口にするのを抑え切れなかった。

「あなたが今は、あいつらの側にいるから……だとしたら」

「しっ」

松尾は右手の人差し指を唇に当てながら、

「雨が降ってるんやないか」

耳を澄ますと確かに、ぱらぱらと小雨の音が聞こえている。それにしても降り出したのは、いつからだったのか……。

「君も、なかなか剛毅やなぁ」

「……何がです？」

「そういう台詞を今、ここで口にしたことやないか」

嬉しくて仕方ないと言わんばかりの笑みを、にっと松尾は浮かべると、

「怪談を語るには、もってこいの状況やな」

「何を――」

「もちろん五つ目の、お話やないか」

松尾が語り出すと同時に、僕は鞄を持って立ち上がると、急いで玄関を目指した。阻止されるかと構えながらだったが、背後からは声が追い掛けてくるだけで、彼は椅子に座ったままらしい。

あれは例の女の訪問が止んでから、かなり月日が経ったときやった……。

とっさに、聞きたい――という思いに駆られたが、自らの意志の力を総動員して、僕はデザイン事務所から飛び出した。

何処からか猫の鳴き声がして、後ろ髪を引かれるような気持ちになる。けれど振り返らずに川永駅まで急ぎ、そこから新大阪駅へ向かった。予約しておいた新幹線の時間まで大分あったため、今から乗れる便に変更する。だが乗車して着席しても、新幹線が京都を過ぎても、一向に気持ちが落ち着かない。ようやく増しになったと感じたのは、名古屋駅を出た辺りだったかもしれない。

松尾とデザイン事務所のその後については、かつての上司に訊けば分かっただろう。だが敢えて調べなかった。どんな形であれ、これ以上は関わらない方が良いと判断したためだ。

とはいえ僕も作家である。ただでは済まさない。奄美大島のトークショーも台北国際ブックフェアも中止になった。お陰で時間はある。

そういうわけで今回の体験を、短編「逢魔宿り」として書いた。まだ五つ目の話を決めていなかったせいもあるが、この件を自分なりに纏めることで、けりをつけようと考えた。連作短編として完結させてしまえば、こちらに何かが降り掛かってくる心配もないだろう。そう考えたわけである。

掲載した劣化の激しい写真は、僕の鞄の中に入っていた。帰宅してから気づき、正直ぎょっとした。ただ松尾が入れたのか、これが問題の四阿なのか、もちろん何も分からない。しかしながら僕には少しも心当たりがない。

そんな代物を載せるのか……と読者は訝るかもしれないが、これも一種の厄除けである。そう担当編集者Sに説明して、本誌に載せることにした。

本作を執筆した理由と同じく、別に他意はない。

主な参考文献

石川達三『人間の壁』(新潮文庫/1961)

佐藤秀夫『学校ことはじめ事典』(小学館/1987)

遠藤ケイ『こども遊び大全　懐かしの昭和児童遊戯集』(新宿書房/1991)

吉成直樹『俗信のコスモロジー』(白水社/1996)

日本児童画研究会・編著/浅利篤・監修『描画心理学双書7　原色　子どもの絵診断事典』(黎明書房/1998)

川村善之『日本民家の造形　ふるさと・すまい・美の継承』(淡交社/2000)

斎藤たま『まよけの民俗誌』(論創社/2010)

手塚正己『警備員日記』(太田出版/2011)

大島廣志 編『怪異伝承譚―やま・かわぬま・うみ・つなみ―』(やまかわうみ別冊、アーツアンドクラフツ/2017)

藤江充「児童画における色彩について」(『教育美術』2018年10月号 No. 916/発行・公益財団法人 美術教育振興会)

小山聡子・松本健太郎 編『幽霊の歴史文化学』(思文閣出版/2019)

大井隆弘『日本の名作住宅の間取り図鑑　改訂版』(エクスナレッジ/2019)

本書は、二〇二〇年九月に小社より刊行された単行本を文庫化したものです。

逢魔宿り（あまやどり）

三津田信三（みつだしんぞう）

角川ホラー文庫　23600

令和5年3月25日　初版発行
令和5年7月20日　4版発行

発行者――山下直久
発　行――株式会社KADOKAWA
〒102-8177　東京都千代田区富士見2-13-3
電話 0570-002-301（ナビダイヤル）
印刷所――株式会社KADOKAWA
製本所――株式会社KADOKAWA
装幀者――田島照久

●お問い合わせ
https://www.kadokawa.co.jp/（「お問い合わせ」へお進みください）
※内容によっては、お答えできない場合があります。
※サポートは日本国内のみとさせていただきます。
※Japanese text only

ISBN978-4-04-112338-6　C0193

◆◇◇

角川文庫発刊に際して

角　川　源　義

第二次世界大戦の敗北は、軍事力の敗北であった以上に、私たちの若い文化力の敗退であった。私たちの文化が戦争に対して如何に無力であり、単なるあだ花に過ぎなかったかを、私たちは身を以て体験し痛感した。西洋近代文化の摂取にとって、明治以後八十年の歳月は決して短かすぎたとは言えない。にもかかわらず、近代文化の伝統を確立し、自由な批判と柔軟な良識に富む文化層として自らを形成することに私たちは失敗して来た。そしてこれは、各層への文化の普及滲透を任務とする出版人の責任でもあった。

一九四五年以来、私たちは再び振出しに戻り、第一歩から踏み出すことを余儀なくされた。これは大きな不幸ではあるが、反面、これまでの混沌・未熟・歪曲の中にあった我が国の文化に秩序と確たる基礎を齎らすためには絶好の機会でもある。角川書店は、このような祖国の文化的危機にあたり、微力をも顧みず再建の礎石たるべき抱負と決意とをもって出発したが、ここに創立以来の念願を果すべく角川文庫を発刊する。これまで刊行されたあらゆる全集叢書文庫類の長所と短所とを検討し、古今東西の不朽の典籍を、良心的編集のもとに、廉価に、そして書架にふさわしい美本として、多くのひとびとに提供しようとする。しかし私たちは徒らに百科全書的な知識のジレッタントを作ることを目的とせず、あくまで祖国の文化に秩序と再建への道を示し、この文庫を角川書店の栄ある事業として、今後永久に継続発展せしめ、学芸と教養との殿堂として大成せんことを期したい。多くの読書子の愛情ある忠言と支持とによって、この希望と抱負とを完遂せしめられんことを願う。

一九四九年五月三日

のぞきめ

三津田信三

読んでは駄目。あれが覗きに来る——

辺鄙な貸別荘地を訪れた成留たち。謎の巡礼母娘に導かれるように彼らは禁じられた廃村に紛れ込み、恐るべき怪異に見舞われる。民俗学者・四十澤が昭和初期に残したノートから、そこは〈弔い村〉の異名をもち〈のぞきめ〉という憑き物の伝承が残る、呪われた村だったことが明らかとなる。作家の「僕」が知った２つの怪異譚。その衝撃の関連と真相とは!?　何かに覗かれている——そんな気がする時は、必ず一旦本書を閉じてください。

角川ホラー文庫

ISBN 978-4-04-102722-6

魔邸

三津田信三

この家は、何かがおかしい……。

小学6年生の優真は、父と死別後、母が再婚したお堅い義父となじめずにいた。そんなある日、義父の海外赴任が決まり、しばらく大好きな叔父の別荘で暮らすことになる。だが、その家は"神隠し"の伝承がある忌まわしい森の前に建っていた。初日の夜、家を徘徊する不気味な気配に戦慄する優真だが、やがて昼夜問わず、不可解な出来事が次々に襲いかかり——。本格ミステリ大賞受賞作家が放つ、2度読み必至、驚愕のミステリ・ホラー！

角川ホラー文庫

ISBN 978-4-04-109964-3

犯罪乱歩幻想

三津田信三

原典を凌駕する恐怖と驚き!

ミステリ&ホラー界の鬼才が、満を持して乱歩の世界に挑む！　鬱屈とした男性が、引っ越し先で気づく異変が不穏さを増していく「屋根裏の同居者」。都内某所に存在する、猟奇趣味を語り合う秘密倶楽部の謎に迫る「赤過ぎる部屋」。汽車に同乗した老人が語る鏡にまつわる奇妙な話と、その奥に潜む真相に震撼する「魔鏡と旅する男」など5篇と、『リング』と「ウルトラQ」へのトリビュートを収録。恐怖と偏愛に満ちた珠玉の短篇集。

角川ホラー文庫

ISBN 978-4-04-111063-8

子狐たちの災園

三津田信三

奇妙な"廻り家"で起きる怪異

6歳の奈津江は、優しい両親を立て続けに喪い、彼らが実の親ではなかったという衝撃の事実を知る。ひとりぼっちの彼女は、実父が経営する子供のための施設"祭園"に引き取られることになった。鬱蒼とした森に囲まれた施設には、"廻り家"という奇妙な祈禱所があり、不気味な噂が囁かれていた。その夜から、次々に不可解な出来事が起こりはじめる——狐使いの家系に隠された禍々しい秘密と怪異を描く、驚愕のホラー・ミステリ！

角川ホラー文庫

ISBN 978-4-04-112339-3